EINE BERATERIN FÜR PRINZ MARCO

DIE ROYALS VON SAN RIMINI

NICOLE BURNHAM

Eine Beraterin für Prinz Marco

Die Royals von San Rimini - Eine Familiensaga

Buch 3

Übersetzung: Christina Löw und Eva Markert

Originaltitel: The Prince's Tutor

ISBN: 978-1-941828-78-6 (Taschenbuch)

ISBN: 978-1-941828-77-9 (eBook)

Abonnieren Sie hier den deutschsprachigen Newsletter von Nicole. Abonnenten erhalten Bonusmaterial und Informationen zu kommenden Veröffentlichungen. Sie können sich jederzeit abmelden.

KAPITEL 1

„*Mi scusi*. Ist Prinz Marco diTalora hier? Ich muss ihn sofort sprechen."

Amanda Hutton versuchte, die verstohlenen – oder auch weniger verstohlenen – Blicke der zahlungskräftigen Spieler San Riminis zu ignorieren, als sie dem Manager des exklusiven Casino Campione dieselbe Frage stellte, die sie in der letzten Stunde diskret in drei anderen Spielhallen gestellt hatte.

Wenn sie den unberechenbaren Prinzen nicht fand und ihn *pronto* zum Duomo brachte, würde sich die Hochzeit zwischen Antony diTalora, dem Kronprinzen des kleinen Landes, und ihrer besten Freundin Jennifer Allen verzögern. Selbst wenn zweihundert Gäste in die berühmte Kathedrale des Landes geströmt waren, konnte die Zeremonie wohl kaum ohne die Anwesenheit des Trauzeugen beginnen.

Sie kämpfte gegen ihre Ungeduld an, als der korpulente Manager sie gereizt musterte. Er verhielt sich genauso wie die drei anderen Manager, als er ihr festliches, rosafarbenes Gewand und die dazu passenden Schuhe betrachtete. Es war für eine königliche Hochzeit entworfen worden und daher natürlich kein gewöhnliches Brautjungfernkleid. Andererseits war der Schnitt auch nicht mit der Mode von Valentino und Chanel vergleichbar, die von den Mitgliedern der gesellschaftlichen Elite von San Rimini getragen wurde, die sich in den Gängen zwischen Blackjack- und Craps-Tischen tummelten, Gläser mit teuren Drinks in den Händen.

Nachdem sie von den Managern der anderen Casinos auf ihre Nachfrage hin dreimal ein knappes *Nein* gehört hatte, wollte sie keine Zeit verschwenden, während Manager Nummer vier versuchte, den Wert ihrer Kleidung und ihres Schmucks abzuschätzen.

„Bitte", begann sie auf Englisch, da sie davon ausging, dass der Manager nicht nur das Italienisch von San Rimini sprach, „mir ist klar, dass Sie Bedenken wegen des Schutzes seiner Privatsphäre haben, aber ich –"

„Ihr Name?" Er hob eine buschige Augenbraue, als wollte er sagen: *Wie können Sie es wagen, eine Bitte an mich zu richten?*

„Amanda. Amanda Hutton. Wie ich gerade erklären wollte, bin ich hier im Auftrag von –"

„Sie sollten wissen, Amanda Hutton, wenn Prinz Marco Gast in diesem Hause ist, darf er nicht gestört werden." Er unterstrich seine Aussage mit einem herablassenden Lächeln, als ob er stündlich solche Anfragen von Frauen abblocken müsste und der Name Amanda Hutton völlig unbedeutend wäre.

Trotzdem beschleunigte sich Amandas Puls. Dieser Manager sprach nicht nur perfektes Englisch, sondern die Selbstgefälligkeit in seiner Stimme verriet auch, dass der Prinz in seinem Casino war.

Bevor sie die heikle Situation erklären konnte, fügte er hinzu: „Vielleicht könnten Sie draußen warten. Mit den anderen." Er deutete an den klingelnden Spielautomaten vorbei auf eine lange Reihe von Drehtüren aus Glas und Messing, die auf San Riminis berühmteste Straße, die Strada il Teatro, hinausgingen.

Sie schaute in diese Richtung. Mehrere junge Frauen in sexy Sommerkleidern tummelten sich draußen. Einige zupften an ihren Haaren und arrangierten die Strähnen kunstvoll über ihre Schultern, andere überprüften mit ihren Handykameras ihre Zähne oder ihr Make-up. Alle schienen darauf zu warten, einen Blick auf Prinz Marco erhaschen zu können. Oder auf die Gelegenheit, ihm ihre Telefonnummer zuzustecken.

Amanda setzte ein versöhnliches Lächeln auf. „Natürlich. Es tut mir leid, dass ich Sie gestört habe."

Der Manager nahm die Entschuldigung mit einem Nicken an, machte jedoch ein finsteres Gesicht, bis Amanda sich umdrehte und auf den Ausgang zulief.

Als sie dabei den Spielsaal des noblen Casinos mit den Augen absuchte, entdeckte sie an einer Wand eine Treppe. Ein großer bewaffneter Wachmann stand daneben. Er hatte den Daumen lässig in seine Gürtelschlaufe eingehakt, während er mit einem Besucher sprach, aber dabei beobachtete er weiter die Treppe. Amanda vermutete, dass entweder das Casino oben Bargeld aufbewahrte oder dass sich dort die privaten Spielsäle befanden.

Sie hoffte auf Letzteres.

Unter den wachsamen Augen des Managers verließ Amanda das Casino, blieb aber in der Nähe der Tür und stellte sich zu den herumstehenden Frauen, als ob sie jeden Tag Prinzen stalken würde.

Leider blieb der Manager in der Mitte des Casinos stehen und rührte sich nicht vom Fleck, sodass sie wenig Hoffnung hatte, unbemerkt wieder nach drinnen zu gelangen.

Amanda ging zum Bordstein und schirmte ihre Augen gegen das helle Sonnenlicht ab, um auf die Uhr des Turms zu schauen, der an den Königspalast von San Rimini angebaut war. La Rocca di Zaffiro lag auf einem Hügel, weniger als fünfzehn Minuten Fußweg in westlicher Richtung.

Halb vier. Da die Zeremonie schon in einer Stunde beginnen

würde, konnte sie dem Casinomanager die Situation nicht erklären, ohne die königliche Familie bloßzustellen. Nicht dass der Manager überhaupt bereit gewesen wäre, ihr zuzuhören.

Am liebsten würde sie Prinz Marco umbringen. Wie konnte der Manager – wie konnte das ganze Land – nicht wissen, wo er in diesem Moment sein sollte? In den letzten acht Jahren, seit ihrem Collegeabschluss, hatte Amanda mit Kindern von hochgestellten Persönlichkeiten gearbeitet. In all dieser Zeit war sie noch nie einem Kind begegnet, das sich so verantwortungslos verhielt wie dieser Prinz. Und der war fünfundzwanzig.

„Mein einziger Urlaub", grummelte sie vor sich hin. Diese Woche war ihre Chance, dem Alltag zu entfliehen, eines der schönsten Länder der Erde zu besuchen, an der Hochzeit ihrer besten Freundin teilzunehmen und mit einigen der Reichsten und Berühmtesten in Europa auf Tuchfühlung zu gehen. Doch anstatt den Nachmittag damit zu verbringen, an Canapés zu knabbern und sich die Haare machen zu lassen, rannte sie in grauenhaft unbequemen Schuhen in San Rimini herum und jagte einem verwöhnten Prinzen hinterher, der dem Glücksspiel frönte, obwohl es seine Pflicht gewesen wäre, sich um den Bräutigam zu kümmern. Prinz Marco war nicht zum Mittagsempfang seines Bruders erschienen, um die Prominenten zu begrüßen, die nach San Rimini gereist waren, um der Hochzeit beizuwohnen, und selbst wenn es ihr gelänge, den Prinzen rechtzeitig zur eigentlichen Zeremonie zum Duomo zu bringen, würde sie völlig zerzaust und durchgeschwitzt sein.

Ergänzung: völlig zerzaust und durchgeschwitzt mit Blasen an den Füßen. Dabei erwartete man von ihr, dass sie auf den Hochzeitsfotos perfekt aussah.

Das war nicht die Auszeit, die sie sich vorgestellt hatte, bevor sie in die Realität und zu ihrer überfälligen Miete nach Washington, D.C. zurückkehren musste.

Einige der wartenden Frauen begannen zu kichern. Amanda

beachtete sie nicht und richtete ihre Aufmerksamkeit wieder auf das Innere des Casinos.

Eine gut gekleidete Besucherin nahm gerade den Manager in Beschlag. Die Frau bewegte ihren mit Schmuck behängten Arm und wies auf einen Bereich an der Rückseite des Casinos. Der Manager schüttelte wiederholt den Kopf, dann hob er einen Finger, während er mit seinem Handy telefonierte. Verärgert kniff er die Augen zusammen, dann steckte er sein Mobiltelefon ein, sagte etwas zu der Frau und geriet aus dem Blickfeld des Vordereingangs, als er ihr folgte.

Amanda nutzte die Gelegenheit, drängte sich durch die Drehtür und steuerte direkt auf die Treppe zu.

Der Wachmann, der dort stand, wurde schlagartig aufmerksam. „Kann ich Ihnen helfen?"

Sein Verhalten verriet Amanda, dass er ihr auch nicht gestatten würde, Prinz Marco zu sehen. Sie zögerte einen Moment, dann sagte sie: „Das hoffe ich. Diese Frauen da draußen … Sind sie hier, um Prinz Marco zu sehen?"

Der Wachposten verzog einen Mundwinkel. „Ja. Und?"

„Nun, ich habe gehört, wie eine von ihnen sagte, sie wisse, in welchem Auto der Prinz gekommen ist und dass die Türen unverschlossen geblieben wären. Sie wollte versuchen, sich auf den Rücksitz zu schmuggeln, und dort auf ihn warten. Ich dachte, jemand Offizielles sollte das wissen."

Der Mann musterte sie einen Augenblick, während Amanda ihr Bestes tat, um aufrichtig zu wirken. Doch anstatt sich auf den Weg zu machen, um die Frauen zu überprüfen, wie Amanda es gehofft hatte, hob er eine Hand zur Seite seines Kopfes und drückte einen Knopf an seinem Headset. Eine Sekunde später summte sein Handy und er begann, in schnellem Italienisch mit dem Akzent von San Rimini zu sprechen. Amanda verstand gerade genug, um zu begreifen, dass der Wachmann die Absicht hatte, an Ort und Stelle zu bleiben.

Ein paar Worte kamen durch das Telefon zurück. Der Wachposten hielt inne, dann blickte er Amanda stirnrunzelnd an. „Wie sieht sie aus?"

„Brünett in einem grün-gelben Kleid. Nicht sehr groß. Ungefähr so wie ich", improvisierte sie, weil sie wusste, dass diese Beschreibung auf keine der Frauen vor der Tür zutraf. „Ich glaube, sie ging seitlich um das Gebäude herum, vielleicht, um sich auf dem Parkplatz umzuschauen. Sie hat es nicht gesagt. Wenn Sie mich brauchen, um sie zu identifizieren, kann ich gerne hier warten, während Sie nachsehen."

Er zögerte und sie zeigte schnell auf ihre Schuhe. „Ich würde ja mitkommen, aber ich glaube nicht, dass ich mit diesen Absätzen so schnell laufen könnte wie Sie. Ich schaffe es kaum, durch das Casino zu gehen. Ich bin vor die Tür getreten, weil ich ein Taxi rufen wollte, und ich habe die Frauen reden hören, als ich die Nummer gesucht habe."

Anstatt Amanda zu antworten, wiederholte er ihre Beschreibung für die Person am anderen Ende der Leitung, lauschte einen Moment und beendete dann das Gespräch. Als sie stehen blieb, sagte er: „Es wird gerade überprüft. Vielen Dank."

„Oh, gut. Möchten Sie, dass ich bleibe, nur für den Fall, dass Sie mich brauchen, um die Beschreibung zu bestätigen?"

Sein Achselzucken kommunizierte ihr eine Mischung aus *Mach, was du willst* und *Der Parkplatz ist nicht mein Job.*

In diesem Moment entstand draußen ein Tumult. Sowohl Amanda als auch der Wachmann schauten hin und sahen, wie eine der Frauen eine andere gegen die Schulter stieß. An der Körpersprache der Umstehenden war zu erkennen, dass die Frauen schon vorher gestritten hatten, und nun eskalierte die Situation.

Amanda deutete auf einen roten Lederhocker vor einem unbenutzten Spielautomaten. „Ich warte dort."

Der Wachposten schien ihre Äußerung nicht gehört zu haben, denn er strebte auf die Vordertüren zu, eine Hand am

Ohrhörer. Es war offensichtlich, dass er nicht selbst nach draußen gehen würde, sondern nur berichtete, was er beobachtete, damit andere die Situation unter Kontrolle bekommen konnten. Vermutlich war das ihre einzige Chance. Amanda wartete, bis er ihr den Rücken ganz zugewandt hatte, dann stürmte sie die schmale Treppe hinauf. Als sie oben ankam, unterdrückte sie einen Fluch. Mindestens ein Dutzend geschlossene Türen säumten den mit Teppich ausgelegten Gang. Wie sollte sie erraten, in welchem Zimmer sich der Prinz befand?

Der Mann würde jeden Moment auf seinen Posten zurückkehren. Angesichts der Plötzlichkeit ihres Verschwindens war sie sicher, dass er oben nachsehen würde, um sich zu vergewissern, dass sie nicht diesen Weg genommen hatte.

Sie ging so schnell und leise wie möglich den Korridor entlang und hielt an jeder Tür inne, um zu lauschen. Einige waren mit Messingschildern versehen, die die Räume dahinter als Büros auswiesen. Andere jedoch waren als Suiten gekennzeichnet und alle nach einer lokalen Berühmtheit benannt. Sie presste ihr Ohr an die Tür einer Suite, die den Namen eines berühmten Ozeanographen trug, als sie am anderen Ende des Flurs das unverwechselbare Johlen von Glücksspielern über einen großen Gewinn hörte. Nachdem sie einen Blick hinter sich geworfen hatte, um sicherzugehen, dass der Wachmann ihr nicht gefolgt war, näherte sie sich dem Raum, aus dem ihrer Meinung nach der Lärm gekommen war. Im Gegensatz zu den anderen stand auf dieser Tür lediglich *Privato*.

Sie wartete einen Moment und lauschte. Zuerst waren die Stimmen schwer zu unterscheiden, dann erhob sich eine Frauenstimme über die anderen und verkündete auf Englisch: „Die Croupière hat einen Blackjack", gefolgt von einigem Gemurmel. Amanda drückte auf die Türklinke. Als diese nachgab, spähte sie hinein.

Wie in einer Szene aus einem James-Bond-Film war die

luxuriöse, moderne Suite auf Spieler zugeschnitten, deren Reichtum einen privaten Raum rechtfertigte. Zu Amandas Linken nahm eine voll ausgestattete Bar eine ganze Wand ein. Ein Barkeeper in Uniform stand hinter der glatten schwarzen Granitarbeitsplatte und polierte Longdrinkgläser auf Hochglanz. Kristallene Wandleuchter tauchten den Raum in ein sanftes Licht und ein dicker grauer Teppich dämpfte die Schritte, um die ruhige Atmosphäre zu bewahren.

Ihr gegenüber hingen weiße Seidenvorhänge an drei bodentiefen Fenstern, von denen jedes einen atemberaubenden Blick auf die Bucht von San Rimini und die dahinterliegende Adria bot.

Sie richtete ihre Aufmerksamkeit wieder auf das Innere des Raums, wo offenbar niemand ihre unangekündigte Ankunft bemerkt hatte. In der Mitte stand ein einzelner Blackjack-Tisch, der von einer langbeinigen Blondine in einem kurzen schwarzen Rock, einer schwarzen Weste und einer makellos weißen Oxford-Bluse betreut wurde. Die vier Spieler schienen zwischen Mitte zwanzig und Anfang dreißig zu sein, waren gut gekleidet und trugen maßgeschneiderte Smokings und weiße Hemden. Amanda erkannte Prinz Marco diTalora auf Anhieb.

Er sah viel besser aus als auf seinem offiziellen Palast-Porträt.

Er hatte sein Kinn auf den Handballen gestützt, seine Finger steckten in den sonnengebleichten blonden Haarsträhnen über seinem Ohr. Intelligente, stahlblaue Augen beobachteten die Bewegungen der Croupière, die mit ihrer Hand über den Filztisch fuhr und die Männer aufforderte, ihre Einsätze zu machen.

Prinz Marco richtete sich auf und schob einen großen Stapel Chips nach vorn. Sein Mund verzog sich zu einem Lächeln, als ihn der Mann neben ihm scherzhaft mit dem Ellbogen anstieß. Der Prinz hatte volle Lippen – die sehr zum Küssen einluden, fand Amanda – und gerade, hollywoodweiße Zähne. Seine hohen Wangenknochen in dem gebräunten Gesicht waren markant, wie die eines Models, allerdings war Marco im Gegensatz zu vielen männlichen Models keine jugendliche Bohnenstange, die aussah, als wollte sie gleich über den Laufsteg stolzieren. Seine breiten Schultern füllten seinen Smoking perfekt aus.

Sie warf einen zweiten Blick auf sein Haar, in dem seine Finger nun nicht mehr steckten. Etwas zerzaust, als wäre er gerade aus dem Bett gestiegen und hätte es nur mit den Händen geglättet. So ließ diese Frisur keinen Reichtum vermuten. Der oberste Knopf seines Hemdes war offen und seine Fliege hing lose um seinen Hals.

Entweder hatten die Verantwortlichen im Palast dafür gesorgt, dass er vor seinem offiziellen Porträttermin zum Friseur gegangen war, oder das Foto war während seines Militärdienstes aufgenommen worden. Marco besaß zwar das selbstsichere Auftreten eines Prinzen, doch sie nahm an, dass er sich lieber salopp als elegant kleidete.

Obwohl Amanda selbst konservativ war, kam sie zu dem Schluss, dass sie diesen Look an ihm ebenfalls bevorzugte. Das Haar spiegelte seine ungezwungene Körpersprache wider. Trotzdem musste er königlich wirken, und zwar schnell, damit sich die Zeremonie nicht verzögerte. Sie holte tief Luft, um sich zu sammeln, und betrat dann vorsichtig den Raum.

„Mi scusi, Prinz Marco", begann sie. „Ich wollte –"

„Gerade gehen." Amanda zuckte zusammen, als der Wachposten, dessen Gesicht rot vor Zorn war, seine Finger um ihren Arm schloss, knapp oberhalb des Ellbogens. *„Mi dispiace*, Hoheit. Ich habe mich ablenken lassen und sie ist vom Erdgeschoss nach oben gerannt. Es wird nicht wieder vorkommen." Der Mann warf Amanda einen vernichtenden Blick zu und setzte an, sie in den Korridor zu zerren.

„Bitte", rief Amanda dem Prinzen über ihre Schulter zu, während sie sich mit einer Hand gegen den Türrahmen stemmte. „Ich wurde hergeschickt –"

„*Va bene*, Ivan. Lassen Sie sie bleiben."

Marco überraschte sie, indem er dem Wachmann einen kurzen Blick zuwarf, woraufhin der sofort seinen eisernen Griff um ihren Arm löste.

„Aber ... ja, natürlich, Prinz Marco." Der verwirrte Wachmann verbeugte sich, dann drehte er sich auf dem Absatz um, vermutlich, um auf seinen Posten zurückzukehren.

Der Prinz wandte sich dem Tisch zu, seine Aufmerksamkeit war wieder ganz auf das Spiel gerichtet. Die Croupière teilte ihm eine Karte zu – einen König.

Amanda ließ den Türrahmen los und bewegte sich langsam auf den Tisch zu. Die Männer waren auf das Spiel konzentriert, aber sie konnte nicht länger warten. „Hoheit, wie ich bereits sagte, wurde ich hergeschickt von –"

„Sie müssen Miss Hutton sein." Der Prinz wandte den Blick nicht von den Karten. „Es tut mir leid, ich erinnere mich nicht an Ihren Vornamen. Ich habe die Hochzeit nicht vergessen. In einer Minute bin ich fertig. Sie können sich gerne einen Drink bestellen." Er deutete geistesabwesend in Richtung Bar.

Amanda staunte nicht schlecht. Sein Englisch war beeindruckend – es klang so amerikanisch wie ihres – und offenbar kannte er ihren Namen – mehr oder weniger – und hatte ihre Ankunft erwartet.

„Woher wussten Sie, dass ich herkommen würde?"

Er lachte, ließ dabei aber die Karten nicht aus den Augen. „Es können nur noch ein paar Stunden bis zu Antonys Hochzeit sein. Ich dachte mir, er oder Jennifer würde jemanden schicken, nachdem ich den Lunch verpasst hatte."

„Ich wünschte, ich hätte diesen Lunch auch ausgelassen", bemerkte einer der Männer. „Eine der Kolumnistinnen von *Royals von heute* hat mich fast fünfzehn Minuten lang bedrängt.

Wie heißt sie noch mal ... Val Dempsey? Mit ihr zu sprechen, ist, als würde man mit Handschellen an eine Wand gekettet. Es gibt kein Entrinnen. Und wisst ihr, wer noch da war?" Er nannte den Namen einer französischen Schauspielerin und bedauerte dann, dass sie nicht diejenige gewesen war, die ihn bedrängt oder ihm Handschellen angelegt hatte.

Während ein anderer seine Meinung zu der französischen Schauspielerin und Handschellen äußerte, musterte Marco Amanda schnell von oben bis unten. „Ich nehme an, Sie sind die Trauzeugin. Mein Bruder hat mir wiederholt erzählt, die Trauzeugin wäre Amerikanerin. Jennifers Zimmergenossin aus College-Zeiten. Und Ihr Name war", er schnippte mit den Fingern, „*Amanda* Hutton."

Amanda zögerte, unsicher, was sie als Nächstes tun sollte. Sie hatte nur überlegt, wie sie den verschwundenen Prinzen ausfindig machen könnte, jedoch nicht darüber nachgedacht, was sie sagen sollte, wenn sie ihn gefunden hatte. Sie musste ihn überzeugen, sofort aufzubrechen, nicht erst ein oder zwei Drinks später.

„Tatsächlich haben wir nur noch eine Stunde Zeit, Prinz Marco", erklärte sie. „Wahrscheinlich sogar weniger, jetzt, wo Sie –"

Die Croupière drehte einen zweiten König für Marco um.

Amanda wich unwillkürlich einen Schritt zurück, als Marcos Mitspieler laute Rufe ausstießen. Sie hatte bisher nur einmal Blackjack gespielt, bei einem Wochenendausflug nach Atlantic City nach dem College, aber sie erkannte ein gutes Blatt, wenn sie eins sah. Da die Croupière eine Sieben aufdeckte und höchstens auf siebzehn kommen konnte, hatte er einen großen Sieg erzielt.

Sie zählte im Geiste die Anzahl der schwarzen Chips in dem Stapel, den er nach vorne geschoben hatte, und schätzte, dass sein Einsatz etwa sechs Monate ihres Einkommens betrug. Vor Steuern.

Marco ignorierte die Beifallrufe. Stattdessen zählte er eine weitere große Menge Chips ab und stapelte sie neben dem ersten auf.

„Hand teilen."

„*Folle!*" Der Mann, der sich über die Kolumnistin beschwert hatte, schüttelte den Kopf und auch wenn Amandas Italienischkenntnisse begrenzt waren, verstand sie genug, um dieser Einschätzung zuzustimmen. Seine Entscheidung war Wahnsinn. Er war ein Narr.

Der zweite Mann sagte: „Wenn du dein Geld zum Fenster rauswerfen willst, Marco, da fallen mir bessere Möglichkeiten ein."

Die Augenbrauen der Croupière hoben sich minimal, aber sie sagte nichts. Sie nahm die beiden Könige und legte sie nebeneinander, dann zog sie eine Karte aus dem Kartenschlitten und legte sie auf den ersten König.

„Eine Sechs für sechzehn."

Sie zog eine weitere Karte und legte sie auf den zweiten König. „Und wieder sechzehn."

Marcos Freunde stöhnten alle gleichzeitig auf.

Der letzte Spieler meldete sich zu Wort, er sprach mit britischem Akzent: „Tut mir leid, Marco. Gut, dass du es dir leisten kannst, Kumpel."

Die Croupière war mit den anderen Spielern fertig, dann drehte sie ihre eigene Karte um.

„Sieben und vier für elf."

„Wehe, Sie bekommen zweimal einundzwanzig hintereinander", unterbrach der Brite. „Ich könnte meiner Frau nicht erklären, warum wir uns kein angemessenes Geschenk für das königliche Paar leisten können."

Die Croupière lächelte, fuhr aber fort, Karten umzudrehen. „Und zwei für dreizehn, und eine Dame für dreiundzwanzig. Überkauft."

Ein Gejohle ging um den Tisch.

„Na, das wiederum wird meiner Frau gefallen", sagte der Brite und klopfte dem Prinzen auf die Schulter. „Was hat dich gerade geritten?"

Marco zuckte lässig mit den Schultern. „Es war mein letztes Blatt. Ich dachte, ich probiere es mal."

Er schob den Ärmel seines Hemdes hoch und in der Bräune kam eine breite Linie zum Vorschein, wo eigentlich seine Uhr sein sollte. „Kein Wunder, dass ich so spät dran bin. Ich muss sie zu Hause vergessen haben. Meine Herren, ihr solltet euch besser beeilen, wenn ihr noch einen Platz bekommen wollt." Er steckte der Croupière ein paar schwarze Chips als Trinkgeld zu, als der Manager des Spielcasinos den Raum betrat. Der korpulente Mann schaute Amanda böse an und verbeugte sich dann mit einem breiten Lächeln vor Marco. „War alles zu Ihrer Zufriedenheit, Hoheit?"

„Raffaela hat ihre Arbeit wie immer hervorragend gemacht. Vielleicht sollte sie eine Gehaltserhöhung bekommen." Amanda hätte am liebsten gewürgt, als er der Croupière flirtend zuzwinkerte.

„Natürlich, natürlich." Der Manager nickte, zu sehr darauf bedacht, dem Prinzen zu gefallen. „Soll ich Ihre Chips einlösen oder möchten Sie lieber, dass der Betrag Ihrem Konto gutgeschrieben wird?"

„Aufs Konto", antwortete Marco und stieg mit mehr Anmut vom Hocker, als Amanda einem spielsüchtigen jungen Mann in den Zwanzigern zugetraut hätte, der nie eine gute Party verpasste. Vielleicht hatte er als Prinz doch ein paar gute Umgangsformen gelernt.

Oder zumindest die sozialen Kompetenzen, die ihm am meisten halfen, Frauen anzuziehen. Die Augen der Croupière waren fest auf die Kehrseite des Prinzen gerichtet, als dieser dem Tisch den Rücken zuwandte.

Der Manager begann, die Chips des Prinzen einzusammeln, aber Marco klopfte dem Mann auf die Schulter, bevor er fertig war. „Ich habe es mir anders überlegt. Bitte sorgen Sie dafür, dass das Geld an den Stipendienfonds von San Rimini bei der Banca Nazionale geht. Machen Sie daraus eine anonyme Spende zu Ehren von Prinz Antonys Hochzeit mit Jennifer Allen." Dann hob er mahnend einen Finger und sah seine Mitspieler einen nach dem anderen an, bevor sein Blick an Amanda hängen blieb. „Und ihr verratet kein Sterbenswörtchen. Ich meine es ernst, wenn ich sage, dass es anonym bleiben soll."

Die Männer murmelten ihre Zustimmung. Amanda tat dasselbe, allerdings würde Jennifer wissen wollen, woher die große Spende für die Wohltätigkeitsorganisation kam, die sie und Prinz Antony unterstützten. Wie sie Jennifer kannte, würde sie nachforschen, bis sie die Identität des mysteriösen Spenders erfuhr. Aber nach dem Eindruck, den Amanda bisher von dem Prinzen gewonnen hatte, könnte das ein Weilchen dauern. Wahrscheinlich würde Jennifer nicht darauf kommen, dass Marco diesen Beitrag geleistet hatte.

„Es ist mir eine Ehre, mich persönlich darum zu kümmern, Hoheit", sagte der Manager und verneigte sich tiefer als nötig.

„Danke, doch es wäre mir lieber, Sie würden jemanden schicken. Und erwähnen Sie nicht, dass die Zahlung vom Casino Campione kommt."

Das Lächeln des Geschäftsführers wurde etwas schwächer, als er sich aufrichtete, aber er bewahrte Haltung. „Wie Sie wünschen."

„Und nun muss ich zu einer Hochzeit." Marco knöpfte den Kragen seines Hemdes zu, band seine Fliege – ohne einen Spiegel zu benötigen, wie Amanda bemerkte – und bedeutete ihr dann, vor ihm zur Tür zu gehen. „Miss Hutton?"

Als sie die Halle betraten, zog er die Vorderseite seines Smokingjacketts straff und sie nahm einen schwachen Hauch von Rasierwasser wahr. Welches er auch benutzte, der Duft war sowohl verlockend als auch überraschend dezent.

„Sie sind sehr großzügig.“

„Schuldbewusst trifft es eher“, gestand er. „Ich war letzte Woche zum Schnorcheln in Griechenland. Da hatte ich keine Zeit, ein richtiges Geschenk zu besorgen. Nur ein paar alberne Kristallkerzenständer, die mein Vater vorgeschlagen hat.“

Amanda zwang sich, nicht auf das Offensichtliche hinzuweisen: nämlich, dass er Zeit fürs Glücksspiel gehabt hatte. Trotzdem, das Geschenk war großzügig. Wie sie Antony und Jennifer kannte, würden die es weitaus mehr zu schätzen wissen als die Kerzenständer.

Marco fuhr sich mit der Hand durch die Haare, die unglücklicherweise dadurch nur noch mehr verwuschelt wurden. „Sehe ich aus, als wäre ich bereit für eine königliche Hochzeit?“

„Ich bin sicher, es wird gehen, Hoheit.“ Amanda versuchte, ihn nicht anzustarren. In ihrem Job war sie es gewöhnt, mit der gesellschaftlichen Elite umzugehen. Sie hatte sogar einen Monat im Weißen Haus verbracht, um den Kindern des Präsidenten beizubringen, wie sie sich gegenüber hochgestellten Persönlichkeiten aus dem Ausland zu verhalten hatten. Als Tochter eines ehemaligen Botschafters war sie von Mächtigen umgeben aufgewachsen.

Doch nichts hatte sie auf Prinz Marco vorbereitet. Er war so unköniglich, wie ein Mitglied der Königsfamilie nur sein konnte. Wäre sie ihm auf der Hochzeit über den Weg gelaufen, ohne vorher sein Foto gesehen zu haben, hätte sie ihn für einen gut aussehenden Partylöwen gehalten und nicht für ein Mitglied der Königsfamilie von San Rimini. Die Art von Partylöwe, die normalerweise am Ende des Abends mit einer Brautjungfer verschwindet.

„Es wird gehen? Das habe ich ja noch nie gehört! Sie sollten mir antworten, dass ich fabelhaft aussehe. Sexy.“ Er grinste sie selbstsicher an. „Sagen Sie wenigstens: ‚Natürlich, Hoheit‘ oder ‚Schöner Smoking, Hoheit‘. Nicht nur, dass es gehen wird.“

Sie riskierte einen Blick auf ihn. Er überragte sie um fast

dreißig Zentimeter und war etwa 1,90 Meter groß. Vielleicht sogar über 1,90 Meter. Sie war sicher, mit seinem verwuschelten Haar, seinem gigantischen Bankkonto und seiner tadellosen Herkunft fanden Frauen ihn sexy. *Sie* fand ihn sexy, trotz seines Verhaltens. Aber das würde sie ihm nicht erzählen, nicht in der Enge eines schmalen Korridors in einem Casino.

Und schon gar nicht, wenn er sich seiner eigenen Attraktivität durchaus bewusst zu sein schien.

„Wo haben Sie Ihr Englisch gelernt?", fragte sie stattdessen. „Es klingt, als könnten Sie als Nachbar von Wally und Beaver aus dieser amerikanischen Sitcom aufgewachsen sein. Ich habe Ihre Brüder kennengelernt, und sie sprechen beide förmlicher. Und mit Akzent."

Seine hochgezogene Augenbraue zeigte, dass er sich ihres Versuchs, das Thema zu wechseln, durchaus bewusst war. „Antony und Federico haben ihr erstes Englisch von ihrem Kindermädchen gelernt, das aus London stammte, und sie haben hier und in Italien studiert, wo die meisten ihrer Professoren britisches Englisch sprachen. Ich hatte ein amerikanisches Kindermädchen und bin in den Staaten zur Universität gegangen, obwohl ich nicht eine einzige Wiederholung dieser Sitcom-Serie gesehen habe. Gibt es ‚Erwachsen müsste man sein' überhaupt noch im Fernsehen?"

Amanda war überrascht, dass er die Anspielung verstanden hatte. Die meisten ihrer Freunde hätten das nicht. Oh, sie würden so tun, als ob, aber bestenfalls erkennen, dass es sich um eine alte Serie handelte, die sie nie gesehen hatten.

„Lassen Sie mich raten. War es die UNLV, die Universität von Nevada in Las Vegas?", fragte Amanda trocken, als sie die Stufen zum Hauptspielsaal hinuntergingen.

„Würden Sie glauben, dass es Princeton war?"

„Das erscheint mir einigermaßen glaubhaft. Immerhin liegt die Uni in der Nähe von Atlantic City."

Er lachte. Sie erreichten das Erdgeschoss, wo die gut

betuchten Gäste ihm hinterherstarrten, als er an den Spieltischen und Spielautomaten vorbeiging. Der ihr nun wohlbekannte Wachmann lief neben Prinz Marco her und ließ seine Blicke durch den Raum schweifen, während sie sich den Türen zur Strada il Teatro näherten.

Offenbar versöhnt mit ihrer Anwesenheit schaute Ivan sie kurz an, dann wandte er sich an den Prinzen: „Ihr Wagen steht bereit, Hoheit. Der Chauffeur sagt, dass er Sie in zehn Minuten zum Duomo bringen kann, aber Sie müssen von hinten heranfahren. Der direkte Weg ist überfüllt mit Menschen, die sich einen Platz gesichert haben, um die Kutsche zu sehen. Sie sollten aber noch rechtzeitig vor der Zeremonie ankommen und sogar etwas Zeit übrig haben.“

Der Wachmann ging durch eine der Glastüren, überprüfte den breiten Bürgersteig und winkte sie dann zu einem makellosen schwarzen Range Rover, der am Bordstein wartete.

Als sie in die helle Nachmittagssonne hinaustrat, stellte Amanda fest, dass der Eingangsbereich nun frei war. Die Frauen hatten entweder aufgegeben oder – was wahrscheinlicher war – man hatte sie aufgefordert, zu gehen. Erleichterung durchflutete sie. In Anbetracht der Tatsache, dass ihr Schützling so gerne flirtete, bezweifelte Amanda, dass er schnell in das wartende Fahrzeug gesprungen wäre, wenn ihn eine Gruppe entgegenkommender Frauen begrüßt hätte.

Sie blieb zurück, bis Ivan Marco um das Auto herumgeführt hatte, damit er sich an der gegenüberliegenden Seite auf dem Rücksitz niederlassen konnte. Der Fahrer wollte seine Tür öffnen, um auszusteigen und ihr zu helfen, aber sie sagte ihm, dass es schon ginge. Sie hob ihren Rock so weit an, dass sie von der Bordsteinkante in das große Fahrzeug klettern konnte. Beim Einsteigen verhedderte sich das bauschige Kleid im Sicherheitsgurt, aber Marco löste den eingeklemmten Stoff mit einer Handbewegung, bevor sie selbst danach greifen konnte.

„Ich danke Ihnen. Die Fahrzeug-Designer entwerfen wirklich keine Autos, in denen Brautjungfern solche Kleider tragen können", bemerkte sie, als sie beide sicher in dem übergroßen SUV Platz genommen hatten.

Marco warf einen skeptischen Blick auf die Masse an dunkelrosa Stoff, den sie zusammengerafft hatte, damit er nicht den Rücksitz füllte oder – schlimmer noch – auf dem Schoß des Prinzen lag. „Es ist umgekehrt", erwiderte er. „Die Mode-Designer entwerfen keine Kleider, die Brautjungfern in diesen Autos tragen können."

Amandas Wangen wurden heiß. Er hatte es so gesagt, als wäre die Situation die Folge von schlechter Planung ihrerseits, obwohl sie gar nicht versucht hätte, das Kleid auf den Rücksitz dieses Wagens zu stopfen, wenn Marco wie vorgesehen bei Antony geblieben wäre.

„Hören Sie", fuhr er fort, „ich weiß Ihre Bemühungen zu schätzen, mich rechtzeitig zur Zeremonie zu bringen, aber Antony ist klar, wie sehr ich solche Events hasse. Ich gebe zu, es ist eine eher schlichte Hochzeit für einen Kronprinzen, aber er ist immer noch der Kronprinz. Ich habe ihm wiederholt gesagt, dass ich kein Interesse an all diesen lächerlichen Veranstaltungen vor der eigentlichen Hochzeit habe, ganz zu schweigen von den Paparazzi, die auf Fotos aus sind." Er schaute aus dem Fenster, doch sie sah den flüchtigen Ausdruck von Enttäuschung, der über sein Gesicht huschte. „Antony sollte wissen, dass ich bei der Hochzeit selbst da sein würde. Ich habe noch nie in meinem Leben ein wirklich wichtiges Ereignis verpasst."

Amanda sagte nichts, überrascht über den Einblick in die Persönlichkeit des Prinzen. Von allen Mitgliedern der königlichen Familie von San Rimini zog Marco am wenigsten die Aufmerksamkeit der Leute auf sich, weshalb sie sich ein Foto angeschaut hatte, bevor sie sich auf die Suche nach ihm gemacht hatte. Sie war nicht sicher gewesen, ob sie ihn erkennen würde. Aber der Mangel an Beachtung war nicht darauf zurückzuführen, dass er der Jüngste war, wie sie vermutet hatte. Es lag daran, dass er sich der Öffentlichkeit entzog.

Interessant, wenn man bedachte, was sie von seinem Umgang mit seinen Freunden gesehen hatte.

Nach einem Moment wandte sich Marco auf seinem Sitz zu ihr um. „Warum wurden Sie ausgesandt und nicht einer von Antonys Freunden? Wir sind uns bisher noch nicht einmal begegnet."

Amanda zuckte mit den Schultern. „Die Presse kennt die meisten von Antonys Freunden."

„Lassen Sie mich raten: Man wäre ihnen durch die ganze Stadt gefolgt. Es wäre herausgekommen, dass ich verschwunden war, und die Presse hätte mich als unverantwortlich hingestellt?"

„Vermutlich", räumte Amanda ein. Sie hatte das selbst angenommen, obwohl sie sich jetzt fragte, ob ihre anfängliche Einschätzung seiner Verantwortungslosigkeit zu hart gewesen war. „Jennifer und Antony wussten auch, wenn die Presse dies aufgriffe, würde Ihr Vater herausfinden, dass Sie nicht da waren, wo Sie hätten sein sollen. Als ich aufbrach, hatte er Ihr Fehlen noch nicht bemerkt. Jennifer erwähnte, dass König Eduardo in der letzten Zeit wegen Ihres Verhaltens besorgt ist."

Marcos Lippen pressten sich zu einer grimmigen Linie zusammen, deshalb lenkte Amanda schnell vom Thema ab: „Wie dem auch sei, da ich Ausländerin bin, war es nicht sehr wahrscheinlich, dass ich Aufmerksamkeit erregen würde, selbst wenn ich in diesem Kleid durch die Stadt renne und Fragen stelle. Jennifer und ihre Mutter wollten gerade den Palast verlassen und sich in die Garderobe des Duomo begeben, also sagte ich Jennifer, dass es mir nichts ausmachen würde, mein Kleid im Palast anzuziehen und sie in der Kathedrale zu treffen. Den Friseurtermin würde ich weglassen."

„Das war nicht nötig, aber vielen Dank. Ich bin sicher, Antony und Jennifer sind Ihnen dankbar." Er betrachtete stirnrunzelnd ihr Kleid und fügte dann hinzu: „Das Mindeste, was ich im Gegenzug tun kann, ist, es Ihnen etwas bequemer zu machen.“

Er löste seinen Sicherheitsgurt und rutschte zu Amandas Seite herüber.

Bevor sie begriff, was er vorhatte, legte er seine Hand auf ihren Oberschenkel.

KAPITEL 2

AMANDA ZUCKTE ZUSAMMEN und rutschte zur Seite, soweit es ihr Sicherheitsgurt zuließ. Ihr Schrei erinnerte an einen Welpen, der zum ersten Mal Bekanntschaft mit den Krallen des Katers aus der Nachbarschaft machte.

Marco bemerkte, wie sein Fahrer in den Rückspiegel schaute, die Stirn runzelte und dann den Blick abwandte. Zum Glück kannte Filippo ihn besser als diese Frau, sonst hätte er eine Kehrtwendung gemacht und wäre zum nächsten Polizeirevier gefahren.

Marco löste seine Finger von der schlanken Brünetten und drehte seine Hand so, dass die Frau erst die Innenfläche und dann den Handrücken sehen konnte. „Sie brauchen nicht zu schreien. Es ist nur meine *Hand*."

„Nun, behalten Sie diese bei sich." Sie richtete sich in ihrem Sitz auf und erst dann, als fiele es ihr verspätet ein, fügte sie hinzu: „Hoheit."

„Ich richte nur Ihr Kleid. Nichts weiter."

Meine Güte, was war diese Frau verkrampft! Er lehnte sich zu ihr hinüber und legte – ganz langsam – erneut seine Hand auf ihr Bein. Es war ein besonders hübsches Bein, das konnte er selbst durch die Masse an Stoff erkennen. Allerdings hatte er keinesfalls die Absicht, das zu tun, was sie offensichtlich vermutet hatte.

Der Ausdruck von Beklemmung in ihren haselnussbraunen Augen ließ ein wenig nach, doch sie presste ihre angespannten Schultern weiterhin gegen die Rückenlehne.

Marco nahm etwas von der dunkelrosa Seide auf ihrem Schoß und breitete den Stoff auf dem Sitz zwischen ihnen aus. Dann beugte er sich über sie, ergriff mehr von dem Material und ließ dieses in einer Welle zwischen die Kante ihres Sitzes und die Fondtür fallen.

„Sehen Sie?" Er hob wieder die Hände und hoffte, sie würde seine unschuldigen Absichten erkennen. „Wir können doch nicht zulassen, dass die Trauzeugin vor dem Hauptereignis bereits zerknittert ist."

„Nein, vermutlich nicht." Sie schenkte ihm ein leichtes Lächeln, das jedoch verschwand, als er ihre zu Fäusten geballten Hände sanft von ihrem Schoß nahm.

„Lassen Sie los", wies er sie an. Sie blinzelte, dann, nach einer Sekunde des Zögerns, tat sie, was er verlangte, und ließ den Stoff los, den sie umklammert hielt.

Er schenkte ihr ein Lächeln, von dem er hoffte, es überzeugte sie davon, dass er keine Gefahr für sie darstellte, beugte sich dann vor, um den Bereich nahe des Saums zu ergreifen, und schüttelte den vorderen Teil ihres Kleids kurz aus.

„Voilà." Er deutete mit einer Handbewegung auf ihren Schoß, als hätte er gerade einen Zaubertrick vollbracht. „Nicht einmal die Palastgeier könnten Sie jetzt kritisieren. Sie werden auf allen Fotos fabelhaft aussehen."

Sie sah auf ihr Kleid hinunter und dann wieder zu ihm hin, als der Range Rover von der Strada il Teatro auf eine holprige Kopfsteinstraße abbog. „Danke."

„Gern geschehen. Das ist das Mindeste, was ich tun konnte, denn jede Falte wäre meine Schuld." Er warf ihr einen Seitenblick zu. Sie schien immer noch nervös zu sein. „Außerdem: Sollte ich Sie noch einmal anfassen, gehen Sie bitte nicht vom Schlimmsten aus. Es wird erwartet, dass wir auf dem Empfang miteinander tanzen. Ich weiß nicht, was das Sicherheitspersonal tun würde, sollten Sie dann plötzlich anfangen, zu schreien."

„Ich verspreche, nicht zu schreien." Dieses Mal war ihr Lächeln echt und erreichte auch ihre Augen. „Aber die Wette gilt nur, solange Sie nicht aus der Reihe tanzen."

Er grinste. Trotz ihres verklemmten Auftretens hatte er sofort gespürt, dass sie Mut besaß. Immerhin hatte sie sich im Casino an Ivan vorbeigeschlichen, um den privaten Raum zu betreten. Ebenso genug, um diese Bemerkung über die University of Nevada zu machen. Und jetzt genug, um ihn davor zu warnen, sie auf eine Art zu berühren, die auch nur ansatzweise verführerisch gemeint sein könnte.

„In Ordnung", erwiderte er. „Aber denken Sie daran: Auch wenn Sie gesagt haben, dass die Wette gilt, ich bin der Glücksspieler, nicht Sie."

Das hatte den gewünschten Erfolg: Sie entspannte sich endlich genug, um laut zu lachen, und ihm gefiel dieser melodische Klang.

Er musterte sie einen Moment lang. Der Name Amanda passte zu ihr. Ein romantischer Name für eine Frau, die aussah, als wäre sie dazu geboren, die Hauptrolle in einem Liebesfilm zu spielen – mit ihrer perfekten Haltung, den vollen Lippen und dem weichen braunen Haar, das nur darauf zu warten schien, dass jemand es verwuschelte.

Aber das Merkwürdigste war, dass ihre Bereitschaft, ihm ihre Meinung zu sagen, ihn mehr faszinierte als ihre körperlichen Eigenschaften.

Jeden Tag traf er schöne Frauen. Durch seine Position hatte er die Möglichkeit, mit jeder von ihnen zusammen zu sein, die er wollte. Sie sprangen ihm förmlich auf den Schoß und überschütteten ihn mit oberflächlichem Lob, jetzt, da er seinen Militärdienst hinter sich hatte und nach San Rimini zurückgekehrt war. Aber wie viele Jahre war es her, dass jemand – ob männlich oder weiblich – den Mut gehabt hatte, mit ihm wie mit einem Freund oder Kollegen zu sprechen und nicht wie mit einem Prinzen?

Abgesehen von seinen Freunden aus Grundschulzeiten, die ihn kennengelernt hatten, als seine Mutter noch lebte, die ihn bei einer staatlichen Schule angemeldet hatte – und mit denen er jetzt dem Glücksspiel frönte oder Skifahren ging –, konnte er sich an niemanden erinnern.

Amandas Blick traf den seinen und er verspürte ein plötzliches, überwältigendes Verlangen, ihr Bein erneut zu berühren. Und diesmal nicht, um lediglich ihr Kleid zu richten.

Ihre rosigen Wangen wurden feuerrot und da fiel ihm auf, dass er beinahe auf ihrer Seite des Rücksitzes saß. Viel zu nah für ihr Wohlbefinden – oder sein eigenes.

Wenn sie seine Gedanken lesen könnte … Nun, dann müsste er nicht auf ihren gemeinsamen Tanz warten, um zu erleben, ob sie vor Angst schreien würde.

Er rutschte auf seine Seite hinüber und schaute aus dem Fenster. „Wir sind in ein paar Minuten da. Wenn uns irgendwer rechtzeitig zum Duomo bringen kann, dann Filippo. Er kennt alle Abkürzungen."

Sie bogen in eine noch engere Straße mit Kopfsteinpflaster ein, die durch das Marktviertel von San Rimini führte und sie zur Rückseite der beeindruckenden Kathedrale brachte. Die Ladenbesitzer drängten ihre Kunden aus ihren Geschäften auf die schmalen Gassen und zogen die Metalltore hinter den Nachzüglern zu, damit sie rechtzeitig nach Hause kommen konnten, um die Hochzeit im Fernsehen zu sehen. Eine Gruppe von Touristen, die Fahnen von San Rimini schwenkten, schlenderte bergab zur Strada il Teatro, die das Königspaar nach der Zeremonie in einer Kutsche entlangfahren würde.

„Ich nehme an, er muss diese Abkürzungen recht häufig

benutzen", meinte Amanda, als sie um eine scharfe Kurve bogen. Sie warf ihm einen fragenden Blick zu und hielt sich an der Armstütze ihrer Tür fest, als Filippo wegen ein paar unvorsichtigen Fußgängern scharf bremste.

„Ich bitte um Entschuldigung", sagte er.

„Nein, wir sind diejenigen, die sich entschuldigen sollten", erwiderte Amanda. Ihre Stimme klang aufrichtig. „Ich weiß es zu schätzen, dass Sie uns durch dieses Gedränge fahren. Vielen Dank."

„Gerne", antwortete er und nickte ihr im Spiegel zu.

Mit leiser Stimme fragte Marco: „Wollen Sie damit andeuten, dass ich oft zu spät komme?"

„Ich habe nichts dergleichen gesagt."

„Egal. Wir sind da." Marco wies mit dem Kinn nach vorne, als der Range Rover bremste und vor einer Polizeiabsperrung zum Stehen kam. Filippo ließ sein Fenster hinunter und bedeutete dem Beamten, sie passieren zu lassen. Marco lehnte sich nach vorne und warf einen Blick auf die Sicherheitsvorkehrungen, bevor er auf die Uhr am Armaturenbrett schaute. „Und wir haben noch fast zwanzig Minuten Zeit."

„So *wenig*?", keuchte sie. „Jennifer muss schon unglaublich besorgt sein. Und ich habe keine Gelegenheit mehr, um mich frisch zu machen."

Filippo winkte zum Dank, als der Beamte den Range Rover durch die Absperrung und in eine Gasse fahren ließ, die am kleinen Parkplatz des Duomo endete. Dieser war bei besonderen Veranstaltungen Mitarbeitern und Würdenträgern vorbehalten. „Tun Sie das hier und jetzt. Sie haben eine Minute Zeit."

Sie runzelte die Stirn, schaute auf ihre Handtasche und schüttelte den Kopf. „Danke, aber das wäre wirklich unpassend. Ich würde mich wohler fühlen, wenn ich damit warten könnte, bis wir drinnen sind."

„Es wäre *unpassend*? Wen interessiert das schon?"

„Mich."

Er runzelte die Stirn. „Warum? Weil Sie neben einem Prinzen sitzen?"

„Weil es mein Job ist."

„Sich frisch zu machen?"

„Nein, natürlich nicht. Ich bin eine Benimmlehrerin für Kinder, wenn Sie es unbedingt wissen wollen. Ich versuche zu leben, was ich lehre."

Kein Wunder, dass sie sich nie zu entspannen schien. Und kein Wunder, dass sie ihn offenbar nicht attraktiv fand. Wahrscheinlich hielt sie ihn für einen ungebildeten Trottel. „So eine sind Sie? Wie die Palastgeier? Ich hätte wissen müssen, dass Sie eine Person sind, die Kindern Vorträge darüber hält, welche Gabel sie für den Salat und welche für den Nachtisch nehmen sollen."

„Ich halte nie Vorträge", sagte sie und reckte den Hals, um die Rückseite des Duomo zu betrachten, während sie mit ihm sprach. Hier waren sie von der Menschenmenge abgeschirmt, die sich vor den Stufen auf der Vorderseite versammelt hatte in der Hoffnung, das Brautpaar nach der Zeremonie herauskommen zu sehen, aber der Lärm war immer noch zu hören, selbst durch die geschlossenen Autofenster. Amanda richtete sich auf und zuckte mit den Schultern. „Was ich tue, geht weit über Gabeln hinaus, das versichere ich Ihnen. Ich helfe Kindern von wichtigen Persönlichkeiten – Botschaftern, Kongressabgeordneten, Richtern – mit den alltäglichen Problemen umzugehen, die es mit sich bringt, das Kind von jemandem zu sein, der im Blick der Öffentlichkeit steht."

„So wie die Nase zu hoch zu tragen? Das muss eine Herausforderung sein."

Sie betrachtete ihn von oben bis unten, ihre Gedanken zu diesem Thema waren nur allzu offensichtlich.

Diese Grube hatte er sich selbst geschaufelt. „Touché, Miss Hutton."

Sie schüttelte den Kopf, dabei löste sich eine zimtfarbene

Locke über ihrem Ohr. „Nun, Anwesende ausgenommen, natürlich."

„Natürlich."

„Aber Sie haben recht: Einige von ihnen tragen die Nase zu hoch", räumte sie ein. „Dann bekommen sie von mir einen Nasenstüber."

Er starrte sie an, verblüfft über ihren Scherz.

Sie winkte schnell ab, als ob sie befürchtete, der Witz wäre verpufft. „Das ist eine Sache, die ich den Eltern überlasse. Ich konzentriere mich darauf, meine Klienten dabei zu unterstützen, Schwierigkeiten bei sozialen Interaktionen zu umschiffen. Zwar bin ich durchaus in der Lage, ihnen Verhaltensregeln zu erklären, die ihnen helfen, Peinlichkeiten zu vermeiden – Sie wissen schon, die *Welche-ist-die-richtige-Gabel?*-Problematik –, und ich beantworte solche Fragen, wenn es nötig ist, aber in der Regel haben sie diese Lektionen bereits gelernt, wenn ich hinzugerufen werde. Was ich mache, ist subtiler."

„Wie das?"

Ein leichtes Lächeln umspielte ihre Lippen. „Ich bringe ihnen bei, wie sie sich bei offiziellen Anlässen entspannt unterhalten können. Ich helfe ihnen auch, Leute zu erkennen, die es auf das Geld oder die Beziehungen der Familie abgesehen haben oder die persönliche Informationen abgreifen wollen, etwas in der Art."

„Ich verstehe." Er kannte solche Menschen zur Genüge. Selbst angesehene Mitglieder der Oberschicht von San Rimini hatten sich ihm auf Veranstaltungen im Palast genähert, als er noch ein Teenager war, und versucht, über ihn an seine Eltern heranzukommen oder Insiderinformationen zu erhalten. Mehr als einmal war er in ihre Fallen getappt und hatte ihnen Dinge erzählt, die er wahrscheinlich besser für sich behalten hätte.

„Und wenn Ihre pflichtgetreuen Schüler gelernt haben, diese Blutsauger zu identifizieren?", fragte er. „Was dann?"

„Meistens gehen wir Szenen durch, mit denen sie rechnen

müssen, damit sie das nötige Rüstzeug haben, um mit verschiedenen Situationen umzugehen. Natürlich immer höflich. Es ist eine Kunst, Menschen, die einen ausnutzen wollen, davon abzubringen und dabei eine freundliche Haltung zu bewahren. Die Kinder, mit denen ich arbeite, dürfen diejenigen, die für die Karriere ihrer Eltern wichtig sind, nicht beleidigen, aber sie müssen sich selbst schützen." Sie hob die Schultern. „Es ist schwierig für Eltern, das ihren Kindern beizubringen, und da komme ich ins Spiel. Es ist eine Gratwanderung, die manchmal ungemütlich sein kann, und es braucht Übung, verstehen Sie?"

„Nur zu gut", murmelte er.

Oft hatte er die Soireen im Palast vermieden – Staatsbankette, Wohltätigkeitsdinner, Debütantinnenbälle – und war stattdessen mit Freunden Ski gefahren oder Segeln gegangen in der Hoffnung, den politischen Intrigen zu entgehen, und um nicht versehentlich jemanden zu verärgern, der für die Ziele seines Vaters wichtig sein könnte. Allein beim Gedanken daran brach ihm der Angstschweiß aus. Seine Mutter hatte solche Situationen immer souverän gemeistert, erst recht für eine Person, die nicht in eine königliche Familie hineingeboren worden war. Und sie hatte erkannt, dass Marco das nicht konnte, und ihm erlaubt, alle Termine außer den wirklich wichtigen zu schwänzen – das rechnete er ihr hoch an. Er wünschte, sie könnte jetzt hier sein, um ihn zu beraten. Das Ende seiner Zeit in der Armee bedeutete, dass man von ihm erwartete, politische Aufgaben zu übernehmen. Und zwar bald.

Als Amanda erneut sprach, war ihre Stimme sanft: „Sie waren an der Universität, als Ihre Mutter starb, nicht wahr?"

War diese Frau auch Gedankenleserin? Er begegnete ihrem Blick und erkannte sofort, dass kein Gedankenlesen nötig war, um zu wissen, was ihn bedrückte. Es brauchte nur eine Frau, die die Fähigkeiten seiner Mutter besaß, wenn es galt, die Gefühle der Menschen um sie herum wahrzunehmen. Er hatte sein Herz auf der Zunge getragen.

„Ich hatte gerade mein Studium in Princeton aufgenommen, als sie die Diagnose erhielt. Ich hatte schon einige Credits und stemmte im ersten Semester ein hohes Pensum, sodass ich das Sommersemester darauf freinehmen und in San Rimini sein konnte, als sich ihr Gesundheitszustand dramatisch verschlechterte. Isabella war in ihrem letzten Studienjahr in London und meine Mutter bestand darauf, dass sie blieb und ihren Abschluss machte. Federico und Lucrezia waren frisch verheiratet und zu ihrem ersten Staatsbesuch als Ehepaar nach Australien und Neuseeland gereist. Antony war in Afrika in diplomatischer Mission unterwegs. Sie haben es nie gesagt, aber ich bin sicher, dass es für sie schwerer war, weil sie nicht zu Hause sein konnten.“

Sie veränderte ihre Sitzposition. „Trotzdem, allein zu Hause zu sein mit einem trauernden Vater, während Presseberichte das ganze Land überschwemmten, das muss schwierig gewesen sein.“

„Wahrscheinlich hätte es geholfen, Ihre Dienste in Anspruch zu nehmen, auch wenn diese für Kinder gedacht sind. Aber ich habe es geschafft. Wir haben es alle geschafft.“ Er räusperte sich, wollte sie nicht länger ansehen. Die Verlockung war zu groß. Die Versuchung, einen zweiten oder dritten Blick auf eine Frau zu werfen, die nicht nur schön war, sondern auch die besten Eigenschaften seiner Mutter besaß. Aus zutiefst persönlichen Gründen hatte er sich vor langer Zeit geschworen, dass er niemals eine Beziehung mit einer solchen Frau eingehen würde. Er hatte die Absicht, diesen Schwur zu halten.

Es war besser, bei den hübschen, aber oberflächlichen Frauen zu bleiben, die ihn anschmachteten. Wenn sein Vater irgendwann darauf bestand, dass er heiratete … nun, er würde sich damit beschäftigen, wenn es so weit war. Zum Glück hatte sich das Risiko, dass es dazu kommen würde, mit Antonys Hochzeit heute verringert – und Federico war nicht nur verheiratet, sondern auch Vater zweier Kinder.

Der Range Rover kam zum Stehen und Marco wies auf den Seiteneingang, wo die Wachen die geladenen Gäste kontrollierten. „Wie dem auch sei, warum tragen Sie nicht Ihren Lippenstift auf oder was auch immer Frauen tun, um sich frisch zu machen, wenn Sie das Bedürfnis verspüren? Ich werde es niemandem verraten." Er zwinkerte ihr zu. „Außerdem werden Sie bei der Schickeria, die zu dieser Feier kommt, sicher den einen oder anderen neuen Klienten finden", fügte er hinzu. „Diese Kinder werden viel bessere Schüler sein, als ich es jemals gewesen wäre."

MARCO HATTE mit einer Sache recht gehabt, stellte Amanda fest, als sie die Gabel aus Sterlingsilber auf ihren Dessertteller legte, um dem Kellner zu signalisieren, dass er ihn abräumen konnte. Es waren mehr potenzielle Klienten anwesend, als sie angesichts der relativ kurzen Gästeliste von zweihundert Personen vermutet hatte. Sie musste einen diskreten Weg finden, ihre Dienste zu erwähnen, bevor alle nach Hause gingen, und auf Interesse hoffen. Andersfalls würde sie ernsthaft in Erwägung ziehen müssen, wieder bei ihren Eltern zu leben. Ihre Tätigkeit wurde zwar gut bezahlt, wenn sie Klienten hatte, aber diese waren dünn gesät und Engagements schlossen nicht nahtlos aneinander an. Während der letzten Durststrecke hatte sie einen Teil ihrer Ersparnisse verbraucht. Sie wollte nicht noch mehr davon verschwinden sehen.

Sie schüttelte den deprimierenden Gedanken ab, nahm einen Schluck ihres Champagners und schaute sich im Garten des Palastes um. Jennifer und Antony hatten sich dafür entschieden, ihren Empfang hier abzuhalten und nicht im formelleren Königlichen Ballsaal. Abgesehen von Jennifers Eltern, die für Wohltätigkeitsorganisationen gearbeitet hatten, und einer Gruppe ehemaliger Flüchtlinge, die in dem Lager gelebt hatten, das Jennifer geleitet hatte, waren die meisten Gäste europäische Aristokraten. Amanda erkannte König Carlo und Königin Fabrizia von Sarcaccia, zwei Mitglieder des niederländischen Königshauses und den Botschafter von San Rimini in den Vereinigten Staaten.

Das königliche Orchester spielte auf der Treppe, die vom Palast zum Garten hinunterführte, und erfüllte die Abendluft mit beschwingter Musik. Der Bräutigam, Prinz Antony, ließ sich mit den beiden Söhnen seines Bruders Federico fotografieren, während sein Vater, König Eduardo, mit Abgeordneten des Parlaments von San Rimini plauderte.

Jennifer lehnte sich zu Amanda hinüber und flüsterte: „Puh, ich habe diese Pause wirklich gebraucht. Gute Idee von dir, diesen Frauen zu sagen, dass ich ein Stück meiner eigenen Hochzeitstorte verdient habe." Ihr elegantes Hochzeitskleid raschelte, als sie versuchte, sich unter dem Tisch unauffällig die Füße zu reiben. Es war das erste Mal seit Stunden, dass beide sich hatten hinsetzen können.

„Ich ahnte, dass du langsam müde wirst." Amanda lächelte ihre Freundin an. „Ich hielt es für meine Aufgabe, dir eine kurze Verschnaufpause zu verschaffen."

„Ich bin nicht wirklich müde", erwiderte Jennifer mit einem Seufzen. „Eher überwältigt. Wenn ich mit einer weiteren berühmten Person tanze, sterbe ich. Es ist mir egal, ob ich jetzt zur königlichen Familie gehöre. An diese ganze Berühmtheit muss ich mich erst noch gewöhnen."

In diesem Moment kamen Prinzessin Isabella und zwei ihrer Freundinnen an ihrem Tisch vorbei, jede trug ein kleines Vermögen an Diamantschmuck.

„Sie müssen sich auch noch an mich gewöhnen", fügte Jennifer hinzu, als Antonys jüngere Schwester außer Hörweite war. „Es kommt nicht jeden Tag vor, dass eine linkische Amerikanerin in ihre Gesellschaftskreise eindringt und den Kronprinzen heiratet."

Amanda schaute erneut zu Prinz Antony, der immer wieder zu ihrem Tisch herübersah und seinen Blick nicht von seiner frisch angetrauten Ehefrau lösen konnte. Die Hochzeit war reibungslos verlaufen und nahtlos in den Empfang übergegangen. Junge Paare drängten sich auf dem Teil des Rasens, der für das Tanzen reserviert war, und die älteren Gäste genossen die Gelegenheit, sich zu unterhalten. Jennifer war wohl die schönste und ausgeglichenste Braut, die Amanda je gesehen hatte. „Wenn du meine Expertenmeinung hören willst ...“

„Immer.“

„Du wirst deine Sache gut machen. Prinz Antony liebt dich, das sieht jeder. Und seine Familie liebt dich auch.“

Jennifer drückte Amandas Hand. „Ich weiß. Sie waren wunderbar zu mir.“ Sie blinzelte ein paar Mal, um die Tränen aus ihren Augen zu vertreiben, dann ließ sie Amandas Hand los. Schweigend betrachteten sie einen Moment das Treiben im Garten, bevor Jennifer hinzufügte: „Da wir gerade von Antonys Familie sprechen: Danke, dass du Marco aufgespürt hast. Du hast den Tag gerettet.“

„Kein Problem.“ Zumindest kein Problem, das sie mit der Braut an ihrem Hochzeitstag besprechen würde, egal, wie eng ihre Freundschaft war.

„Ihr zwei wart ziemlich knapp dran. Antony war außer sich. Allerdings habe ich ihm gesagt, er hätte damit rechnen müssen. Das ist eben Marco.“

Amanda zögerte, da sie sich nicht abwertend über ein Mitglied von Jennifers neuer Familie äußern wollte. „Nun“, entgegnete sie vorsichtig. „Antony ist sehr zuverlässig und erfüllt seine königlichen Pflichten mit Hingabe. Marco ist jünger. Freiheitsliebender. Ich bin sicher, dass sie nicht immer einer Meinung sind.“

Jennifer lachte. „Freiheitsliebender. Das ist eine schmeichelhafte Umschreibung. Antony nennt ihn bestenfalls unabhängig, schlimmstenfalls unverantwortlich. Hatte ich dir schon erzählt, dass Prinz Marco in seiner Jugend mehr als einmal die Schule geschwänzt hat, um alleine lange Spaziergänge durch die Stadt zu unternehmen? Nicht gerade sicher für ein Kind, geschweige denn für ein Mitglied der königlichen Familie – auch wenn er versucht hat, sich zu verkleiden." Sie verdrehte die Augen. „Ich muss Marco vermutlich im Blick behalten, wenn Antony und ich eine Familie gründen. Er wird die Art von Onkel sein, die Kinder auf dumme Ideen bringt. Trotzdem macht er das Leben im Palast interessant. Ich mag ihn sehr."

Amanda lächelte, sagte aber nichts dazu. Wie Jennifer betrachtete auch sie Marco mit gemischten Gefühlen. Sie war wütend auf ihn gewesen, als sie gezwungen gewesen war, ihn ausfindig zu machen – ausgerechnet in einem Casino –, aber er hatte sie mit seiner Großzügigkeit überrascht. Sie hatte ihn für jemanden gehalten, der Spielgewinne für ausschweifende Wochenendausflüge ausgab. Oder für noch mehr Glücksspiele.

Dann war die Autofahrt zum Palast eine Offenbarung gewesen. Zuerst hatte sie gedacht, er würde ihr Avancen machen. Sie war nicht so naiv, dass sie nicht gemerkt hätte, dass er sich zu ihr hingezogen fühlte, und hoffte inständig, dass er nicht dieselbe Anziehung in ihren Augen erkannt hatte. Wenn jemand daran gewöhnt war, dass Frauen ihn begehrlich ansahen, dann Prinz Marco diTalora. Aber er war ein perfekter Gentleman gewesen und hatte sie auf seine wahren Gedanken neugierig gemacht. Als sie sich dem Duomo näherten, wo die berühmte Hochzeit seiner Eltern stattgefunden hatte, und sie über den Druck sprachen, dem Kinder von wichtigen Persönlichkeiten ausgesetzt sind, wurde ihr klar, dass er an seine Mutter dachte. Sie hatte gespürt, dass diese Gefühle tief gingen.

Er ließ sich nicht so unbekümmert durchs Leben treiben, wie es den Anschein hatte.

„Wenn man vom Teufel spricht." Jennifer stupste sie an. „Schau mal da drüben. Das könnte interessant werden."

KAPITEL 3

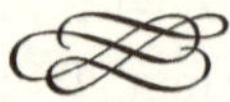

AMANDA FOLGTE Jennifers Blick und sah Marco nicht weit von ihrem Tisch entfernt am Rande der Tanzfläche stehen.

Irgendwie hatte er sich in den wenigen Minuten, die zwischen dem Herausspringen aus dem Range Rover und dem Beginn der Zeremonie lagen, auf Vordermann gebracht. Als sie vor Jennifer den Mittelgang zum Altar hinuntergeschritten war und Marco erspäht hatte, war ihr aufgefallen, dass sein Haar mit einem Kamm statt mit den Fingern gebändigt worden war, sodass er mehr wie auf seinen offiziellen Porträts aussah. Seine Kleidung ließ nicht darauf schließen, dass er gerade aus dem Hinterzimmer eines Casinos kam; vielmehr saß sein Jackett wie angegossen, als hätte ein Schneider im Vorraum der Kathedrale gewartet und jede Naht perfekt gerichtet, bevor er dem Prinzen erlaubte, das Kirchenschiff zu betreten.

Eine kurvige, lockenköpfige Blondine, von der Amanda annahm, dass sie etwa so alt war wie sie selbst, stand neben dem Prinzen.

„Er redet mit Eliza Schipani", flüsterte Jennifer. „Sie waren fast den ganzen Abend kaum zwei Schritte voneinander entfernt. Ich bin sehr gespannt, wie das weitergeht."

Während Amanda Marco beobachtete, richtete der seine Aufmerksamkeit auf Eliza. Sie unterhielten sich einen Moment lang und lächelten dabei. Mit hoffnungsvollem Gesicht neigte sie ihren Kopf auffordernd in Richtung der Tanzenden. Marco hob eine Hand, offenbar, um die dezente Einladung abzulehnen, sagte aber etwas, das die Blonde zum Lachen brachte.

„Seine Freundin?", fragte Amanda gerade so laut, dass nur Jennifer es hören konnte, und bereute die Frage sofort. Sie wollte ganz bestimmt nicht, dass Jennifer glaubte, sie würde etwas über jemanden in Erfahrung bringen wollen, der so wenig zu ihr passte wie Marco diTalora.

„Nein, zumindest noch nicht. Schade, denn ich mag sie wirklich. Sie sitzt im Gesundheitsrat von San Rimini und ich habe gehört, dass sie sich mit dem Gedanken trägt, nächstes Jahr für das Parlament zu kandidieren. Sie wäre eine gute Partnerin für Marco, hat sehr viel Gemeinschaftssinn und steht mit beiden Beinen fest auf dem Boden."

Jennifer betrachtete die beiden einige Sekunden lang, dann atmete sie tief durch. „Marco flirtet wie verrückt. Er weiß genau, was er sagen muss, damit sich die Frauen gut fühlen, aber er hat bisher keinerlei Interesse an einer langfristigen Beziehung gezeigt. Schon gar nicht mit einer Frau, die Verstand hat, wie Eliza Schipani."

„Warum bloß überrascht mich das nicht?"

Jennifer zuckte halbherzig mit den Schultern. „Antony glaubt, dass mehr dahintersteckt als nur der Wunsch, das Feld zu bespielen, aber er ist nicht sicher, was. Bevor Antony und ich uns verlobt haben und König Eduardo kurz vor einer Herzoperation stand, hat der anscheinend angedeutet, dass er Ehen für Antony und Marco arrangieren wollte. Nun, bei Antony war es mehr als eine Andeutung, da Eduardo befürchtete, dass er im schlimmsten Fall einen unverheirateten Kronprinzen hinterlassen würde."

„Ich würde sagen, das ist am Ende gut ausgegangen."

„Da stimme ich dir zu." Jennifer blickte zu ihrem neuen Schwiegervater hinüber. König Eduardo hatte die Ratschläge seines Arztes genauestens befolgt und erholte sich gut. Außerdem hatte er Jennifer zu schätzen gelernt, persönlich wie auch als Partnerin für seinen ältesten Sohn. „Allerdings hat es Antony überrascht, dass Marco keine Einwände erhoben hat. Antony hatte erwartet, dass er sich lange und laut schon gegen den Gedanken an eine arrangierte Ehe wehren würde."

„Eine arrangierte Ehe?" Amanda widerstand dem Drang, das Gesicht zu verziehen. „Antony hat recht. Marco scheint nicht der Typ dafür zu sein. Warum sollte er das wollen?"

Jennifer richtete sich auf und warf dann einen prüfenden Blick in Richtung der Tanzenden auf dem Rasen. „Vielleicht ergibt sich für dich die Gelegenheit, es herauszufinden. Wenn ja, dann klär mich bitte auf. Ich versuche immer noch, dahinterzukommen, wie diese Familie tickt."

Amanda schaute auf und sah, wie Marco sich ohne Eliza Schipani auf ihren Tisch zubewegte. Sein Blick war auf sie gerichtet.

Ihr Herzschlag beschleunigte sich und sie zwang sich, ruhig zu atmen. Es waren Dutzende von gut aussehenden, sympathischen und erfolgreichen Männern anwesend. Warum hatte ausgerechnet Prinz Marco eine solche Wirkung auf sie?

Als er sie erreicht hatte, richtete sich seine Aufmerksamkeit jedoch auf Jennifer. „Falls ich es noch nicht gesagt habe: Willkommen in der Familie."

Er beugte sich nach vorn und küsste seine neue Schwägerin auf die Wange, dann ließ er sich auf dem freien Platz neben Jennifer nieder. Sie unterhielten sich einen Augenblick über den Empfang, dann fügte Marco hinzu: „Wenn du im Moment nicht zu beschäftigt bist – mein Vater hat mir beim Dinner gesagt, dass er noch vor dem Ende der Party mit dir reden möchte, allerdings hat er nicht erwähnt, worum es geht. Ich hätte es früher angesprochen, aber ich war abgelenkt."

Ohne sich umzudrehen, richtete er seinen Blick auf Eliza Schipani, die mit einer Gruppe von VIPs zusammenstand und ihn noch immer verstohlen beobachtete.

Jennifer schlüpfte unauffällig wieder in ihre Schuhe, stand auf und strich ihr Kleid glatt. „Du brauchst es nicht zu erklären. Ich gehe sofort." Sie blickte über den Rasen, bis sie den König entdeckt hatte, und lief dann auf ihn zu.

Amanda rutschte auf ihrem Platz hin und her, denn ihr wurde plötzlich bewusst, dass sie mit Marco allein am Tisch saß. Das Letzte, was sie an diesem Wochenende brauchte, war, sich in einen Prinzen zu verknallen. Sobald sie ihre Aufgaben als Trauzeugin erledigt hatte, musste sie sich überlegen, wie sie einen oder zwei Klienten gewinnen konnte. Jennifer war so nett gewesen, ihr ein paar Möglichkeiten aufzuzeigen, und Amanda hatte vor, das Beste aus diesen Informationen zu machen.

Sie schaute vielsagend über Marcos Schulter in Eliza Schipanis Richtung. Die Blondine sprach gerade mit einem Mitglied des Parlaments von San Rimini und gestikulierte in Marcos Richtung. „Bitte denken Sie nicht, dass Sie hierbleiben müssen, weil Jennifer gegangen ist. Ich glaube, es gibt andere, die gern Ihre Aufmerksamkeit hätten."

Marco schaute verstohlen zu dem Abgeordneten und Eliza Schipani und sagte: „Ich bin sicher, es ist nichts Dringendes. Außerdem hatte ich vor, einen Spaziergang zu machen. Mir die Beine zu vertreten, etwas frische Luft zu schnappen. Möchten Sie sich mir anschließen?"

Allein mit dem attraktiven Prinzen? Verlockend. Aber unklug.

„Wir befinden uns in einem Garten. Gibt es nicht genug frische Luft hier?"

Er hob eine Braue, als wollte er sie herausfordern. „Die Gärten gehen über den Bereich hinaus, der für den Empfang genutzt wird. Er hat auch ruhigere Abschnitte. Wahrscheinlich mehrere, die Sie noch nicht gesehen haben."

Sie zwang sich, ihren Blick nicht abzuwenden. Das Blau seiner Augen war besonders intensiv im Schein der Lichter, die für den Empfang um den Rasen herum aufgehängt worden waren. „Das stimmt", räumte sie ein. „Und ich weiß die Einladung zu schätzen, aber ich sollte wohl hierbleiben und auf Jennifer warten. Es ist schon spät und sie braucht mich vielleicht."

Amanda glaubte, einen Ausdruck von Verzweiflung über sein Gesicht huschen zu sehen, der jedoch so schnell verschwand, dass sie sich fragte, ob es nur eine Täuschung durch das Licht gewesen war. Könnte es sein, dass ihm in Situationen mit hohem sozialem Druck genauso unbehaglich zumute war wie einigen ihrer jugendlichen Klienten? Im Auto hatte sie es einen Moment lang vermutet, den Gedanken aber wieder verworfen. Andererseits könnte es erklären, warum er sich mit der kurvigen Blondine anscheinend unwohl fühlte ... Diese sah umwerfend aus und machte kein Geheimnis aus ihrem Interesse an ihm, zog aber auch eine Kandidatur für das Parlament in Betracht.

Amandas Neugierde war geweckt.

„Ich sag Ihnen was, warum machen wir nicht einen kurzen Spaziergang? Nur damit ich wieder zurück bin, bevor Jennifer das Gespräch mit Ihrem Vater beendet hat." Das sollte ihr genug Zeit lassen, ein wenig dezentes Networking zu betreiben.

Marco schenkte ihr ein atemberaubendes Lächeln. „Wunderbar."

MARCO sog tief die liebliche Nachtluft ein, als er Amanda unter einem der Bögen hindurchführte, die den Eingang zum Rosengarten bildeten. Schon als Kind war er vom Geruch in diesem Teil des Gartens fasziniert gewesen. Der zarte Duft der Rosenblüten, der sich mit dem würzigen Aroma der gestutzten

Buchsbäume am Rand der Kieswege vermischte, wirkte entspannend auf ihn. In Nächten wie dieser, in der eine warme Brise von der Bucht von San Rimini herüberwehte, zog er den Garten der stickigen Luft in den meisten Räumen des Palastes vor, die mit Statuen und Vasen vollgestopft waren sowie mit Gemälden aus der Renaissancezeit, die seine längst verstorbenen Vorfahren darstellten.

Seiner Familie gegenüber hätte er seine Liebe zu diesem Garten allerdings nie zugegeben. Seine Schwester Isabella, die einen Großteil ihrer Zeit hier verbrachte, würde ihn unablässig aufziehen, wenn sie wüsste, dass er fast alle der vierhundert Rosensorten, die es hier gab, benennen konnte, ohne auf das Etikett zu schauen.

„Wow", murmelte Amanda neben ihm. „Den Garten aus der Nähe zu sehen, ist etwas ganz anderes, als ihn im Internet oder auf einer Postkarte zu betrachten. Die Rosen sehen alle so perfekt aus. Ich bin überrascht, dass es so spät in dieser Jahreszeit noch dermaßen viele Blüten gibt. Aber ich glaube, bei Ihnen ist es wärmer als bei uns." Sie beugte sich vor, um an einer großen weißen Edelrose zu schnuppern, und zeigte dann auf den Boden. „Wer hatte die Idee, all diese Lämpchen unter den Pflanzen anzubringen?"

„Meine Mutter", antwortete Marco, „aber es war Isabella, die dafür gesorgt hat, dass sie installiert wurden. Mutter war der Meinung, der Garten würde dadurch für abendliche Feste reizvoller werden und außerdem –" Er schaffte es gerade noch, den Mund zuzuklappen, bevor ihm das Wort *romantischer* entschlüpfte. Vielleicht hatten seine Eltern einst als Verliebte hier lange Spaziergänge auf den verschlungenen Pfaden unternommen, aber das Letzte, was er mit Amanda Hutton wollte, war Romantik. Abgesehen davon, so erinnerte er sich, hatte er sie nur hierhergeführt, um Eliza und ihren Parlamentskollegen zu entkommen.

Hätte die kontaktfreudige Blondine gesehen, wie er den

Empfang allein verließ, wäre sie ihm bestimmt gefolgt in ihrem ständigen Bemühen, ihn als Redner für ihren nächsten Gesundheitskongress zu gewinnen. Nicht gerade seine Vorstellung von Vergnügen.

„Und außerdem?", hakte Amanda nach.

„Äh … oh, sicherer", beendete er den Satz hastig, dann zwinkerte er ihr zu. „Sie wissen schon, Raubüberfälle und so was."

„Raubüberfälle?" Sie lachte laut und wieder fand er den Klang hinreißend. „Dieser Ort ist von einem mindestens drei Meter hohen schmiedeeisernen Zaun umgeben, der mit ich-weiß-nicht-wie-vielen Kameras ausgestattet ist. Und es gibt bestimmt eine Milliarde Wachleute, die über das Gelände streifen. Und Sie sagen mir, dass hier", sie deutete auf die schwachen Lichtchen, „der Schlüssel für die Verhinderung potenzieller Raubüberfälle liegt?"

„Man kann nie wissen", erwiderte er und grinste. „Wie ich schon sagte, es war die Idee meiner Mutter. Vielleicht gab es noch nicht so viele Sicherheitsvorkehrungen, als sie auf die Idee kam."

„Das bezweifle ich, aber ich werde so tun, als ob ich Ihnen glaube."

Mehrere Minuten lang schlenderten sie schweigend weiter. Amanda blieb ab und zu stehen, um an einer Blume zu schnuppern oder das Etikett zu lesen, aber ansonsten lief sie mit einer Armlänge Abstand neben ihm, die Hände abwechselnd hinter dem Rücken oder vor ihrem Bauch verschränkt. Im Gegensatz zu anderen Frauen war sie nicht darauf aus, ihn unablässig zuzuquatschen. Er fand diese Abwechslung erfrischend.

Während sie zu dem Bereich zurückkehrten, wo der Empfang stattfand, betrachtete er sie im Licht eines beleuchteten Springbrunnens. Amanda sah seiner Mutter überhaupt nicht ähnlich, aber irgendetwas an ihr – ihr Gang? ihr Gebaren? – vermittelte ihm das gleiche Gefühl wie damals, wenn er mit seiner Mutter über dieselben Kieswege spaziert war. Sie strahlte Ruhe auf eine Weise aus, die auch ihn entspannte.

Der Gedanke, dass es eine Frau gab, die das bei ihm bewirken konnte, machte ihn gleich wieder nervös.

Während des Rundgangs lächelte Amanda ihm ein paar Mal schüchtern zu und er spürte, dass auch sie trotz ihrer augenscheinlichen Gelassenheit angespannt war. Er fragte sich, ob sie an die Fahrt im Auto dachte und ihre Drohung, zu schreien, falls er sie berührte. Er bezweifelte, dass sie das tun würde, obwohl sie wahrscheinlich einen Schritt zurücktreten würde.

Andererseits ... vielleicht auch nicht.

Sobald ihm dieser Gedanken kam, verdrängte er ihn wieder. Jennifer hatte erwähnt, dass Amanda zu König Eduardos Frühstück am Tag nach der Hochzeit eingeladen war, obwohl dieses in erster Linie für die Familie gedacht war. Sobald das Essen beendet war, würde Amanda abreisen. Marco war nie der Typ gewesen, der Frauen und ihre Gefühle oder auch seine eigenen analysierte. Es gab keinen Grund, jetzt damit anzufangen, zumal die Zeit, die er mit ihr verbringen würde, nur von kurzer Dauer war.

Er zwang sich, seine Aufmerksamkeit wieder auf den Palast zu richten, dessen Fenster vom Licht Hunderter Kristalllüster erhellt wurden. Der San-Rimini-Walzer ertönte von der Treppe, wo sich das Orchester aufgestellt hatte. Dies bedeutete, dass Jennifer ihr Gespräch mit dem König beendet hatte und die Frischvermählten ihren Abschiedstanz tanzten, bevor sie sich für den Abend zurückzogen.

„Klingt, als wäre die Braut zum Empfang zurückgekehrt." Amandas sanfte Stimme klang durch den friedlichen Garten. Sie holte tief Luft, als wollte sie sich für die Rückkehr zu der ausgelassenen Feier wappnen. „Sie wird nach mir suchen. Ich sollte zurückgehen."

Marco deutete nach vorne. „Dieser Weg führt zum Rasen. Aber ich glaube, man erwartete von uns, dass wir mittanzen."

„Oh nein! Sie haben recht. Wir müssen uns beeilen."

Marco winkte ab. „Das Stück ist fast zu Ende. Jetzt schaffen wir es sowieso nicht mehr. Aber sie werden mir die Schuld geben, nicht Ihnen." Aus seiner Sicht war es ohnehin besser, mit Amanda spazieren zu gehen. Wenn er sie unter den blinkenden Lichterketten im Arm hielte, selbst vor ein paar hundert Leuten, würde er das Schicksal herausfordern. Je länger es dauerte, bis sie zurückkehrten, desto besser.

„Nun, hoffen wir, dass sie es nicht bemerkt haben. Und danke, dass Sie mir den Rosengarten gezeigt haben. Er ist wunderschön." Als sie unter einem schmiedeeisernen Bogen hindurchgingen, der über und über mit Blüten bedeckt war, blieb sie stehen, um eine große gelbe Kletterrose zwischen die Finger zu nehmen. „Diese hier gefällt mir besonders gut. Sie ist nicht wie der Rest. Sie hat eine andere Form als die Rosen, die man im Blumenladen bekommt, fast wie eine Nelke. Und ich muss mich nicht einmal vorbeugen, um den Duft riechen zu können."

Er warf einen Blick auf die Rosenstöcke, obwohl er die Sorte erkannte, ohne hinsehen zu müssen. „Sie gehört zu einer älteren Rosengattung. Deren Blüten duften im Allgemeinen stärker als die neueren Rosen. Napoleons Gattin, Kaiserin Josephine, züchtete diese Sorte auf ihrem Anwesen in Frankreich. Diese Pflanze hier war ein Geschenk an einen meiner Vorfahren."

Ihre Augen weiteten sich vor Überraschung. „So alt ist sie?"

„Vielleicht wurde sie im Laufe der Jahre als Vorsichtsmaßnahme vermehrt, aber ja."

Er griff an Amanda vorbei und achtete darauf, sie nicht zu streifen, als er mit dem Schweizer Taschenmesser, das er immer bei sich trug, einen Stängel abschnitt „Hier." Er reichte ihr die zur Hälfte geöffnete Blüte. „Nehmen Sie sie mit auf Ihr Zimmer und stellen Sie sie in etwas Wasser. Bis morgen früh wird sie ganz offen sein."

Amanda legte ihre Hand um seine und zog die Rose vorsichtig aus seinen Fingern. „Ich werde sie auf meinen Nachttisch stellen. Ich bin sicher, sie wird wunderschön aussehen."

Bevor er sich zurückhalten konnte, hob er ihre Finger an seine Lippen. Ihre Hand war kleiner, als er gedacht hatte. Ihre Augen folgten seiner Bewegung und er konnte ihre Unsicherheit spüren, aber sie wich nicht zurück.

Für einen Sekundenbruchteil überkam ihn der Drang, seine Arme um sie zu schlingen, aber sein Verstand konnte seinen Körper gerade noch im Zaum halten. Es war besser, unter dem duftenden Torbogen hervorzutreten und den Spaziergang zu beenden. Dann konnte er Amanda zu Jennifer bringen und sich in sein Zimmer zurückziehen. Alleine. Es war schon so spät, dass niemand fragen würde, warum er nicht zum Hochzeitsempfang zurückgekehrt war.

Außerdem wollte er morgen Abend mit seinen Freunden nach Österreich fahren, bevor sein Vater seine Aufmerksamkeit von der königlichen Hochzeit wieder auf ihn und seine zahllosen Fehler richtete. Einen weiteren Vortrag über seine königlichen Pflichten brauchte er nun wirklich nicht. Wenn er eine reibungslose Abreise anstrebte, musste er heute Abend seine Wanderausrüstung überprüfen und seine Sachen packen.

Aber irgendwie konnte er Amandas Hand, die immer noch die duftende gelbe Rose hielt, nicht loslassen. Ihre Blicke trafen sich und mehr Einladung brauchte er nicht.

Er drehte ihre Hand um und drückte seine Lippen auf ihr Handgelenk. Die Rose fiel ihr aus den Fingern. Ihre Haut war weich und warm und sie roch himmlisch. Er spürte, wie sich ihr Puls unter seinen sanften Küssen beschleunigte, und fühlte, wie sie ihre andere Hand flach auf seine Brust legte.

„Hoheit, ich –" Sie gab einen leisen, erstickten Laut von sich. „Ich glaube, ich höre –"

„Marco!"

Eine unzufrieden klingende Stimme rief seinen Namen irgendwo in der Nähe. Eine Stimme, die sich seit seiner Kindheit in sein Gehirn gebrannt hatte.

Er ließ Amandas Hand los, als ob er eine Schlange geküsst hätte, statt die süßeste Wonne des Gartens zu genießen. Sie trat von ihm weg und in ihren Augen stand der gleiche Schreck, den auch er empfand.

Keine fünf Sekunden später kam sein Vater um die Ecke des Brunnens, seine polierten Schuhe knirschten auf dem Kies. Der König runzelte die Stirn, als er sie beide unter dem Bogen stehen sah, aber er fing sich schnell und nickte ihnen zu.

Amanda neigte den Kopf. „Hoheit.“

„Mir wurde gesagt, dass du Miss Hutton zu einer Führung durch den Rosengarten mitgenommen hast.“ König Eduardo sprach Englisch mit dem deutlichen Akzent der Oberschicht, den er als Kind auf britischen Internaten gelernt hatte. „Du bist schon eine ganze Weile fort.“

Marco versteifte sich. Vielleicht würde er einer Strafpredigt doch nicht entgehen können. Gott sei Dank war der König keinen Augenblick eher gekommen, sonst wäre es die Strafpredigt seines Lebens geworden. Sein Vater wäre sicher nicht damit einverstanden gewesen, dass er die Trauzeugin im Garten küsste, wo sie jederzeit hätten erwischt werden können. „Entschuldige, Vater. Ich wusste nicht, dass du mich brauchst.“

„Nicht dich.“ Er nickte Amanda zu. „Miss Hutton. Bitte entschuldigen Sie, dass ich Ihre Führung unterbreche, aber ich würde gerne kurz mit Ihnen sprechen.“

Marco starrte seinen Vater an. Was könnte er bloß von Amanda wollen?

Der König streckte einen Arm aus und wies auf den Palast. „Wären Sie so freundlich, mich in mein Arbeitszimmer zu begleiten?“

„Selbstverständlich.“

Sie warf Marco einen Blick zu, in dem dieselbe Frage stand, die er sich selbst stellte, dann drehte sie sich um und folgte König Eduardo. Marco blieb mit der vergessenen gelben Rose und dem Geschmack ihrer Haut auf seinen Lippen zurück.

KAPITEL 4

AMANDA FIEL DAS ATMEN SCHWER, als König Eduardo die Flügeltüren zu seinem Arbeitszimmer öffnete und ihr mit einer Geste bedeutete, dass sie Platz nehmen sollte. Er hatte kein Wort gesagt, während sie vom Garten in den Palast gegangen waren, durch drei verschiedene Gänge, an zwei Wachen vorbei und schließlich in seinen privaten Flügel. Dort angekommen hatte er ein Tastenfeld benutzt und seinen Wohnbereich betreten. Als sie sich umschaute, erkannte sie, dass dies nicht nur ein Arbeitszimmer war, in dem er sich oft mit Prominenten fotografieren ließ. Es war sein persönliches Arbeitszimmer. Ein Teil seines Allerheiligsten.

Was habe ich mir da nur eingebrockt? Er hätte sie nicht hierhergebracht, wenn es nicht wichtig wäre. War es, weil sie und Marco so spät zur Hochzeit gekommen waren? Die Frage lag ihr auf der Zunge, aber die Etikette verlangte, dass der König zuerst das Wort ergriff.

König Eduardo, ein hochgewachsener Mann mit dichtem dunklem Haar, das langsam ergraute, war eine Respekt einflößende Erscheinung in seinem maßgeschneiderten Smoking und der königlichen Schärpe, die er für die Hochzeit seines ältesten

Sohnes umgelegt hatte. Aber Amanda war überzeugt, selbst wenn er in Shorts und T-Shirt am Strand spazieren ginge, würde ihn niemand für etwas anderes halten als das, was er war: ein Mann, der alles und jeden um sich herum kontrollierte.

Sie beobachtete seine Gesichtszüge, während sie sich auf einem der mit weichem beigem Samt bezogenen Stühle niederließ. Wie bei den meisten Menschen, die Machtpositionen innehatten, verriet der Gesichtsausdruck des Königs wenig von seinen Gedanken.

Der König nahm nicht – wie sie erwartet hatte – auf dem Stuhl ihr gegenüber Platz. Stattdessen schritt er eine Regalwand voller in Leder gebundener Bücher entlang.

Es musste ihr verspätetes Erscheinen zur Hochzeit betreffen. Was könnte es sonst sein? Der König hatte nicht gesehen, wie Prinz Marco ihre Hand küsste. Sie hatte seine Schritte gehört, als er sich auf dem Kiesweg genähert hatte, und gewusst, dass er nicht den richtigen Blickwinkel hatte, um sie unter dem Rosenbogen zu erspähen.

Sie blinzelte und sah wieder vor sich, wie Marco seine Lippen auf die Innenseite ihres Handgelenks drückte, erinnerte sich an seine feste, starke Brust unter ihrer Handfläche.

Das Gefühl hatte sie bis ins Mark erschüttert und sie könnte sich ohrfeigen, dass sie es zugelassen hatte. Prinz Marco diTalora war unbesonnen. Fünf Jahre jünger als sie. Und sie war nur Sekunden davon entfernt gewesen, ihm in die Arme zu sinken.

Wenn der König sie gesehen hätte, wäre sie in einer noch schwierigeren Lage als jetzt. Aus Jennifers Erzählungen wusste sie, dass er nicht begeistert war, wenn seine Kinder in der Öffentlichkeit ihre Zuneigung zu jemandem zeigten – zumal jeder mit einer Kamera ein Bild davon für die Boulevardpresse machen könnte.

Schließlich hörte der König auf, hin- und herzugehen, und blieb stattdessen hinter seinem Schreibtisch stehen. Für einen Moment war das einzige Geräusch im Raum der entfernte

Klang der Musik, die vom Gartenempfang zu ihnen herüberdrang.

Er nahm ein Foto seiner verstorbenen Frau, Königin Aletta, in die Hand. Ohne Amanda anzusehen, sagte er: „Ich habe Ihre Eltern viele Jahre nicht mehr gesehen, Miss Hutton. Ich hoffe, es geht ihnen gut."

„Ja, danke, sie sind wohlauf." Ihre Antwort verhehlte nicht ihre Überraschung über diese Nachfrage. „Ich wusste nicht, dass Sie sie kennen."

Der König nickte, schien allerdings mit seinen Gedanken ganz woanders zu sein. „Ihr Vater war Botschafter in Italien, als ich den Thron bestieg. Er und Ihre Mutter waren bei meiner Krönung dabei. Sie waren damals noch ein kleines Mädchen. Ich glaube, Sie waren in Rom geblieben."

„Ja, richtig. Wie nett, dass Sie sich daran erinnern." Sie selbst hatte das Ereignis vergessen. Damals war es ihr unbedeutend erschienen angesichts dessen, was in ihrem Leben passierte.

Er drehte das Foto in dem goldenen Rahmen in seinen Fingern. „Ihre Familie hat Italien bald danach verlassen, wenn ich mich recht entsinne. Ich hatte Ihre Eltern ein weiteres Mal in den Palast eingeladen, aber sie konnten nicht kommen."

„Bei meiner Mutter und ihrer Schwester wurde im Abstand von einem Monat Brustkrebs diagnostiziert. Mein Vater hielt es in Anbetracht der Umstände für das Beste, seinen Posten in Italien aufzugeben und in die USA zurückzukehren."

„Verständlich." Der König hob den Kopf und musterte sie. „Aber den Damen geht es jetzt gut?"

„Ja, danke." Auch wenn beide einen Rückfall fürchteten, waren sie im Augenblick gesund und munter. Ebenso wie Amanda, wenngleich sie getestet worden war und erfahren hatte, dass sie dasselbe mutierte Gen wie ihre Mutter und Tante in sich trug. Ein Gen, das darauf hindeutete, dass die Gefahr groß war, ebenfalls zu erkranken. Glücklicherweise bot ihr die

Wissenschaft einen Vorteil, den diese nicht gehabt hatten: einen Wissensvorsprung.

„Ah. Gut." Falten erschienen auf der Stirn des Königs, als er sich konzentrierte. „Ich bin neugierig. *Parla l'italiano?*"

Sie schüttelte den Kopf. „Nur ganz wenig. Ich war erst ein paar Monate auf meiner italienischen Schule, als wir nach Washington zurückkehrten."

„Ich verstehe."

Er zögerte einen Moment, dann nahm er das Bild von Königin Aletta und drehte es auf dem Schreibtisch so herum, dass sie es sehen konnte. „Dieses Foto von Marcos Mutter wurde an unserem Hochzeitstag aufgenommen. Ich habe sie von ganzem Herzen geliebt. Leider ist sie vor fast sechs Jahren an Eierstockkrebs gestorben, wie Sie sich bestimmt erinnern werden."

Die Presse hatte über den Tod der schönen Königin ebenso viel berichtet wie seinerzeit über Prinzessin Grace' und Prinzessin Dianas. „Natürlich, Hoheit. Es war eine Tragödie."

„Ich habe lange Zeit um sie getrauert. Ich denke immer noch jeden Tag an sie." Er stellte das Foto wieder an seinen angestammten Platz auf seinem Schreibtisch, ging dann zu Amanda und setzte sich schließlich auf den Stuhl ihr gegenüber. „Leider habe ich nach ihrem Tod einige Fehler gemacht, aber ich hoffe, Sie können mir helfen, diese zu korrigieren."

Amanda zögerte. Sie kannte den König kaum und doch sprach er in einem Ton, der verriet, dass er im Begriff war, ihr sehr persönliche Informationen mitzuteilen. Sie war nicht sicher, was sie davon halten sollte.

„Ich weiß, dass Sie heute Prinz Marco ausfindig gemacht haben, als er nicht pünktlich zur Zeremonie erschien."

„Ja."

„Schauen Sie nicht so besorgt. Meine Kinder haben große Anstrengungen unternommen, um mir die Abwesenheit ihres Bruders heute Nachmittag zu verheimlichen, und ich werde ihnen nicht sagen, dass ich von ihrer Verschleierung weiß." Die Mundwinkel des Königs zuckten. „Seit ihrer Kindheit haben Antony, Federico und Isabella sich bemüht, Marcos Fehlverhalten vor mir zu verbergen. Sie haben versucht, ihn aus Schwierigkeiten herauszuhalten, wenn er Streiche gespielt hat, haben ihn gedeckt, wenn er vom Palastgelände verschwunden ist oder offizielle Veranstaltungen geschwänzt hat. Ich vermute, sie halten es immer noch für nötig, ihn zu beschützen."

Er bewegte seine Hand, während er sprach, und Amanda bemerkte, dass er immer noch seinen Ehering trug, zusätzlich zu einem breiten Goldring mit dem Wappen der Familie diTalora. Er mochte der Herrscher eines der reichsten Länder Europas sein, aber sie spürte, dass seine Familie für König Eduardo ebenso wichtig war.

„Ich weiß es zu schätzen, dass Sie ihn ausfindig gemacht haben, aber seine heutige Abwesenheit hat mich davon überzeugt, dass etwas getan werden muss." Der König lehnte sich zurück und faltete die Hände in seinem Schoß. „Es ist meine Schuld. Ich habe Marco erlaubt, seinen eigenen Kopf zu haben, und ihm mehr Freiheit gelassen als den anderen."

Er hielt inne, als wüsste er nicht, wie viel er preisgeben sollte. Amanda blieb stumm. Schließlich fügte er hinzu: „Nach Königin Alettas Tod war ich mehr mit meinem Schmerz beschäftigt als mit Marcos. Marco war jung und schien sich, zumindest äußerlich, schneller von dem Schock zu erholen als ich. Mit der Zeit konzentrierte ich mich auf Staatsangelegenheiten. Isabella übernahm Königin Alettas Rolle der Hausherrin im Palast und vor meiner Herzoperation half sie mir bei der Suche nach einer geeigneten Braut für Antony, da er mein Erbe ist."

Amanda lächelte den König an, obwohl sie immer noch nicht wusste, warum er ihr das alles erzählte. „Prinz Antony und Jennifer werden sehr glücklich miteinander sein."

Der König begegnete ihrem Blick und die Lachfältchen um seine Augen wurden deutlicher sichtbar. „Ja, bestimmt. Das ist ein Fall, in dem meine Einmischung nicht hilfreich war. Ich habe mich von meinen eigenen Ängsten leiten lassen, da ich meine Lektion über die Vergänglichkeit unseres Lebens hier auf Erden gelernt habe." Seine Miene wurde wieder ernst. „Doch bei Marco fürchte ich, dass es an der Zeit ist, mich einzumischen."

Der König stand auf, bedeutete Amanda jedoch, sitzen zu bleiben. Er fuhr sich mit den Fingern durchs Haar und in seiner Stimme mischte sich Bedauern mit Verärgerung, als er hinzufügte: „Wissen Sie, ich hatte geglaubt, Prinz Marco würde mit zunehmendem Alter verantwortungsbewusster werden. Ich nahm an, dass Princeton ihn erwachsener machen würde, aber wenn überhaupt, wurde er nur noch abenteuerlustiger, während er die amerikanische Kultur in sich aufsog. Und seine Zeit in der Armee von San Rimini hat ebenfalls nicht dazu beigetragen, sein Verantwortungsbewusstsein als Mitglied der königlichen Familie zu stärken. Seit seiner Rückkehr vom Militärdienst verbringt er seine Zeit mit Skifahren, Segeln, Glücksspiel und wer weiß, was er sonst noch mit seinen Freunden anstellt. Er hat sich vor allen außer den wichtigsten offiziellen Veranstaltungen gedrückt."

Amandas Blick wanderte zur Bücherwand hinter dem König. Auf einem Regalbrett befand sich ein Gemälde der königlichen Familie, wie sie vor etwa fünfzehn Jahren ausgesehen hatte, als Marco zehn oder elf Jahre alt gewesen war. Der junge Prinz stand vor seiner Mutter, ihre Hand lag auf seiner Schulter. Als Amanda das Bild betrachtete, keimte Verständnis in ihr auf.

„Vielleicht", sagte sie bedachtsam, da sie dem König nicht widersprechen wollte, „ist er nicht so unverantwortlich, wie Sie denken. Vielleicht fühlt er sich hier einfach nicht wohl mit dem, was von ihm erwartet wird. Wenn er mit seinen Freunden zusammen ist, kann er er selbst sein."

Im Casino hatte er deutlich entspannter gewirkt als im

Palast. Er hatte mit seinen Freunden gelacht und gescherzt, doch sobald sie bei der königlichen Hochzeit angekommen waren und aristokratische Gäste und Medienvertreter ihn umgeben hatten, war er still geworden. Hatte sich bemüht, sich von anderen fernzuhalten. Und dann war da noch seine Einladung, im Rosengarten spazieren zu gehen.

Er wollte dem endlosen Smalltalk entkommen.

Der König hob eine dunkle Augenbraue. „Das ist sehr scharfsichtig von Ihnen, Miss Hutton. Zu diesem Schluss bin ich auch gekommen."

Er hielt einen Moment inne, dann stellte er sich hinter den Stuhl, auf dem er zuvor gesessen hatte, und stützte die Hände auf die Lehne. „Marco hat sich in vielerlei Hinsicht zu einem starken jungen Mann entwickelt. Er hat eine feste Meinung, aber er hört zu und nimmt Rücksicht auf die Gefühle anderer. Und obwohl er manchmal recht aufgeschlossen sein kann, hütet er sich davor, seine innersten Gedanken preiszugeben. Das sind alles gute Eigenschaften für einen Prinzen." Ein müder Seufzer entrang sich seinen Lippen. „Aber weil Marco so stark ist, erweckt er den Eindruck, dass er niemanden braucht. Ich weiß jetzt, dass es anders ist, genauso wie er seine Mutter brauchte, als er klein war. Aletta sorgte dafür, dass er sich im Palast wohlfühlte, und lehrte ihn die Feinheiten, die bei einem Leben in der Öffentlichkeit beachtet werden müssen."

Sein Blick heftete sich auf Amanda und ihr Magen verkrampfte sich, als ihr endlich klar wurde, warum er sie unter vier Augen sprechen wollte.

„Deshalb braucht er Sie, Miss Hutton, auch wenn er zu stur und zu stolz ist, um es jemals zuzugeben. Sie sind eine Expertin in diesen Angelegenheiten. Ich möchte, dass Sie ihn anleiten und ihm zeigen, wie er sich in der Position zurechtfinden kann, in die er hineingeboren wurde. Helfen Sie ihm, seine öffentliche Rolle als Mitglied der königlichen Familie anzunehmen."

Sie zögerte, brauchte einen Moment, um sich zu fassen,

damit ihr nicht die Kinnlade herunterklappte. „Sie bitten mich, Ihren Sohn zu unterrichten? Prinz Marco?"

„Würden Sie diese Aufgabe in Betracht ziehen?"

„Hoheit, ich fühle mich geschmeichelt, wirklich. Aber ich arbeite nicht mit Erwachsenen." Schon gar nicht mit erwachsenen Männern, die ihren Puls mit einem bloßen Blick in die Höhe treiben konnten.

Sie richtete sich auf ihrem Stuhl auf, in der Hoffnung, eine Ruhe auszustrahlen, die sie nicht empfand. „Ich weiß nicht, was Jennifer Ihnen über meine Arbeit erzählt hat, aber ich habe Erfahrung mit Kindern und Jugendlichen. Dazu sind ganz andere Fähigkeiten nötig. Was Sie suchen, liegt außerhalb meines beruflichen Kompetenzbereichs."

Der König, der offensichtlich daran gewöhnt war, seinen Willen durchzusetzen, fuhr fort, als hätte sie keinen Protest geäußert: „Ihr Vater ist ein ehrenwerter Mann, der in der Lage ist, Vertrauliches für sich zu behalten. Sie haben im Verlauf Ihrer Karriere bewiesen, dass Sie das ebenfalls können. Außerdem haben Sie eine persönliche Verbindung zu meiner Familie, was Sie zur perfekten Kandidatin macht." Er schritt zur Rückseite seines Schreibtisches und öffnete eine Schublade. „Wissen Sie, ich habe mit meiner neuen Schwiegertochter gesprochen, während Marco Ihnen den Rosengarten zeigte. Sie sagte, Sie hätten ausgezeichnete Referenzen und bejahte meine Frage, ob Sie gerade neue Klienten suchen."

Sie würde Jennifer umbringen, sobald sie nicht mehr in der Nähe des Königs war, beste Freundin hin oder her. Allerdings hatte der König nicht gesagt, er hätte Jennifer mitgeteilt, dass er jemanden für Marco suchte. Jennifer nahm wahrscheinlich an, dass er einen Freund mit kleinen Kindern hatte, der ihre Dienste benötigte.

„Das ist wahr, Hoheit, aber –"

„Verzeihen Sie, doch ich habe vor meinem Gespräch mit Jennifer einige Nachforschungen angestellt. Ihr letztes berufliches Engagement endete vor fast vier Monaten. Die Mieten in Washington, D.C. sind hoch, selbst für eine bescheidene Wohnung. Auch Lebensmittel, Verkehrsmittel und andere grundlegende Dinge sind teuer. Und dann sind da noch Studienkreditschulden, wenn man solche hat. Vier Monate ohne Arbeit sind eine lange Zeit." Er schaute sie an und nickte dann, als würde sie seine Nachforschungen bestätigen, indem sie seine Aussage nicht bestritt.

„Deshalb", er zog ein Blatt Papier aus der Schublade und hielt es hoch, „bin ich bereit, Ihnen eine beträchtliche Vergütung anzubieten, mit einem festen Vertrag über drei Monate. Ich kann Ihnen den monatlichen Betrag im Voraus zahlen, wenn Ihnen das recht ist. Sie hätten medizinische Versorgung. Zahnärztliche Versorgung. Vollen Zugang zum Palast, einschließlich Fitnessstudio, Friseur, Schneiderservice – was immer Sie wünschen. Nach dieser Zeit, wenn Marco Fortschritte gemacht hat, werde ich persönlich dafür sorgen, dass Sie eine Anstellung bei einer angesehenen Familie finden, entweder hier in Europa oder in den Vereinigten Staaten. Sie haben die Wahl. Wenn ich das Gefühl habe, dass Marco Sie noch braucht, können wir die Bedingungen besprechen, die es Ihnen erlauben, so lange hierzubleiben, wie es nötig ist, um Ihre Aufgabe abzuschließen."

Sie versuchte, nicht so fassungslos auszusehen, wie sie sich fühlte. Aus seinem Mund klang es wie ein Traumjob – abgesehen von ihrem Schüler. „Hoheit, das ist wirklich ein Angebot, das ich –"

„Ein Angebot, das Sie nicht ablehnen können, hoffe ich. Es spielt keine Rolle, dass Sie sich hauptsächlich mit Kindern auskennen. Mein Sohn mag ein Prinz und ein erwachsener Mann sein, aber er wird Sie mit dem Respekt behandeln, der Ihnen gebührt, und Ihre Anweisungen befolgen. Bei diesem Schüler wird es keine Aufsässigkeit geben."

Er schob das Blatt über seinen Schreibtisch. „Unterschreiben Sie den Vertrag?"

Amanda zwang sich, nicht auf ihrem Stuhl herumzurutschen, während sie ihre Optionen gegeneinander abwägte. Diesen Job könnte sie wohl kaum annehmen.

Sie machte sich keine Sorgen über Marcos Aufsässigkeit, wie der König anzunehmen schien. Es war die Anziehungskraft, die der Prinz auf sie ausübte, die sie beunruhigte.

Jede Frau auf der Hochzeit war sich Marcos Sexappeal bewusst gewesen. Als sie mit ihm durch den Garten gegangen war, hatte sie gespürt, dass er tiefe Gefühle hatte und nicht der oberflächliche Mensch war, für den andere ihn hielten. Sein gutes Aussehen verband sich mit seiner komplexen Psyche zu einem verführerischen Gesamtpaket.

Aber sie musste gegen diese Verlockung ankämpfen, und zwar mit aller Kraft. Sich in Marco zu verlieben, würde ihre eigene Verantwortungslosigkeit beweisen und dazu führen, dass sie den Job verlor, bevor sie ihn überhaupt angetreten hatte. Wenn sie diesen Auftrag annahm und ihn dann wieder verlor, würde es sehr schwierig für sie sein, einen neuen zu finden.

„Hoheit, ich bin nicht sicher ...", begann sie, doch als sie dem Blick des Königs begegnete, erkannte sie, dass es schlimmer sein könnte, den Job abzulehnen.

Sie holte tief Luft, dann fiel ihr auf, dass sie das Orchester, das auf der Treppe zum Garten spielte, nicht mehr hören konnte. Die Gäste brachen auf, was bedeutete, dass sie morgen ohne neue Perspektive in die Vereinigten Staaten zurückkehren würde. Noch ein Monat ohne Anstellung und sie müsste zu ihren Eltern ziehen.

Sie erhob sich von ihrem Stuhl und ging zum Schreibtisch.

„Haben Sie einen Stift?"

Der König griff nach einem breiten Kugelschreiber, als sie begann, den Vertrag zu überfliegen. Alles, was er ihr versprochen hatte – eine atemberaubende Vergütung, weitere unglaubliche Vergünstigungen –, stand schwarz auf weiß auf dem Papier.

„Ich habe nur eine Anmerkung", sagte sie, während sie weiterlas. „Auch wenn Sie mich bezahlen, war es immer mein Grundsatz, die Kinder, die ich unterrichte, an die erste Stelle zu setzen. Es ist meine Pflicht, ihnen beizubringen, wie sie sich in ihrer öffentlichen Rolle entspannt bewegen können. Nicht, wie sie ihre Eltern zufriedenstellen können. Ich betrachte die Kinder – in diesem Fall, Prinz Marco – als meine Klienten. Ich würde ihm beibringen, seine Rolle nach seinen besten Möglichkeiten auszufüllen. Nicht nach Ihren besten Möglichkeiten."

Der König betrachtete sie einen langen Moment. Dann nickte er.

Bevor sie es sich anders überlegen konnte, unterschrieb sie den Vertrag.

Der König fügte seine Unterschrift hinzu und teilte ihr dann mit, dass er ihr eine Kopie aushändigen würde. „Ich werde dafür sorgen, dass es sich für Sie lohnt, Miss Hutton. Sie werden es nicht bereuen."

Amanda hoffte, der König würde es nicht bereuen. Und wer wusste schon, was Marco denken würde, wenn er es erfuhr?

***

MARCO DREHTE sich auf die Seite und tastete auf seinem Nachttisch herum, um sein Telefon zu finden und den Wecker auszustellen.

Er fluchte leise, als etwas Spitzes in seine Handfläche stach. Er blinzelte in das schwache Licht des Morgens, sah die gelbe Rose und erinnerte sich.

Was hatte ihn dazu bewogen, das dornige Ding mit ins Haus zu nehmen? Er hatte ihr die Rose geschenkt, für *ihren* Nachttisch.

Und er hätte nicht einmal das tun sollen.

Er schob die dicke Decke beiseite und setzte sich auf, dabei stellte er fest, dass der unaufhörliche Lärm nicht der Wecker war, sondern der Summer an der Tür zu seinem Privatbereich im Palast. Genau in dem Moment, in dem er die Verbindung hergestellt hatte, kam das unerbittliche Klopfen einer Faust hinzu. Es war kein fröhliches Geräusch.

Wahrscheinlich Isabella, die immer im Morgengrauen aufstand und ihm nun den Kopf waschen wollte, weil er vom Empfang verschwunden war, anstatt mit ihrer Freundin Eliza Schipani über Politik zu diskutieren.

Er fluchte leise. So wie er Isabella kannte, würde sie nicht gehen, bevor sie gesagt hatte, was sie loswerden wollte. Wenn er sich als Erstes entschuldigte und dann versprach, Eliza anzurufen, wenn Isabella darauf bestand, könnte er vielleicht den Vortrag, den sie ihm als belehrende ältere Schwester halten wollte, auf eine erträgliche Länge verkürzen.

Er strich sich mit den Händen die Haare glatt und gähnte. Er hätte wissen müssen, dass das passieren würde. Wenn er schlau gewesen wäre, hätte er sich sofort nach dem Empfang mit seinen Freunden auf den Weg nach Österreich gemacht, anstatt bis heute Abend zu warten.

Er zog einen Bademantel über seinen Boxershorts an und ging aus dem Schlafzimmer durchs Wohnzimmer zur Tür seines Privatbereichs. Als er öffnete, war er verblüfft, dass nicht Isabella, sondern sein Vater im Flur stand.

Marco blinzelte. Irgendetwas musste nicht in Ordnung sein. Normalerweise rief der König seine Kinder zu sich, wenn er mit ihnen sprechen wollte. Er weckte sie gewiss nicht in aller Herrgottsfrühe, indem er bei ihnen klingelte und mit so viel Kraft an die Tür hämmerte, dass das Holz zu zersplittern drohte.

Allerdings rief der König auch nicht oft Gäste des Palastes in sein privates Arbeitszimmer, um sich spät in der Nacht mit ihnen zu unterhalten. Während Marco seinen Vater noch anstarrte, kam ihm der Gedanke, dass das frühmorgendliche

Auftauchen des Königs wahrscheinlich mit Amanda Hutton zu tun hatte.

„Vater?" Marco öffnete die Tür weiter. „Was ist los?"

Der König musterte Marco von oben bis unten, die Augenbrauen missbilligend hochgezogen. „Vielleicht sollte ich dir erlauben, dich zuerst anzukleiden. Gehst du oft in deiner Nachtwäsche zur Tür?"

„Um diese Uhrzeit schon."

Eduardo schüttelte gereizt den Kopf, schritt aber an Marco vorbei ins Wohnzimmer. „Es ist deine Vorliebe für solche Antworten, mein Sohn, worüber ich mit dir reden möchte. Neben anderem."

Marco verbiss sich eine noch sarkastischere Antwort. Der König schob den Rand eines luxuriösen grauen Vorhangs ein wenig zur Seite, um aus dem Fenster hinunter in den Garten zu schauen, der im Licht der Morgendämmerung dalag. Dann ließ er den Stoff wieder los, um sich in einen von Marcos schwarzen Ledersesseln zu setzen. Er deutete auf einen zweiten Sessel dieser Art. „Komm, Marco. Wir haben heute Morgen Wichtiges zu besprechen."

Marco schloss die Tür, zwang sich trotz seiner Verärgerung zu einem neutralen Gesichtsausdruck und ging durch den Raum auf seinen Vater zu. Er ließ sich in seinen Lieblingssessel fallen und legte zu König Eduardos offensichtlichem Missfallen seine nackten Füße auf den Couchtisch.

„Marco!"

Marco beäugte seinen Vater, wollte ihn zu einer Bemerkung herausfordern. Er war ein erwachsener Mann und in seinem eigenen Wohnbereich. Wenn ihm danach war, in den frühen Morgenstunden, bevor der Rest der Welt sich aus dem Bett wälzte, einen Bademantel zu tragen und seine Füße auf die Möbel zu legen, sollte selbst der König nichts dagegen haben.

„Marco", wiederholte Eduardo, diesmal in etwas versöhnlicherem Ton. „Ich werde gleich zur Sache kommen: Ich missbillige die Nonchalance, die du seit deiner Rückkehr in den Palast an den Tag legst."

Marco entschied, dass die beste Vorgehensweise wäre, zu schweigen, und wartete.

„Was du in deinen eigenen vier Wänden tust", der König deutete auf Marcos Füße, als der Prinz diese auf dem Tisch bewegte, „ist deine Sache. Sobald du aber aus dieser Tür trittst, ist dein Verhalten meine Sache."

Als Marco es weiterhin vorzog, zu schweigen, erhob sich der König und kehrte zu dem großen Fenster mit Blick auf den Palastgarten zurück. „Du beginnst, dir einen gewissen Ruf zu erwerben, Marco. Als du beim Militär warst, vermutete ich, dass du aus Flugzeugen sprangst und riskante Aufträge annahmst, weil du es für ehrenvoll hieltest oder weil du solche Eskapaden genießen wolltest, bevor du dich hier in La Rocca zu einer ruhigeren Rolle im Dienste der Öffentlichkeit verpflichtest. Ich habe dir das gestattet, obwohl ein Prinz angesichts seiner Bedeutung für die Gesellschaft vorsichtiger sein muss als andere Soldaten."

Der König atmete aus und Marco gefiel nicht, wie straff sein Vater dabei die Schultern anspannte. „Aber jetzt gehst du die gleichen Risiken in deinen privaten Aktivitäten ein. Du bedenkst nicht, welche Auswirkungen dein Verhalten auf andere hat."

Marco hob eine Braue. „Ich habe keine Beschwerden gehört."

„Das würdest du auch nicht. Aber ich schon. Als ich dir zum Beispiel Skifahren beigebracht habe, habe ich dir gesagt, wie wichtig es ist, in einem gemäßigten Tempo zu fahren und diejenigen anzulächeln, die dich erkennen. Für Fotografen anzuhalten. Aber stattdessen höre ich, dass du leichtsinnig bist. Du fährst zu schnell, du ignorierst alle außer deinen Freunden. Das hinterlässt keinen guten Eindruck."

„Ich bin nicht leichtsinnig. Ich bin *gut*. Und mit meinem

Helm und ein bisschen Geschwindigkeit erkennen mich nur wenige Leute."

Der König schlug mit der Hand auf das Fensterbrett und drehte sich dann zu Marco um. „Du bist besser zu erkennen, als du glaubst. Meine Berater machen sich langsam Sorgen über das Gerede. In unseren Kreisen gibt es einige Spekulationen darüber, wie viel du spielst. Und über die Anzahl der Frauen, mit denen du dich triffst."

Er mochte ein Glücksspieler sein, aber nur mit seinem eigenen Geld, niemals mit seiner Apanage. Und eine Beschwerde über Frauen? Nur weil sie ihm nachstellten, wenn er sich in der Öffentlichkeit bewegte, hieß das nicht, dass er etwas Unpassendes getan hatte. Er hatte sie nie auch nur berührt.

„Moment mal", sagte er, plötzlich misstrauisch. „Geht es um Amanda Hutton?" Vielleicht hatte sein Vater ihre Unterhaltung im Garten ja doch mitbekommen. Falls ja, würde er die Dinge sofort richtigstellen.

Der König runzelte die Stirn. „In der Tat. Woher weißt du davon?"

Marco zögerte. Sein Vater sah ein wenig zu überrascht aus, dass er Amanda erwähnte. „Woher weiß ich *was* genau?"

„Dass ich sie engagiert habe."

Ein Knoten formte sich in Marcos Magen, als ihm klar wurde, was für eine falsche Annahme er getroffen hatte. Und was sein Vater getan haben musste. „Du hast sie engagiert?", fragte er. „Um was zu tun?"

„Sie soll als deine Lehrerin fungieren, so könnte man es wohl nennen. Sie soll dich in allen Belangen der Etikette anleiten und dir helfen, deinen Platz im öffentlichen Leben zu finden."

„Eine Lehrerin."

„Eine Tutorin, wenn du diesen Begriff bevorzugst. Oder eine Beraterin."

Marco nahm seine Füße vom Couchtisch und richtete sich auf. „Deinen Wunsch, dass ich mich im Palast wohler fühle, weiß ich zu schätzen, aber ich bin erwachsen. Eine *Lehrerin* ist ganz sicher nicht nötig." Er hatte den nächsten Schritt nicht machen wollen, aber Marco nahm an, dass er tief in seinem Inneren immer gewusst hatte, dass er ihn gehen würde. Hastig fuhr er fort: „Außerdem werde ich nur vorübergehend hier im Palast sein. Ich habe beschlossen, dass es das Beste für mich wäre, wieder zur Armee zu gehen. Ich weiß, es ist keine sehr öffentliche Rolle, aber es wäre ein Dienst an den Menschen von San –"

„Nein."

„Nein?" Sein Kinn zuckte unwillkürlich zurück, als ob sein Vater ihn geschlagen hätte.

„Nein. Du wirst hier gebraucht. Meine Zeit wird durch zu viele Aufgaben zu sehr in Anspruch genommen. Ich muss einige davon an Familienangehörige delegieren können."

Marco biss die Zähne zusammen, damit ihm die Kinnlade nicht herabsank. Er hatte immer gedacht, sein Vater würde es gutheißen, wenn er sich für eine Karriere beim Militär entschied. Es war zwar nicht sein Traumjob, aber viel angenehmer, als im Palast wie in einem kalten Fischglas ein Leben in der Öffentlichkeit zu führen. Und andere Wahlmöglichkeiten, die ihm zusagten – zum Beispiel die Leitung eines Skigebiets oder eines Expeditionsunternehmens – waren für ihn als Prinz einfach nicht möglich.

„Vater", sagte Marco, bedacht darauf, dem König nicht direkt zu widersprechen, „Antony, Federico und Isabella können sicherlich alles erledigen, was du delegieren musst. Antony ist ein beliebter Redner. Er ist ein Ass bei gesellschaftlichen Anlässen und kennt sich in auswärtigen Angelegenheiten bestens aus. Federico hat auf dem Wirtschaftsgipfel letzten Monat sehr gute Arbeit geleistet und Isabella hat sich immer wieder bewährt bei –"

„Das steht nicht zur Diskussion, Marco. Du wirst nicht zum Militär zurückkehren."

Der König seufzte, trat dann näher und legte Marco eine Hand auf die Schulter. Sein Ton wurde weicher, sein gebieterischer Blick jedoch nicht: „Es gibt Tausende, die deine Position in der Armee übernehmen können, aber nur du kannst deine Rolle als Prinz ausfüllen. Du kannst in dieser Rolle mehr bewirken, als du glaubst. Du bist ein fürsorglicher, intelligenter Mann. Die Menschen, die dich persönlich kennen, sind dir unglaublich treu ergeben und sie respektieren dich."

Für einen Sekundenbruchteil packte er Marcos Schulter fester. „Ich bin stolz darauf, wer du bist, und ich möchte, dass du dein Potenzial voll ausschöpfst. Das bedeutet, dass du hierbleibst und ein aktives Mitglied dieser Familie wirst."

Er nahm seine Hand von Marcos Schulter und schritt zur Tür, ohne ihm Gelegenheit zum Widerspruch zu lassen. Bevor er sie öffnete, hielt er inne und sagte: „Miss Hutton wird sich in einer Stunde mit dir in der Bibliothek treffen. Sei angemessen gekleidet und bereit, zu lernen. Gib ihr vor allem nicht die Schuld an meiner Entscheidung. Erlaube ihr, ihre Arbeit zu machen. Ich werde euch absolute Privatsphäre gewähren und erwarte, dass du die Zeit gut nutzt. Es sind tägliche Sitzungen mit ihr vorgesehen und du wirst keine davon verpassen. Verstanden?"

„Ja, Vater." Er verstand durchaus. Er bekam eine Lehrerin, ob er wollte oder nicht. Und *absolute Privatsphäre*. Stundenlang, Tag für Tag, mit einer Frau von genau der Art, die er niemals in sein Leben lassen wollte. Das hatte er sich geschworen.

Marco schloss die Augen. Wie sollte er damit umgehen, Amanda unter so intimen Umständen zu sehen, nach dem, was gestern zwischen ihnen vorgefallen war? Ihm schwirrte der Kopf und er presste eine Hand auf seine Stirn. Seine Handfläche brannte an der Stelle, wo ihn der Dorn der Rose gestochen hatte. Das steigerte seine Verdrossenheit noch mehr.

„Und Marco", der König wartete, bis er Marcos Aufmerksamkeit hatte, bevor er seinem Sohn einen letzten strengen Blick zuwarf, „du darfst das Palastgelände nicht verlassen, bis du deine Zeit mit Miss Hutton abgesessen hast. Nicht ohne meine ausdrückliche vorherige Erlaubnis."

„Meine Zeit absitzen? Wie eine Gefängnisstrafe?" Marco erhob sich aus seinem Sessel. Er hatte seinen Groll bisher in Schach gehalten, aber dass sein Vater ihm etwas auferlegte, was einem Hausarrest gleichkam, war zu viel. „Und wie lange soll diese *Zeit* dauern? Ich habe Pläne –"

„So lange wie nötig. Sag deine anderen Pläne ab. Es ist mir sehr ernst hiermit."

Marco breitete frustriert die Arme aus. „Ich bin durchaus in der Lage, meine Angelegenheiten selbst zu regeln. Und vielleicht möchte ich meine Pläne nicht –"

Die Miene des Königs wurde zu Stein. „Ich bin nicht nur dein Vater, Marco. Ich bin auch dein König. Du tust gut daran, dir das gelegentlich in Erinnerung zu rufen."

„Hoheit –"

„Wenn du den Palast verlassen willst, wirst du feststellen, dass dir ein Transportmittel fehlt."

Damit ging der König. Die Tür schloss sich mit einem lauten Klickgeräusch.

„Verdammt noch mal", murmelte Marco in den stillen Raum hinein. Einen Moment lang starrte er die Tür an und ging dann im Wohnzimmer auf und ab, während Wut in ihm hochkochte.

So viel zum Wanderausflug. So viel dazu, das Gedränge bei verstaubten Palastveranstaltungen zu meiden. Und so viel dazu, sich von *ihr* fernzuhalten.

Er blieb stehen und fuhr sich mit den Händen über den Kopf. Er brauchte eine lange, kühle Dusche. Danach würde er sich einen Fluchtplan überlegen.

Er würde sich keinesfalls kampflos dem Benimmunterricht

unterwerfen – schon gar nicht mit Amanda Hutton als Lehrerin.

KAPITEL 5

MARCO ZÖGERTE an der Doppeltür zur Bibliothek. Nach einem kurzen, stärkenden Atemzug spähte er um die Ecke.

Amanda saß in ihrer gewohnt vorbildlichen Haltung auf der Stuhlkante hinter dem aus Kirschbaumholz gefertigten Schreibtisch seiner Urgroßmutter, sodass er einen freien Blick auf ihr Profil hatte. Zum Glück bemerkte sie seine Anwesenheit nicht, legte konzentriert die Stirn in Falten und fuhr mit dem Zeigefinger ihrer linken Hand ein Blatt Papier hinunter, auf dem Stichpunkte vermerkt waren. Alle paar Sekunden murmelte sie etwas vor sich hin, dann las sie weiter.

Er biss die Zähne zusammen. Wahrscheinlich war es eine lange Liste seiner Unzulänglichkeiten, die König Eduardo ihr freundlicherweise zur Verfügung gestellt hatte.

Einen Moment lang fragte er sich, ob sie genauso viel an ihm auszusetzen haben würde wie seine Familie. Ihrer steifen Haltung und ihrem makellosen, kaffeebraunen Seidenkostüm nach zu urteilen, schien sie bereit zu sein, die Rolle der königlichen Hauslehrerin – *Beraterin*, korrigierte er sich – zu spielen, zumal er das Kostüm wiedererkannte: Es gehörte seiner Schwester, Prinzessin Isabella.

Großartig. Wenn seine Schwester Amanda half, indem sie ihr professionell wirkende Kleidung lieh, bis ihre eigene aus den Staaten eintraf, hatten zweifellos auch seine Brüder von diesen übereilten Maßnahmen gehört. Würde seine Familie jemals lernen, ihn wie einen Erwachsenen zu behandeln?

Marco ging zurück in den Flur, aus Amandas Blickfeld, und nahm sich einen Moment Zeit, um seinen Ärger zu zügeln. Die nun geöffnete gelbe Rose drehte er zwischen seinen Fingern. Ihm war klar, er musste das, was sich in der Nacht zuvor zwischen ihnen ereignet hatte, ansprechen und unbedeutend erscheinen lassen. Familiäre Einmischung hin oder her, wenn in seinen Schädel hineinging, dass der Frau *stockkonservativ* ins Gesicht geschrieben stand, dass er sich nur eingebildet hatte, eine gegenseitige Anziehung zu spüren, sollte er seinen Plan umsetzen können.

Eines hatte er beim Militär gelernt: Gehe niemals unvorbereitet in einen Konflikt hinein. Finde über deinen Feind heraus, was du kannst, und nutze dieses Wissen zu deinem Vorteil. In diesem Fall musste er Amanda als seine Feindin betrachten, selbst wenn diese Feindin die Beine eines Las-Vegas-Showgirls besaß und ein Lächeln, auf das sein Körper reagierte, ob er wollte oder nicht.

Er warf einen weiteren kurzen Blick in die Bibliothek. Amanda hatte sich auf ihrem Schreibtischsessel herumgedreht, offenbar, um auf die Standuhr in der hinteren Ecke zu schauen.

Mit Genugtuung verzog er den Mund. Bis jetzt lief alles erwartungsgemäß. Er war spät dran und wie er vermutet hatte, gehörte Amanda Hutton zu den Menschen, die von ihrer Welt verlangten, dass sie so funktionierte wie eine gut geölte Uhr. Sie hielt sich an die Regeln, schätzte Ordnung, Höflichkeit und vor allem Pünktlichkeit.

In Anbetracht all dessen, überlegte er, fand sie ihn wahrscheinlich nicht im Geringsten anziehend. Immerhin war *er* derjenige gewesen, der *sie* im Garten geküsst hatte. Sie hatte den

Kuss nicht erwidert und seine Blume zurückgelassen, ohne einen weiteren Gedanken daran zu verschwenden.

Und dann hatte sie zugestimmt, für seinen Vater zu arbeiten.

Er fuhr sich durch sein bereits zerzaustes Haar. Er konnte das schaffen. Musste es schaffen. Während seiner morgendlichen Dusche war er zu dem Schluss gekommen, dass er um eine Tutorin nicht herumkommen würde. Selbst wenn Amanda den Job hinschmeißen sollte, könnte der König unweigerlich jemand anderen finden, der ihren Platz einnahm. Sein Vater ließ sich nicht so leicht von etwas abbringen, das er sich einmal in den Kopf gesetzt hatte.

Aber Marco konnte dafür sorgen, dass er nicht Amanda Hutton einstellte. Amanda hatte etwas in seiner Seele berührt, und ob sie sich nun zu ihm hingezogen fühlte oder nicht, er konnte nicht zulassen, dass er eine emotionale Bindung zu ihr aufbaute. Diese Lektion hatte er auf die harte Tour gelernt.

Nachdem er durch einen Blick auf seine Uhr überprüft hatte, dass er mindestens zehn Minuten zu spät war, musterte er seine Kleidung. Verdammt sei der Kammerdiener, der seine Hose gebügelt hatte! Er sah aus, als hätte er sich Zeit für sein Äußeres genommen, so wie sein Vater es erwartete. Aber auf keinen Fall würde er diesen Raum betreten und wie ein Schuljunge aussehen, der bereit war, still zu sitzen und den täglichen Unterricht zu verfolgen. Er war fünfundzwanzig, Herrgott noch mal! Ein Hochschulabsolvent! Ein ehemaliger Armeeoffizier!

Er zerrte an seinen Hosenbeinen und zerknitterte den Stoff mit den Händen. Keine Chance. Er begnügte sich mit einem halb aus der Hose hängenden Hemd und marschierte in die Bibliothek.

Amanda sah vom Schreibtisch auf, als er sich ihr näherte. Beim Anblick ihrer strahlenden braunen Augen stockte ihm wieder einmal der Atem, obwohl sie ihn so böse anschaute, als hätte er geschwänzt.

„Guten Morgen, Hoheit. Ich wollte gerade auf die Suche

nach Ihnen gehen – wieder einmal. König Eduardo hat darauf bestanden, dass wir um Punkt acht Uhr beginnen. Sie kommen zwölf Minuten zu spät." Sie deutete auf seine Kleidung. „Und Sie sollten Ihr Hemd in die Hose stecken. Ich erwarte von meinen Schützlingen, dass sie so erscheinen, als würden sie eine wichtige Person treffen, da dies der Schwerpunkt meines Unterrichts ist."

AMANDA ZWANG SICH, ihre Hände ruhig zu halten und gleichmäßig zu atmen, als Marco diTalora ihren starren Blick mit einem schiefen Lächeln erwiderte. Sie war die halbe Nacht wach gewesen und hatte darüber gegrübelt, wie sie ihren Unterricht am besten an einen erwachsenen Klienten anpassen konnte – einen erwachsenen Klienten, der sie geküsst hatte und noch viel mehr getan hätte, wenn sein Vater ihn nicht unterbrochen hätte. Gegen vier Uhr morgens hatte sie aufgegeben und sich entschlossen, zu improvisieren. Nach dem, was sie gesehen hatte, war Marco diTalora ein Mann, der Action mochte, also würde er wahrscheinlich die Unterrichtsmethoden ablehnen, die sie normalerweise anwendete.

Ihr Verdacht wurde bestätigt, als Prinzessin Isabella gegen sieben Uhr mit Kaffee bei ihr vorbeischaute und Amanda anbot, ihr ein paar Outfits zu leihen, bis ihre eigene Kleidung von zu Hause eintraf. Isabella hatte richtiggehend gelacht, als Amanda fragte, ob Marco ein offenes Training bevorzugen würde oder einen strukturierten Unterrichtsplan. Die Prinzessin hatte sie gewarnt, dass sie nicht zu nachsichtig sein dürfe, sonst würde Marco sie sofort unterbuttern.

Nach dem zu urteilen, wie der Prinz heute Morgen bei ihr auftrat, wusste Amanda, dass sie eine Menge Arbeit vor sich hatte.

Obwohl Marco frisch geduscht und rasiert aussah, hatte er

wieder die zerzauste Surfer-Boy-Frisur wie am Nachmittag zuvor im Casino. Nicht gerade der Look eines Mannes, der bereit war, ihre Unterweisung ernst zu nehmen.

Und er wirkte ein bisschen zu froh, ihr zu begegnen.

Mit einem Anflug von Belustigung in den Augen steckte er sein Hemd in die maßgeschneiderte schwarze Hose, schob eine Hand in die Tasche und lehnte sich an die üppig mit rotem Brokat bespannte Wand gegenüber dem Schreibtisch.

„Es ist mir eine Freude, Sie so schnell wiederzusehen, Miss Hutton." Ein träges, sexy Lächeln breitete sich auf seinen perfekten Gesichtszügen aus. „Wie ich höre, hat mein Vater Sie engagiert, um mir beizubringen, welche Gabel ich benutzen soll."

Sie lehnte sich auf ihrem Schreibtischsessel zurück und musterte ihn. Ihre letzte Begegnung war atemberaubend intim gewesen, doch sollte er sich unter diesen Umständen gar nicht freuen, sie zu sehen.

Sorgfältig auf die richtigen Worte bedacht, antwortete sie: „Ich dachte, wir hätten dieses Gespräch gestern im Auto geführt. Wie Sie sich vielleicht erinnern, habe ich Ihnen erklärt, dass das, was ich tue, weit über Gabeln hinausgeht."

„Komisch, dass Sie das jetzt erwähnen." Er ging ein paar Schritte auf sie zu und legte dabei dieselbe unbekümmerte Haltung an den Tag wie beim Verlassen des Casinos. Sie verriet, dass er wusste, er war ein gut aussehender Prinz, und dass er sie verzaubern wollte. Zu ihrem Schrecken holte er die gelbe Rose hervor, die sie auf den Gartenweg hatte fallen lassen. Hatte er sie hinter seinem Rücken versteckt gehabt?

Er warf die Rose auf die Schreibtischplatte und fuhr fort: „In Anbetracht dessen, was gestern Abend im Garten passiert ist, und der Tatsache, dass wir gemäß der Anordnung meines Vaters unglaublich viel Zeit allein verbringen werden, vermute ich, wir könnten *weit* hinausgehen über –"

„Denken Sie nicht einmal daran." Amanda stand auf und

legte ihre Hände auf den Schreibtisch, damit sie nicht zitterten. Sein allzu lockeres Auftreten machte jetzt vollkommen Sinn.

Nach allem, was sie über seinen Ruf wusste, war das, was sich gestern Abend zwischen ihnen abgespielt hatte, für ihn ungewöhnlich – ungewöhnlich genug, dass er die Rose, die sie zurückgelassen hatte, aufbewahrt hatte – und er hatte ihr einen kurzen Einblick in sein vielschichtiges Seelenleben gewährt. Dennoch war Prinz Marco ein Hallodri, ein Schlitzohr, ein Spaßvogel. Jennifer und Isabella hatten sie beide gewarnt und sie war vorbereitet in die Bibliothek gekommen.

Offenbar – sie zwang sich, die Blume auf dem Schreibtisch nicht anzusehen – war er das tatsächlich.

Wenn sie diesen Job behalten wollte, durfte sie seinem Charme nicht erliegen: weder den tiefen Gefühlen, die sie gespürt hatte, als er ihr Handgelenk im Garten geküsst hatte, noch den gezielten Annäherungsversuchen, die er jetzt unternahm.

Er ging um den Schreibtisch herum, bis er nur eine Armlänge Abstand zu ihr hatte, lehnte sich an die polierte Oberfläche und beugte sich dann langsam vor. Nahe ihrem Ohr flüsterte er: „Und woran genau denke ich gerade, Miss Hutton?"

Sein warmer Atem streichelte ihre Wange und für den allerkürzesten Moment zog sie in Betracht, sich zu ihm umzudrehen, um zu sehen, ob er ihr dieses Mal einen richtigen Kuss geben würde. Würde die Realität dem Versprechen von Spaß und Abenteuer standhalten, das sein unbeschwertes Lächeln zum Ausdruck brachte?

Stattdessen richtete sie sich auf, ignorierte die Anziehungskraft, die sie in seiner Gegenwart immer verspürte, und hob ihr Kinn, um ihm in die Augen zu sehen. „Sie denken, Sie können sich vor dem Unterricht drücken, indem Sie mit mir flirten. Dass ich entweder um des Anstandes willen kündige oder dass Ihr Vater merkt, es ist etwas faul, und mich feuert. So oder so, es wird nicht funktionieren."

Sie ging um den Schreibtischsessel herum, um einen sicheren Abstand zwischen sich und den Märchenprinzen zu bringen.

Statt ihr zu folgen oder gar mit ihr zu streiten, warf er den Kopf zurück und lachte. Er verschränkte die Arme vor der Brust und fragte: „Bin ich so leicht zu durchschauen? Was hat mich verraten?"

Sie konnte sich nicht verkneifen, sein Grinsen zu erwidern, brachte noch ein wenig mehr Abstand zwischen ihn und sich und erklärte: „Nichts Besonderes. Meine Schüler versuchen normalerweise alles, um dem Unterricht zu entgehen, vor allem am ersten Tag." Mit einer Handbewegung in Richtung Schreibtisch tat sie die Bedeutung der Rose ab, so wie er es jetzt offenbar auch tun wollte. „Natürlich hat noch nie einer von ihnen bei mir ... nun ja, *das* versucht. Andererseits waren meine Schüler auch immer mindestens zehn Jahre jünger als Sie."

Sie ließ sich auf einem der mit gelber Seide bezogenen Stühle nieder. „Wie ich schon sagte, es wird ohnehin nicht funktionieren. Der König möchte, dass Sie Teil des gesellschaftlichen und politischen Lebens des Palastes werden. Ich soll mit Ihnen arbeiten, bis Sie sich in dieser Rolle wohlfühlen. Wenn ich von dem ausgehe, was er mir gesagt hat, werden Sie ein williger Schüler sein."

Er zog die Brauen hoch. „Mein Vater kann sehr überzeugend sein, wenn er will, dass seine Kinder etwas tun. Allerdings verstehe ich nicht, warum Sie den Job angenommen haben."

„Wie Sie schon sagten: Ihr Vater ist sehr überzeugend."

„Durchaus." Er löste sich vom Schreibtisch, kam näher und setzte sich auf den Stuhl neben ihrem. Sie konnte in seinen Augen erkennen, dass er immer noch vorschlagen wollte, die ganze Sache zu vergessen.

„Und", fügte sie hastig hinzu, für den Fall, dass er wieder mit ihr flirten wollte, „ich bin nicht sehr risikofreudig. Wie Sie sich vielleicht denken können, würde es für jemanden in meinem

Berufsfeld ein großes Wagnis bedeuten, gegen den Willen Ihres Vaters zu handeln. Sie haben mich also am Hals."

Seine Augen funkelten spitzbübisch. „Jetzt kommen wir zum Kern der Sache. Was hat mein Vater gegen Sie verwendet?"

„Ihr Vater hat nichts gegen mich verwendet", entgegnete sie. „Lektion Nummer eins: Es ist nicht besonders höflich, mir zu unterstellen, ich hätte etwas getan, was er gegen mich in der Hand hätte."

Nun, König Eduardo hatte sie nicht erpresst. Aber sie hatte auch nicht wirklich Nein sagen können.

„Ich bin sicher, dass ich mich ständig ungehobelt benehme, Miss Hutton, deshalb hat mein Vater Sie ja engagiert. Aber ich wollte nicht andeuten, dass es etwas Zwielichtiges in Ihrer Vergangenheit gibt. Vielleicht hat er Sie mit etwas anderem überzeugt?"

„Ich bin Profi. Es ist nicht so, als müsste man mich überzeugen, meinen Job zu machen."

„Kinder sind Ihr Job."

„Wir alle brauchen ab und zu etwas Neues und Anderes. Eine Herausforderung." Sie würde Marco bestimmt nicht sagen, dass sie knapp bei Kasse war. Wahrscheinlich würde er ihr ein Bündel Geldscheine in die Hand drücken und ihr sofort einen Wagen zum Flughafen rufen.

Er blickte einen Moment zur Decke, dann grinste er. „Eine Herausforderung. Wissen Sie, meine Familie hat mich schon mehr als einmal so beschrieben. Aber ich sehe an Ihrer Miene, dass Sie andere Gründe hatten, den Job anzunehmen. Wenn Sie mir sagen, welche das sind, können wir vielleicht zu einer Übereinkunft kommen, die für uns beide zufriedenstellend ist."

„Was meinen Sie mit einer *Übereinkunft*?"

„Ich habe nichts gegen Sie persönlich, Miss Hutton, aber trotz meines gescheiterten Versuchs, Sie zur Kündigung zu bewegen, habe ich nicht die Absicht, mich unterrichten zu lassen, als wäre ich in der Grundschule."

Amanda spürte, wie es in ihrem Magen gewaltig rumorte. Sie durfte diesen Job nicht gleich am ersten Tag verlieren. Dann würde sie kein Geld bekommen und auch keine Empfehlung des Königs für ihren nächsten Auftrag. Außerdem würde es ihren Stolz verletzen.

Er rückte wieder dicht an sie heran und sie nahm einen schwachen Hauch seines Rasierwassers wahr. Er roch genauso herrlich wie im Casino, als sie nebeneinander durch den engen Korridor gegangen waren.

„Warum brauchen Sie diesen Job? Ist es nur die Herausforderung oder geht es um etwas anderes? Prestige? Geld?"

Als er die richtige Antwort traf, musste ihr Gesicht es verraten haben, denn sein Lächeln wurde so breit wie das der Grinsekatze. „Ah, ich verstehe. Geld. Ich nehme an, er hat Ihnen eine ganze Menge geboten."

„Sie sind unglaublich taktlos. Daran werden wir arbeiten."

„Es geht nicht ums Geld?"

„Natürlich nicht." Sie wies auf die prunkvolle Umgebung. „Aber gerade Sie müssen zugeben, Hoheit, dass Geld einem helfen kann, das zu bekommen, was man sich im Leben wünscht. Ohne Ihren Reichtum und Ihre Stellung könnten Sie nicht annähernd so viel Zeit mit Glücksspiel oder Bootsfahrten verbringen."

„Ohne meinen Reichtum und meine Stellung hätte ich vielleicht nicht das Bedürfnis."

Der Blick aus seinen blauen Augen schien sie geradewegs zu durchbohren. Darauf hatte sie keine Antwort.

Nach einigen Sekunden fragte er: „Was wünschen Sie sich im Leben, Amanda? Ich meine, wenn Sie so viel Geld hätten wie ich."

„Unabhängigkeit", erwiderte sie und bereute es sofort. Hier war sie, die sie der Elite beibrachte, wie man seine Gefühle zügelte, wie man sein Privatleben für sich behielt, wenn man in Verlegenheit geriet, und sie hatte ihm soeben ihre größte Angst offenbart: dass sie nie ganz frei vom Einfluss ihres Vaters sein würde oder dass sie ihn enttäuschen könnte, wenn sie versagte.

Prinz Marco hatte ein Talent, sie aus dem Gleichgewicht zu bringen.

„Das ist auch alles, was ich will." Was er sagte, klang erstaunlich aufrichtig. Er wies auf das offizielle Porträt von König Eduardo, das die hintere Wand der Bibliothek beherrschte. „Wie Sie sich vorstellen können, hat mein Vater seinen Nachwuchs gern unter Kontrolle. Skifahren, Segeln, Wind in meinem Gesicht, die wohltuende Abwesenheit von anderen, die über mich urteilen oder mir sagen, was ich zu tun habe ... ist Ihnen jemals in den Sinn gekommen, dass mir das ein Gefühl von Freiheit gibt, das ich nicht haben kann, solange ich in diesem alten Mausoleum von Palast gefangen bin?"

Sie atmete tief ein und aus. Und ob sie das verstand! Wenn er das begriff, konnte sie vielleicht ihren eigenen Kampf zu ihrem Vorteil nutzen.

„Mein Vater war früher der amerikanische Botschafter in Italien", begann sie. „Zurzeit ist er ein Berater des Präsidenten. Seine Position ist nicht mit der Ihres Vaters vergleichbar, aber sie bedeutet dennoch, dass er es gewöhnt ist, Macht zu haben. Und er neigt dazu, diese Macht auch über die Mitglieder seiner eigenen Familie auszuüben."

Marcos Augen funkelten. „Sie versuchen, sich zu befreien, genau wie ich."

Sie bewegte sich auf ihrem Stuhl. „In gewisser Weise, ja. Aber während ich die Frustration verstehe, die damit verbunden ist, in eine prominente Familie hineingeboren zu sein, wurde ich nicht in einen Job hineingeboren, so wie Sie. Ihr Vater ist auch Ihr Staatsoberhaupt, wohingegen mein Vater keine politische Macht über mich besitzt. Jedoch können wir beide die Umstände unserer Geburt nicht ändern und es ist meine Aufgabe, Ihnen dabei zu helfen, in diesem Gefüge zu leben."

„Und wenn Sie diesen Job verlieren? Oder kündigen? Verlieren Sie dann Ihre Unabhängigkeit?"

„So könnte man es sehen", räumte sie ein und strich ihren Rock glatt. Die geborgte Kleidung erinnerte sie daran, dass sie eigentlich nur einen Zeitaufschub erwirkt hatte. „Wenn ich diese Stelle aufgäbe, ohne im Anschluss eine neue anzutreten, hätte ich Schwierigkeiten, die Miete für meine Wohnung und die laufenden Kosten für mein Unternehmen aufzubringen. Die eigene Wohnung und mein Unternehmen geben mir ein Gefühl der Unabhängigkeit."

Noch während ihr die Worte über die Lippen kamen, fragte sich ihr Gehirn, warum sie Prinz Marco das alles erzählte. Einen Erwachsenen als Schüler zu haben, war Neuland für sie und sie war nicht darauf vorbereitet gewesen, insbesondere nicht auf diesen erwachsenen Schüler. Sie lächelte in der Hoffnung, aus dem Schlamassel, in den sie sich hineingeritten hatte, wieder herauszukommen. „Aber mein Privatleben ist nicht das Thema. Wir müssen uns auf Sie konzentrieren und auf das, was Sie in Ihrer besonderen Situation benötigen, um darin erfolgreich zu sein und das Gefühl von Freiheit zu finden, nach dem Sie sich sehnen. Ich möchte, dass Sie wissen, ich verstehe, dass Sie sich dieses Leben nicht ausgesucht haben, und ich fühle mit Ihnen."

Marco überlegte einen Moment lang, dann erhob er sich von seinem Stuhl und trat ans Fenster. Er starrte hinaus und sie fragte sich, ob er seinen Vater sah – es war bekannt, dass der König morgens regelmäßig auf den Gartenwegen joggte – und welche Gedanken ihm durch den Kopf gingen.

Schließlich drehte sich Marco erneut zu ihr um. „Ich gebe zu, dass ich heute Morgen mit dem einzigen Ziel hierhergekommen bin, Sie zum Kündigen zu bewegen. Sie haben zwar die Übereinkunft abgelehnt, die ich ursprünglich vorgeschlagen hatte ..." Er warf einen unverhohlen anerkennenden Blick auf ihre Beine, was sie dazu veranlasste, diese augenblicklich unter ihrem Stuhl zu verstecken. „Aber möglicherweise könnte auch eine andere Art von Übereinkunft funktionieren", fuhr er fort. „Was wir vielleicht brauchen, ist ein Bündnis."

MARCO strich mit der Hand über den kühlen Fensterrahmen. Sosehr es ihm auch widerstrebte, nachzugeben, möglicherweise hatte er Amanda falsch eingeschätzt. So gefährlich sie auch für ihn sein mochte – nicht sie war die Gegnerin in dieser Lage. Sein Vater war der Feind.

Ihre Augen verengten sich. „Was meinen Sie mit einem Bündnis?"

„Bedenken Sie, worum es im Wesentlichen in unserer Situation geht. Wenn mein Vater mit Ihnen unzufrieden ist, verlieren Sie Ihren Job und Ihre Unabhängigkeit. Wenn er mit meinen Fortschritten unzufrieden ist, wird meine Freiheit noch mehr beschnitten, als sie es jetzt schon ist. Aber wenn wir zusammenarbeiten, bekommen wir beide, was wir wollen."

„Was schlagen Sie vor? Natürlich unter dem Vorbehalt, dass ich nicht die Absicht habe, mein Wort gegenüber Ihrem Vater zu brechen." Sie überkreuzte die Beine und er zwang sich, sein Kinn hochzuhalten, damit es nicht so aussah, als würde er ihrer Bewegung mit den Augen folgen.

„Das verlange ich auch gar nicht von Ihnen. Ich denke, es liegt in unserem besten Interesse, wenn wir diesen Unterricht – oder wie immer Sie das bezeichnen möchten, was wir tun – so schnell wie möglich hinter uns bringen. Auf diese Weise wird Ihnen eine glänzende Empfehlung meines Vaters Tür und Tor für Ihre nächste Stelle öffnen und ich bekomme mein Leben zurück." Jedenfalls bis zu einem gewissen Grad. Sein Vater hatte klargestellt, dass er von nun an Teil des Lebens im Palast sein sollte, aber zumindest würde er das Gelände verlassen können.

Sie legte den Kopf schief. „Ich höre."

„Ich werde ein williger, gehorsamer Schüler sein, sofern einige Grundregeln beachtet werden."

„Als da wären?"

„Erstens erwarte ich, dass ich wie ein Erwachsener behandelt werde. Keine Belehrungen über mein heraushängendes Hemd oder andere Dinge, die das Erscheinungsbild betreffen. Mir ist bewusst, dass Sie es gewöhnt sind, Kinder zu unterrichten, aber ich weiß, wie ich auszusehen habe, wenn es wichtig ist. Sie haben vielleicht bemerkt, dass mein Aufzug bei der Hochzeit perfekt war. Ganz zu schweigen davon, dass ich Ihr Kleid im Auto gerichtet habe, damit *Sie* nicht zerknittert wirkten."

Sie wandte zwar den Blick nicht ab, aber ihr stieg die Röte in die Wangen, was er mit Befriedigung wahrnahm. „Gut. Was noch?"

„Sie reden mich mit Marco an. Nicht dieses Theater mit *Hoheit*, wenn wir allein sind. Und wenn es für Sie in Ordnung ist, würde ich es vorziehen, Sie Amanda zu nennen."

Sie schüttelte den Kopf. „Sie dürfen Amanda zu mir sagen, aber es zeugt nicht von Respekt, wenn Bürgerliche einen Prinzen mit seinem Vornamen ansprechen."

„Sie machen mich noch wahnsinnig."

„Wie wäre es mit *Prinz Marco*? Das ist nicht ganz so förmlich wie *Hoheit*. Ist das ein guter Kompromiss?"

Er brummte protestierend. „Nein, aber ich denke, ich werde es überleben."

„Sie werden es also überleben. Nun, das freut mich zu hören, Prinz Marco. Es wäre auch schwierig für mich gewesen, Ihrem Vater Ihren plötzlichen Tod zu erklären. War's das mit den Grundregeln?"

Er konnte sich ein Grinsen nicht verkneifen. „Für den Moment, ja. Den Rest können wir uns im weiteren Verlauf überlegen."

Er bemerkte, dass sie auf die Uhr schaute. Immer achtete sie darauf, wie die Zeit verging. „Also gut, da es schon spät ist, lassen Sie uns mit Lektion eins beginnen."

„Wie man den Palastgeiern entkommt, in drei einfachen Schritten?"

„Das schafft nur vorübergehend Abhilfe. Sie brauchen langfristige Lösungen." Amanda schaute ihn mit gerunzelter Stirn strafend an, was ihn an einen Blick erinnerte, den seine Mutter ihm zugeworfen hatte, als er mit etwa acht Jahren bei einem Staatsdinner die Erbsen auf ihrem Teller durch grüne Kügelchen aus Knetmasse ersetzt hatte.

Er verdrängte die Erinnerung und winkte ab, als er Amandas steife Haltung sah. Wenn sie auf absehbare Zeit auf engem Raum zusammenleben würden, musste sie lernen, mit seinem Sinn für Humor umzugehen, genau wie damals seine Mutter. Königin Aletta hatte seinen Scherz zwar nicht gut gefunden, aber sie hatte später eingeräumt, dass die wichtige Persönlichkeit, zu deren Ehren das Dinner an diesem Abend gegeben wurde, vielleicht eine Kostprobe der Knete verdient gehabt hätte.

Amanda wollte etwas sagen, hielt dann aber einen Moment lang inne, als wollte sie ihn mit Blicken messen. Schließlich wies sie mit dem Kopf in Richtung Garten. „Sie haben sich bei der Hochzeitsfeier unwohl gefühlt. Warum?"

Geradeheraus. Die Frau war viel zu geradeheraus. Und sie hatte ein feines Gespür.

„Seien Sie ehrlich", fügte sie hinzu.

Er zuckte betont gleichmütig mit den Schultern. „Paparazzi, nehme ich an. Sie sind lästig. Und neugierig. Ich glaube, in ihrer Gegenwart fühlt sich jeder unbehaglich."

„Es waren keine Paparazzi in der Nähe, als Sie mich zu dem Spaziergang einluden", merkte sie an. „Die wenigen Pressefotografen, die beim Empfang zugelassen waren, durften nur während der ersten Stunde bleiben. Ich hatte den deutlichen Eindruck, dass Sie Eliza Schipani und dem Parlamentsmitglied, mit dem sie sprach, aus dem Weg gehen wollten."

„Die sind ebenfalls neugierig."

Ihre braunen Augen blitzten belustigt. „Vielleicht. Aber warum hatten Sie das Bedürfnis, zu fliehen? Wenn die Leute zu persönlich werden, warum sagen Sie ihnen nicht einfach, sie sollen sich verziehen? Auf diplomatische Weise, versteht sich."

Das war der Kernpunkt des Problems. Egal, was er tat, Menschen, die er kaum kannte, schienen das Gespräch immer auf sein Privatleben zu lenken und er wusste nie, wie er darauf reagieren sollte.

„Es ist schwierig", antwortete er schließlich. „Ich bin nicht gut darin, Konversation zu machen."

Sie hob eine Braue. „Sie haben keine Schwierigkeiten, mit mir zu reden. Als wir das Casino verließen, hat es Ihnen nichts ausgemacht, mir genau zu sagen, mit welchen Worten ich Ihren Smoking loben sollte."

„Das war etwas anderes", wandte er ein und war peinlich berührt, als ihm bewusst wurde, dass er bei ihr dieselben Sprüche benutzt hatte, die er normalerweise für die albernen Frauen gebrauchte, die ihm in der Stadt nachstellten. „Nur wir beide waren da. Keine Kameras, keine Reporter."

„So viel anders ist das gar nicht. Sie haben Humor eingesetzt, um das Thema zu wechseln und um mich davon abzulenken, dass ich wütend war, weil ich auf der Suche nach Ihnen die Casinos durchkämmen musste."

Er entfernte sich von der Fensterbank. „Hören Sie, es tut mir leid, dass ich –"

„Das ist vergeben und vergessen", sagte sie. „Was ich damit meine, ist vielmehr, dass Sie die grundlegenden Fähigkeiten besitzen. Sie müssen sich nur daran gewöhnen, sie in einem anderen Umfeld anzuwenden. In einer offizielleren Umgebung. Mit Eliza Schipani oder einem Parlamentsabgeordneten sind Sie vielleicht nicht so unbekümmert wie mit Ihren Freunden oder mit mir gestern, aber Sie können die gleiche Herangehensweise wählen."

„Wenn also jemand wie Eliza stundenlang hinter mir herrennt, um mich dazu zu bewegen, auf ihrem Gesundheitskongress zu sprechen –"

„Dann nehmen Sie dankend an."

„Sie haben kein Wort von dem gehört, was ich gesagt habe."

Ihr Mund verzog sich zu einem schiefen Lächeln. „Natürlich habe ich das. Sie haben mir erzählt, dass Sie öffentliche Veranstaltungen nicht mögen. Es ist meine Aufgabe, Sie damit vertraut zu machen."

„Aber was tue ich, wenn ich einer bestimmten Einladung wie zum Beispiel der von Eliza nicht folgen möchte? Sagen wir, wenn ich etwas anderes geplant habe." *Zum Beispiel einen Skiausflug.*

„Dann bedanken Sie sich bei ihr und sagen, Sie hätten anderweitige Verpflichtungen. *Falls* Sie die wirklich haben."

Er schritt eine Minute im Zimmer umher und dachte über Amandas Worte nach. Das Gefühl, dass sie jede seiner Bewegungen mit den Augen verfolgte, machte ihn nervös. „Was schlagen Sie also vor, wie ich mich an Auftritte in der Öffentlichkeit gewöhnen kann? Ohne mich lächerlich zu machen, meine ich."

„Es ist alles eine Frage der Übung. Wir werden hier ein paar Szenarien durchspielen, Empfänge simulieren, etwas in der Art. Ich sehe, wie Sie sich verhalten, und gebe Ihnen einige Richtlinien, denen Sie in der Realität folgen können. Danach werden wir diese in der Öffentlichkeit ausprobieren." Sein Zögern musste offensichtlich gewesen sein, denn sie fuhr fort: „Keine Sorge. Ich fange mit etwas Einfachem an, in einer Umgebung, die Sie als relativ angenehm empfinden. Sagen Sie mir, was Sie gern tun." Ein Lächeln erhellte ihr Gesicht, als sie hinzufügte: „Außer ins Casino zu gehen."

Er zählte ein paar Punkte an seinen Fingern ab. „Skifahren.

Wandern. Bootsrennen. Zeit mit meinen Freunden verbringen." Er ließ seine Hand sinken. „Glauben Sie mir, es gibt nicht eine öffentliche Veranstaltung, die mich begeistert."

„Falsche Jahreszeit fürs Skifahren." Er konnte förmlich sehen, wie sich die Rädchen in ihrem Kopf drehten. „Ein Bootsrennen wäre möglich. Ja! Wir gestalten Ihre Rückkehr ins öffentliche Leben hier in San Rimini als Regatta."

Er warf ihr einen skeptischen Blick zu. „Wenn es sein muss. Wo ist der Haken?"

„Nun, ich möchte Sie so schnell wie möglich in eine reale Situation versetzen. In zwei Wochen, wenn wir das schaffen."

Er unterdrückte das Entsetzen, das sofort in ihm aufstieg. „Es finden jedes Jahr drei oder vier Regatten in San Rimini statt, aber keine der Einladungen auf dem Schreibtisch meiner Assistentin beinhaltet –"

„Nein, ich meinte, ich möchte, dass Sie in weniger als zwei Wochen eine Veranstaltung *ausrichten*. Mit einem Bootsrennen könnte man eine Menge Geld für einen wohltätigen Zweck sammeln. Es ist ein durchaus angemessenes Ereignis, bei dem ein Prinz der Gastgeber sein kann."

Ihre Augen glänzten, als wäre sie auf eine brillante Idee gekommen und hätte sich voll und ganz dafür entschieden. Sie erhob sich von ihrem Stuhl, ging zum Schreibtisch, drehte sich zu ihm um und lehnte sich gegen die Tischplatte. Sie legte die Hände auf das Holz und trommelte mit den Fingern, als könnte sie es kaum noch erwarten.

Entweder war Amanda unglaublich überzeugt von ihren eigenen Fähigkeiten oder sie verstand die Grenzen seines Könnens nicht.

„Sie wollen, dass ich in zwei Wochen zu Wohltätigkeitszwecken ein Bootsrennen veranstalte? Niemals!"

„Meine Aufgabe ist es, dafür zu sorgen, dass Sie sich in Ihrer Rolle als Prinz wohlfühlen. Diese Rolle erfordert zwangsläufig, dass Sie bei gewissen Events den Gastgeber spielen. Ich könnte

mit einem Staatsbankett beginnen, falls welche geplant sind in
der –“

„Nein, kommt nicht in Frage, nein!“

„Deshalb wäre das, was ich vorschlage – oder etwas Ähnliches – passender.“ Sie hatte ihn da, wo sie ihn haben wollte, und
er konnte an ihrem selbstzufriedenen Gesichtsausdruck erkennen, dass ihr das klar war. „Eine solche Veranstaltung ist nicht
so politisch und hochkarätig. Falls Sie einen Fehler machen,
können wir beide daraus lernen und da wieder ansetzen, auch
wenn ich mein Bestes geben werde, damit keine Fehler
auftreten.“

„Glauben Sie mir, wenn ich ein Schnellboot steuere, mache
ich keine –“

„Und damit kommen wir zu dem Haken“, unterbrach sie ihn.
„Wir können unmöglich ein Rennen, wie Sie es sich vorstellen,
in so kurzer Zeit organisieren. Zum einen gibt es Haftungsfragen. Zum anderen müssten wir einen großen Teil der Bucht von
San Rimini für eine solche Veranstaltung absperren, was
Genehmigungen erfordert. Es wäre sogar schwierig, in dieser
kurzen Zeitspanne Teilnehmer zu finden.“

„Was schlagen Sie stattdessen vor?“

„Nun, ich habe vor ein paar Jahren an einem Entenrennen in
Washington, D.C. teilgenommen –“

„An einem ... Entenrennen?“

„Sozusagen. Ich denke, wir können hier den gleichen Ansatz
verwenden.“

Marco stöhnte und fuhr sich mit den Fingern durch die
Haare. Er wollte nicht, dass sie es erklärte. Wenn er nur das
Wort *Ente* benutzte, würde er letztendlich doch wie ein Idiot
dastehen.

„Hoheit –“

„Marco!“, raunzte er. Er schüttelte den Kopf, dann durchquerte er den Raum und lehnte sich neben ihr gegen den
Schreibtisch. Er atmete tief durch, denn er sah ein, dass sein

Ton unangemessen gewesen war, auch wenn er mit der Situation nicht glücklich war.

„Prinz Marco." Ihre Stimme war leise und beruhigend. Sie überbrückte die kurze Distanz zwischen ihnen und legte ihre Hand auf seine. Sie drückte sie flüchtig und zog ihre dann zurück, bevor er darüber nachdenken konnte. „Vergessen Sie nicht, wir stecken gemeinsam da drin. Unser beider Ruf steht auf dem Spiel. Sie haben ein Bündnis vorgeschlagen und jetzt müssen Sie mir vertrauen."

Ihr vertraute er. Doch er war nicht so sicher, ob er sich selbst vertrauen konnte, vor allem, wenn sie ihm beruhigend die Hand oder den Arm tätschelte.

Er warf ihr einen Seitenblick zu. „Enten?"

„Enten. Wir fangen heute an. Bis die Veranstaltung stattfindet, werden Sie gut vorbereitet sein."

Das bezweifelte er stark. Aber es war ja nicht so, als hätte er eine Wahl.

KAPITEL 6

AMANDA ENTSPANNTE sich zum ersten Mal seit mehr als zwei Wochen und nahm die Sehenswürdigkeiten und Geräusche der Adria von der privaten Anlegestelle der königlichen Familie aus in sich auf.

Hinter ihr erstreckte sich der Pier bis zum Fuß des eleganten Palazzo d'Avorio, einer Festung, die vor fast fünfhundert Jahren aus elfenbeinfarbenem Stein erbaut worden war, um den Zugang zu der Bucht von San Rimini zu schützen. In den ersten Tagen seiner Herrschaft hatte König Eduardo das Bauwerk renovieren lassen, damit es sowohl als Bootshaus wie auch als Veranstaltungsort direkt am Meer dienen konnte. Mit seinen geräumigen Bankettsälen im Obergeschoss und den modernen Küchen- und Lagerräumen im Untergeschoss war es der ideale Ort für Marcos Wohltätigkeitsveranstaltung.

Die sanften blauen Wellen der Bucht plätscherten in sicherer Entfernung unter Amandas Zehen und verleiteten sie dazu, an ihren frisch lackierten Nägeln vorbei durch die Lücken zwischen den Holzlatten des Piers zu schauen. Farbenprächtige Fische huschten zwischen den Pylonen hindurch und ein einzelnes Stück Seegras wiegte sich hin und her mit der Strömung.

„Das Wasser ist so klar, selbst in der Nähe des Ufers“, sagte sie staunend zu Marco, der neben ihr stand. „Es ist ein wunderschöner Tag. Wir hätten uns keinen besseren wünschen können.“

Sie beschattete ihre Augen, blickte auf das Meer hinaus und atmete die salzige Luft ein. Sonne schien ihr auf die Schultern und wärmte sowohl ihren Körper als auch ihr Gemüt. Sie und Prinz Marco waren früh hergekommen, um die Vorbereitungen zu überprüfen, und als sie feststellten, dass das Personal sich selbst übertroffen hatte, beschlossen sie, einen kurzen Spaziergang über den Pier zu machen, bevor die ersten Gäste zu den Horsd'œuvres und Cocktails vor dem Rennen eintrafen.

Sie fühlte sich nach wie vor auf ihr unverständliche Weise zu ihm hingezogen, aber sie hatte in ihren Sitzungen darauf geachtet, dass alles professionell blieb. Es war einfacher geworden, als die Rose, die er im Garten für sie geschnitten hatte, endlich vertrocknet war. Nachdem er sie zu ihrer ersten Sitzung mitgebracht hatte, nahm sie die Blume mit auf ihr Zimmer und stellte sie ins Wasser.

Dass die Rose von ihrem Nachttisch verschwunden war, half ihr, nicht mehr an die Zeit mit Marco im Garten zu denken – oder zumindest nicht mehr ganz so oft.

„Ich hatte auf Regen gehofft“, sagte Marco und gab sich dabei betont missmutig.

„In San Rimini? Zu dieser Jahreszeit? Unwahrscheinlich.“

Er zuckte die Achseln. „Wahrscheinlich ist es so am besten. Ich hätte die Spenden nur ungern zurückgeben müssen.“

Amanda lächelte in sich hinein. Sie hatten es geschafft, die Wohltätigkeitsveranstaltung in nur sechzehn Tagen zu organisieren. Dass Prinz Marco auf den Einladungen als Gastgeber genannt wurde, führte dazu, dass seine Assistentin schon wenige Stunden, nachdem die Einladungen herausgegangen waren, mit Zusagen überschüttet wurde und er sicherlich eine Menge Geld für die Krebshilfe von San Rimini sammeln konnte. Auch wenn er sich über den fehlenden Regen beklagte, wusste Amanda, dass Marco sich keine Sorgen über den finanziellen Erfolg der Veranstaltung machte.

Für ihn war wichtig, dass es auch ein persönlicher Erfolg wurde.

Sie riss sich vom malerischen Anblick des Meeres los und sah ihn an. Obwohl sie zwei endlose Wochen lang versucht hatte, seinen offensichtlichen Sexappeal zu ignorieren, und sich gezwungen hatte, stets mindestens eine Armlänge Abstand von ihm zu halten, raubte seine bloße Anwesenheit ihr immer noch den Atem.

Die Paparazzi, die sich einen Steinwurf entfernt an der Uferstraße zum Palazzo d'Avorio versammelt hatten, würden nichts Ungewöhnliches an ihm bemerken, wenn sie durch ihre überdimensionierten Kameraobjektive schauten. Ein weißes Poloshirt schmiegte sich an seine breiten Schultern und betonte seine Brustmuskeln. Eine leichte beigefarbene Hose betonte die schlanken Hüften und athletischen Beine eines Skifahrers, seine Designer-Sonnenbrille schien so gewählt, dass sie die Konturen seines Gesichts optimal zur Geltung brachte. Mit seiner lockeren Haltung und dem leichten Lächeln, das an seinen vollen Lippen zupfte, wirkte er genau so, wie man es von ihm erwartete: ein selbstbewusster junger Adeliger, der sich anschickte, Gastgeber bei einer zwanglosen Wohltätigkeitsveranstaltung zu sein.

Sie vermutete jedoch, dass Marco unter seinem polierten Äußeren so nervös war wie eine Highschool-Schülerin vor dem Abschlussball, wenn ihr Date fünfzehn Minuten nach dem verabredeten Zeitpunkt noch nicht eingetroffen ist.

„Sie werden das gut machen, Prinz Marco." Obwohl er seit ihrem ersten gemeinsamen Tag nicht mehr erwähnt hatte, dass er öffentliche Veranstaltungen verabscheute, war es ihr ein

Bedürfnis, ihn zu beruhigen. Er konnte das schaffen. Sie wusste, dass er es konnte. Er hatte sein Wort gehalten und war zu jeder ihrer geplanten Sitzungen pünktlich erschienen. Obwohl ihm einige der Übungen gegen den Strich gegangen waren, hatte er sie alle absolviert. Sie hatten brenzlige Gespräche geübt, bei denen beide abwechselnd seine Rolle übernahmen, während die andere Person so tat, als wäre sie ein Reporter, ein Palastgast, ein Parlamentsmitglied oder sogar ein Kind auf der Straße bei einem Treffen mit Familien.

„Das sind alles Szenarien, die Sie wahrscheinlich erleben werden", hatte sie ihm klargemacht. „In den nächsten Jahren werden Sie an einer Reihe von Veranstaltungen teilnehmen, von Besuchen in Krankenhäusern und Schulen bis hin zu Banketten in den höchsten gesellschaftlichen Kreisen, wo es den Leuten wirklich wichtig ist, welche Gabel Sie benutzen. Je mehr Sie üben, desto leichter wird jede Situation für Sie zu bewältigen sein." Sie hatte ihm auch Links zu einem Dutzend Websites gegeben, die Informationen zu aktuellen Ereignissen boten, und ihn gebeten, diejenigen durchzulesen, mit denen er nicht vertraut war. „Sie werden nicht abgefragt werden", hatte sie ihm versichert. „Aber es ist gut, ein Grundverständnis für die Geschehnisse zu haben, damit Sie selbstbewusst darüber reden können. Selbst wenn Sie nur geringe Kenntnisse haben, können Sie Ihren Gesprächspartnern signalisieren, dass Sie wissen, wovon sie sprechen, und dann nach deren Ansichten fragen."

„Und damit ihnen wieder den Ball zuspielen", hatte er ergänzt. „Das macht es mir leichter, mich nicht auf eine bestimmte politische Haltung oder Meinung festzulegen."

„Genau."

Hoffentlich hatten sich die Lektionen verfestigt, nun da die erste Veranstaltung anstand.

„Ich weiß, ich weiß. Sie sagen mir immer wieder, dass ich genügend vorbereitet bin", erwiderte er und ahmte dann ihre Stimme nach: „Vertrauen Sie mir!"

Sie lächelte über seine Imitation. „Es wird nicht so schlimm, wie Sie es sich vorstellen. Verglichen mit den Staatsbanketten, die Prinz Antony und Ihr Vater regelmäßig ausrichten, wird dieser Nachmittag ein Kinderspiel werden."

„Ich nehme an, dafür sollte ich dankbar sein." Er verlagerte sein Gewicht auf den anderen Fuß und blickte aufs Meer hinaus. „Ich bezweifle, dass sich die Gespräche die ganze Zeit auf das Rennen konzentrieren werden. Zumindest in meiner Nähe. Die meisten, die der Einladung folgen, interessieren sich für zwei Dinge: ihre eigene politische Agenda voranzutreiben und so viel königlichen Tratsch aufzuschnappen, wie sie können, damit sie auf der nächsten Party etwas zu erzählen haben."

Er schnippte einer Möwe in der Nähe eine Brotkruste zu, die er von einem der Vorspeisentabletts gemopst hatte. Als der Vogel sich die Leckerei schnappte, fügte Marco hinzu: „Ich werde mein Bestes geben, aber ich werde bestimmt in ein Fettnäpfchen treten, bevor der Nachmittag vorbei ist. Das passiert mir bei solchen Veranstaltungen immer."

„Heute ist ein Neuanfang. Denken Sie daran, wie Sie sich gestern geschlagen haben. Ich habe versucht, Sie bei einer Reihe von Themen festzunageln, und Sie sind damit wunderbar umgegangen."

„Rollenspiele sind nicht dasselbe wie die Realität."

„Solche Übungen sind nah genug dran. Ich werde trotzdem versuchen, in Sichtweite zu bleiben. Wenn Sie mich brauchen, um Ihnen aus einer unangenehmen Situation herauszuhelfen, stecken Sie eine Hand in Ihre vordere Tasche."

Der Prinz beobachtete, wie die Möwe auf die Menschenmenge an Land zuflog, da sie offenbar zu dem Schluss gekommen war, dass Marco ihr keine weiteren Leckerbissen anbieten würde. „Eine Hand in meine Tasche stecken. Klar. Selbst wenn es Ihnen gelingt, sich höflich in das Gespräch einzumischen, bezweifle ich, dass Sie ein egoistisches Parlamentsmitglied davon abhalten können, seine Nase in die persönlichen Angelegenheiten meiner Familie zu stecken. Oder nach Informationen über das anstehende Wirtschaftsabkommen mit Griechenland zu fischen. Der griechische Minister kommt morgen und es gibt eine Menge Leute, die alle Details wissen wollen, noch bevor diese feststehen und offiziell bekannt gegeben werden." Marco verzog das Gesicht. „Nichts hält die wirklich Entschlossenen davon ab, mich auszufragen, selbst wenn es sich um ein Thema handelt, von dem ich keine Ahnung habe. Vielleicht gerade dann. Ich glaube, es reizt sie, zu beweisen, dass sie mehr wissen als ich."

„Vielleicht. Aber vergessen Sie nie, dass Sie ein Prinz sind. Wenn sie gesellschaftlich erfahren sind, werden sie sich nach Ihnen richten."

Er ahmte ihre Stimme nach: „Wenn das Gespräch in eine Richtung geht, die Ihnen unangenehm ist, versuchen Sie, das Thema zu wechseln. Behalten Sie immer mindestens zwei unverfängliche Gesprächsthemen im Hinterkopf."

Sie hob scherzhaft einen Finger, als wollte sie ihm damit drohen. „Aber vermeiden Sie das Wetter. Nichts ist langweiliger."

„Und das von der Frau, die mir gerade erzählt hat, was für einen wundervollen Tag wir heute haben."

„Hey –"

„War nur ein Scherz." Er nahm seine Sonnenbrille ab, betrachtete die Gläser und rieb dann mit dem Stoff seines Hemds darüber, um einen winzigen Schmutzfleck zu entfernen – ein untypischer Anflug von Unsicherheit, der seine Nervosität verriet. „Aber im Ernst, was mache ich, wenn es mir nicht gelingt, das Thema zu wechseln?"

„Verweisen Sie die Leute an Ihren Vater, wenn es sich um eine politische Angelegenheit handelt. Wenn sie Sie wegen eines gesellschaftlichen Ereignisses bedrängen, zögern Sie eine Antwort heraus, indem Sie sagen, Sie müssten das mit Ihrer

Assistentin besprechen. Und Sie können sich immer unwissend stellen, wenn jemand den Hinweis nicht versteht."

Er setzte seine nun saubere Sonnenbrille wieder auf. „Das kann ich nicht. Mich unwissend zu stellen, verträgt mein Ego nicht."

„Dann ein paar Sekunden Stille. Lassen Sie zu, dass *sie* sich unwohl fühlen. Wenn es dazu kommt, ist es deren Schuld, nicht Ihre. Die anderen waren diejenigen, die das Gespräch zu weit getrieben haben. Versuchen Sie danach erneut, das Thema zu wechseln."

Er zog eine Grimasse und Amanda konnte sehen, wie er die Möglichkeiten im Kopf durchging.

„Ein letzter Ratschlag?"

„Ich nehme an, Sie werden ihn aussprechen, ob ich ihn hören will oder nicht."

„Ziehen Sie nicht so ein Gesicht." Sie legte den Kopf schief. „Die Paparazzi da drüben schießen schon Fotos. Der Blick, den Sie mir gerade zugeworfen haben, könnte auf der Titelseite einer Zeitschrift landen. Oder zumindest auf einer Klatsch-Website."

Zum ersten Mal seit ihrer Ankunft vor rund einer halben Stunde grinste er und ließ seine weißen Zähne aufblitzen. „Sie müssen zugeben, das wäre nicht die schlechteste Berichterstattung, die ich je hatte."

„Für heute bleiben wir positiv. Das ist gut für Sie und für unser Anliegen." Sie sah auf ihre Uhr. „Zeit, wieder reinzugehen. Die ersten Gäste werden jeden Moment hier sein."

Er senkte seine Stimme und machte ein Geräusch wie eine Kirchenglocke, die drohendes Unheil verkündet.

Wären da nicht sein Titel und die Kameras gewesen, hätte sie ihn in den Arm geknufft. „Was habe ich gerade übers Positivbleiben gesagt?"

Er verbeugte sich tief und bedeutete ihr dann, dass sie auf dem Pier vorausgehen sollte. „Nach Euch, Mylady."

„Vergessen Sie, was ich über das Unwissendstellen gesagt habe. Machen Sie einfach das."

„Was?"

„Seien Sie so charmant, wie Sie sind."

Er richtete sich auf, sein leises Lachen wurde vom Schrei einer Möwe in der Nähe und dem Plätschern der Wellen am Pier übertönt.

„Charmant. Das habe ich schon immer hinbekommen."

MARCO FÜRCHTETE, seine Wirbelsäule würde jeden Moment versagen. Den ganzen Tag Buckelpiste fahren? Ermüdend, aber kein Problem. Ein langes Wochenende in der Schweiz wandern? Ein Kinderspiel. Aber wie lange konnte ein Mann in perfekter Haltung dastehen und so tun, als hätte man ihm eine Stange vom Steißbein bis zum Schädel eingesetzt? Und dabei auch noch wie ein Narr grinsen, während ein endloser Strom von Milliardären, Regierungsbeamten und Prominenten ihn bedrängte, um laut über unsinnige Themen zu spekulieren.

Er legte den Kopf schief und tat sein Bestes, um Interesse vorzutäuschen, als die weißhaarige Dame vor ihm von der neuesten Rosenausstellung der Gartengesellschaft San Riminis erzählte. Er liebte Rosen und konnte einem Experten den ganzen Tag lang zuhören, wenn dieser über deren Anbau sprach, aber bei den Klagen dieser Frau über die Anordnung der Ausstellungskästen bekam er einen glasigen Blick. Er betete, dass er nicht so gelangweilt aussah, wie er sich fühlte.

Warum sein Vater es für wichtig hielt, dass er dies tat, wo doch Antony, Federico und Isabella in diesen Dingen nicht nur hervorragend waren, sondern auch Spaß daran zu finden schienen, war ihm unverständlich. Sicherlich könnte er einen anderen Beitrag für die Familie leisten.

Wie das Bootsrennen selbst. Natürlich, wenn es ein *echtes* Bootsrennen wäre …

Er war versucht, seinen schmerzenden Nacken zu massieren, entschied sich aber, stattdessen seine Hände mit einem Glas Champagner vom Tablett eines vorbeigehenden Kellners zu beschäftigen. Er nippte langsam daran, während er das Geschnatter der Frau vor ihm über sich ergehen ließ, und suchte mit den Augen diskret den Raum nach Amanda ab.

Anfangs hatte er sich dagegen gesträubt, Zeit mit ihr zu verbringen, weil er sicher war, dass ihre Ratschläge nichts nützen würden, aber er musste zugeben, dass ihre Lektionen diesen Nachmittag erträglich gemacht hatten. Zweimal war er Fragen über das bevorstehende Wirtschaftsabkommen ausgewichen, ohne dass es für ihn peinlich geworden war oder so klang, als wollte er das Thema vermeiden. Und dank Amandas Idee mit dem Bootsrennen würde er den größten Teil des Nachmittags draußen an der frischen Luft verbringen können, anstatt in einer Ecke gefangen und gezwungen zu sein, Leuten wie der Garten-Lady zuzuhören.

Zwei Punkte für Amanda Hutton.

Nachdem sich die Garten-Lady verabschiedet hatte, drehte er eine langsame Runde durch den Bankettsaal: Er beglückwünschte eine seiner entfernten Cousinen zu ihrer neuen Frisur, gratulierte einem der professionellen Tennisspieler von San Rimini zum Einzug ins Halbfinale der French Open im Vorjahr – und hielt dabei weiter Ausschau nach Amanda. Sie hatte doch versprochen, in Sichtweite zu bleiben, oder nicht?

In den letzten zwei Wochen hatte er sich bemüht, sie auf Abstand zu halten, mit dem Schreibtisch oder einem Couchtisch zwischen ihnen, wann immer es möglich war. Gerade weit genug weg, um sie nicht versehentlich zu berühren oder den Duft ihres Shampoos einzuatmen. Es hatte ihn seine ganze Willenskraft gekostet, nicht die Hand nach ihr auszustrecken, um zu sehen, ob sie seinen Kuss erwidern würde, wenn er ihr einen weiteren gäbe.

Jetzt, wo er sie wirklich brauchte, war sie natürlich nirgends zu entdecken.

Schließlich erspähte er sie an einem der raumhohen Fenster des Saales, ihren Blick auf einige Motorboote gerichtet, die auf den Wellen der Bucht von San Rimini schaukelten. Mit ihrem glatten, ordentlichen Pferdschwanz, der ihr bis auf den Rücken reichte, und einer geschmackvollen, aber preiswerten Sonnenbrille auf dem Kopf sah sie aus, als wäre sie bereit für einen Tag auf dem Wasser.

Er lächelte in sich hinein, während er sie beobachtete, und dachte über die Absurdität der Veranstaltung nach, die sie vorgeschlagen hatte. Wenn das hier vorbei war, würde er sie zu einem richtigen Bootsrennen einladen müssen. Eines, bei dem ihr Puls raste und ihr Gesicht von Salzwassergischt benetzt wurde.

Er machte sich auf den Weg zu ihr und plauderte dabei so kurz wie möglich mit den Gästen. Er hielt inne, um ein Glas Champagner für Amanda zu holen, verharrte aber, als Visconte Renati, ein enger Freund von Antony, offenbar die gleiche Idee hatte. Der junge Visconte trat mit zwei Champagnerflöten auf Amanda zu und reichte ihr eine, als sie aufblickte. Sie hatte ihn offenbar erwartet, denn sie nahm das Glas ohne Zögern an und begann zu plaudern, als wären sie alte Freunde.

„Angelo Renati." Marco ließ den Namen über die Zunge rollen und beobachtete dann, wie der Visconte einen unsichtbaren Fussel vom Ärmel von Amandas marineblauem Kleid entfernte.

Auch wenn er ein enger Freund des sehr korrekten und sehr verheirateten Antony war, genoss Angelo seinen Ruf als heißester Junggeselle des Landes – ein Titel, der ihm zweimal von der Tageszeitung von San Rimini verliehen worden war. In Anbetracht dieser Publicity, seines hollywoodreifen Aussehens und seiner Position in der Chefetage der Nationalbank von San Rimini war es nicht verwunderlich, dass Angelo immer die im Augenblick angesagteste Blondine an seiner Seite hatte. Und im Gegensatz zu Antony und Marco schien Angelo nie genervt zu sein, wenn ihm Frauen auf der Strada il Teatro folgten und versuchten, ihm ihre Telefonnummer zuzustecken. Oder schlimmer noch, ihre Unterwäsche. Er genoss die weibliche Aufmerksamkeit und schaffte es irgendwie, dabei nicht wie ein Schürzenjäger zu wirken.

Doch in diesem Moment schien der charmante Visconte nur Augen für die sehr intelligente, sehr brünette Amanda zu haben, eine Frau, die niemals ihre Unterwäsche in die Gesäßtasche eines Mannes stecken würde, um sein Interesse zu wecken.

Marco schaute auf seine Uhr, um zu prüfen, wie viel Zeit noch blieb, bevor er verkünden konnte, dass sich die Gäste zum Beginn des Rennens zum Pier begeben sollten.

Verdammt. Immer noch mehrere Minuten.

Er kämpfte darum, die Eifersucht zu zügeln, die ihn wie eine Woge überrollte. Er hatte keinen Anspruch auf Amanda, wollte keinen Anspruch auf sie erheben. Tatsächlich wäre es das Beste, wenn sie einen anderen fand, mit dem sie sich verabredete, während sie ihn unterrichtete – selbst wenn dieser Jemand Angelo Renati war.

Der Visconte war kein schlechter Kerl. Er war nur nicht der Typ, den man sich für, sagen wir mal, seine Schwester aussuchen würde, da er nie sehr lange mit einer Frau zusammenblieb. Aber wenn eine mit Angelo umgehen konnte, dann war das Amanda.

Ein Freund von Federico wandte sich an Marco und fragte ihn nach der Organisation des Bootsrennens. Marco antwortete, so gut er konnte, und sagte sich, dass er die Ablenkung von Amanda brauchte. Aber als Angelo sie auf eine Jacht aufmerksam machte, die am Palazzo vorbeiglitt, und seine Hand auf Amandas Schulter legte, als sie sich umdrehte, um das

Schiff zu sehen, entschuldigte sich Marco höflich, da er die beiden nicht länger ungestört lassen konnte.

„Angelo." Er näherte sich dem Fenster und war sicher, dass sein Lächeln so falsch aussah, wie es sich anfühlte. „Es tut mir leid, dass wir noch keine Gelegenheit hatten, miteinander zu sprechen. Wie ist es dir ergangen?"

Visconte Renati nahm seine Hand von Amandas Schulter und nickte Marco höflich zu. „Ich freue mich, dich zu sehen." Er sprach fließend Englisch, allerdings mit Akzent. „Ich habe Amanda gerade gesagt, wie wundervoll und untypisch für dich es ist, eine so beeindruckende Veranstaltung auszurichten. Eine wirklich kreative Spendenaktion, die du dir da ausgedacht hast. Ich amüsiere mich prächtig und ich musste nicht einmal in einen Anzug schlüpfen."

Angelo zwinkerte Amanda zu und fügte in verschwörerischem Ton hinzu: „Sein Bruder, Prinz Antony, besteht darauf, Wohltätigkeitsveranstaltungen auszurichten, die formelle Kleidung erfordern. Eine entspannte Party wie diese spiegelt Marcos Persönlichkeit viel besser wider."

„Das nehme ich als Kompliment", sagte Marco. „Allerdings habe ich das Event nicht allein geplant."

„Das habe ich mir schon gedacht." Der italienische Akzent des Visconte wurde noch um eine Nuance ausgeprägter, als er ergänzte: „Amanda hat mir erzählt, dass der Palast sie engagiert hat."

Marco schaute sie an. Wie viel hatte Amanda ihm enthüllt? In den bisherigen zwei Wochen Unterricht hatten sie nie darüber gesprochen, wie sie mit Fragen über die Art ihrer Beschäftigung umgehen sollten. Er wollte nicht, dass darüber etwas öffentlich bekannt wurde, und hoffte, sie verstand das. Seine persönlichen Vorbehalte gegenüber seiner königlichen Rolle sollten genau das bleiben: persönlich.

„Das ist richtig. Wir sind froh, dass wir sie haben", antwortete er schließlich und versuchte, Angelos verwirrten Gesichtsausdruck zu deuten. Er erinnerte sich an Amandas Rat, das Gesprächsthema zu wechseln, und warf einen Blick auf die Uhr an der gegenüberliegenden Wand. „Es ist fast Zeit, dass ich den Beginn des Rennens verkünde."

„Amanda hatte keine Gelegenheit, mir die Art ihrer Aufgaben zu erläutern. Sie sagte nur, dass sie eine Angestellte des Palastes ist."

Unbehagen kroch in Marco hoch, als Angelos Blick über Amanda wanderte. Der Visconte lächelte und hob eine Braue, wenngleich er dabei Amanda nicht aus den Augen ließ. „Was könnte eine schöne Amerikanerin wohl für dich tun, Marco? Das wüsste ich wirklich gern."

Marco zerbrach sich den Kopf, um ein passende Antwort zu finden, aber er konnte sich nicht konzentrieren, während Angelo Amanda ansah, als wäre sie ein ausgezeichneter Chianti, den er unbedingt verkosten wollte.

Glücklicherweise schien Amanda die aufdringlichen Blicke des Mannes nicht zu bemerken. Sie zuckte mit den Schultern und sagte: „Jetzt, da der Prinz seinen Militärdienst beendet hat, konzentriert er sich auf Angelegenheiten hier in San Rimini. Wie seine Geschwister hat auch er einen Mitarbeiterstab, der ihn bei der Erfüllung aller seiner Pflichten unterstützt, einschließlich seiner karitativen Aufgaben."

Sie reichte ihre halb leere Champagnerflöte einem Kellner im Smoking und lächelte dann Angelo an. „Vielen Dank für das Gespräch, aber ich fürchte, die Pflicht ruft. Sicher sehen wir uns gleich draußen wieder."

Angelo öffnete den Mund, als wollte er eine weitere Frage stellen, doch Amanda drehte sich um und schnitt dem Visconte so das Wort ab. Sie wies in Richtung der Bühne im Bankettsaal und sagte: „Hoheit, Sie sollten Ihre Gäste auffordern, sich nach draußen zu begeben, damit Sie ihnen die Regeln des heutigen Rennens erklären können. Ich werde mich beim Personal des Palastes erkundigen, ob auf dem Pier alles bereit ist."

„Danke", erwiderte er und achtete darauf, seinen Ton formell zu halten, in der Hoffnung, dass Angelo nicht weiter nachfragen würde. Marco kam nicht umhin, Amanda zu bewundern. Sie hatte es geschafft, Angelos Frage zu beantworten, ohne etwas Persönliches preiszugeben, und sie ließ ihn gleichzeitig wie einen verantwortungsbewussten Prinzen aussehen.

Amanda schüttelte Visconte Renati die Hand und sagte schnell: „Es war mir ein Vergnügen, Sie kennenzulernen", doch bevor sie gehen konnte, hob er ihre Hand an seine Lippen.

„Ich freue mich auf unsere nächste Begegnung."

Marco unterdrückte einen weiteren Anflug von Eifersucht, als er sich an die Küsse erinnerte, die er im Rosengarten auf eben diese Hand gedrückt hatte.

Sosehr Marco Angelo auch mochte, der Mann hatte es nicht verdient, Amandas Hand zu küssen. Nicht in Anbetracht der Absichten, die Marco hinter seinem Verhalten vermutete.

„Diesmal fischst du im falschen Meer", schalt ihn Marco mit leiser Stimme, als Amanda außer Hörweite war. „Amanda Hutton ist nicht dein Typ. Außerdem habe ich gehört, dass du es geschafft hast, dir Bianca Caratelli zu angeln."

„Nun, wenn du persönlich werden willst, Marco: Im Moment hast du damit recht. Aber das heißt nicht, dass ich nicht weiter nach etwas Besserem Ausschau halten kann." Die Mundwinkel des Visconte zuckten. „Es sei denn, du willst mich davor warnen. Du hast noch nicht gesagt, warum der Palast sie angeheuert hat."

In diese Falle war er hineingetappt. „Ich denke, sie hat ihre Funktion ganz gut erklärt."

„Ich weiß nicht. Hat sie das?"

Marco schnaubte. „Bin ich jemals mit einer Mitarbeiterin ausgegangen, Angelo?"

„Soweit ich weiß, hast du bisher kein Personal eingestellt." Das Lächeln des Visconte wurde breiter. „Allerdings war da mal eine alte Assistentin, die – soweit ich weiß – von deinem Vater beschäftigt wurde. Nun, wenn du mit ihr ausgegangen bist, sollten wir uns darüber unterhalten …"

„Ich habe jetzt einen Mitarbeiterstab." Er verfluchte Angelo, weil der einer von Antonys besten Freunden war und sich daher solche persönlichen Sticheleien erlauben konnte. Und weil er so verdammt nah an der Wahrheit dran war.

Marco richtete seine Aufmerksamkeit auf die Bühne. Er wollte Angelo entkommen, bevor dieser noch mehr Fragen stellte. Wenn der Visconte vermutete, dass Marco Gefühle für Amanda hegte, die über das Berufliche hinausgingen, würde er keine Gerüchte verbreiten. Dafür hatte er zu viel Anstand und auch Respekt vor der königlichen Familie. Aber wenn ihm etwas gegenüber Bianca Caratelli, seiner angeblichen Freundin, herausrutschte, wäre die nicht so zurückhaltend. Es war wohlbekannt in der gehobenen Gesellschaft von San Rimini, dass die Boulevardpresse einen Großteil ihrer Insiderinformationen von ihr erhielt.

Er klopfte Angelo kurz auf die Schulter. „Wenn du mich entschuldigen würdest, ich muss meine Gästen nach draußen rufen."

„Natürlich." Der Visconte zog eine Manschette an seinem grauen Hemd zurecht. Marco wusste, dass es trotz seines legeren Stils in einer florentinischen Boutique handgefertigt worden war. „Ich kann es kaum erwarten, dass das Rennen beginnt. Ich habe fünf Boote."

Marco versuchte, sich seine Überraschung nicht anmerken zu lassen, als er sich bei dem Visconte bedankte, denn er wusste, was dieser für die Teilnahme so vieler Boote gespendet haben musste. „Die Krebshilfe wird für deine Spende dankbar sein. *Buona fortuna.*"

„Das wünsche ich dir auch. Ich bin gespannt, zu sehen, ob dein Tag ebenfalls ein Erfolg wird."

Marco setzte ein selbstbewusstes Lächeln auf, als wollte er sagen, dass sein Erfolg über jeden Zweifel erhaben war. Sein

Verstand antwortete allerdings stumm: *Angelo, da bist du nicht der Einzige.*

„BISHER DURCHAUS EIN ERFOLG", hörte er Amandas Stimme hinter sich, als er zu den Menschen sprechen wollte, die sich zum Start des Rennens auf dem Pier versammelt hatten. „Alle scheinen sich zu amüsieren. Und …"

Marco dreht sich um und sah, dass Amanda ihm ein Blatt Papier vor die Nase hielt. „Was ist das?"

„Die Gesamtsumme. Wir haben gerade die Spenden zusammengerechnet. Vielleicht möchten Sie dies für die Einleitung verwenden."

Er nahm das Blatt entgegen und musste zweimal hinschauen, als er die darauf gekritzelte Zahl sah. „So viel? Sind Sie sicher?" Als sie nickte, sagte er: „Die Krebshilfe wird begeistert sein."

Verdammt, *er* war begeistert. Der Gedanke, dass etwas, was er tat, so viel Geld einbringen konnte – abgesehen von einer Nacht am Blackjack-Tisch –, und dann auch noch für einen guten Zweck, erfüllte ihn mit dem ungewohnten Gefühl, seine Sache gut gemacht zu haben. Dann kam ihm ein weiterer Gedanke. „Wie viele Boote sind es dann?"

„Etwas mehr als fünfhundert."

Er musste so überrascht ausgesehen haben, wie er war, denn Amanda legte ihm eine Hand auf den Arm. Diskret, aber mit genug Druck, um ihn zu beruhigen. „Je mehr Boote es sind, umso beeindruckender wird es wirken, sowohl für Ihre Gäste als auch, wenn Bilder davon in sozialen Medien gepostet werden oder im Fernsehen landen."

Er verdrängte die Tatsache, dass sie ihn gerade zum ersten Mal seit ihrem ersten Tag in der Bibliothek berührt hatte – als sie auf dem Schreibtisch ihre Hand auf seine gelegt und ihn gebeten hatte, ihr zu vertrauen.

Er blickte auf das Wasser. „Sie werden die Strecke nicht verstopfen?"

„Ich habe die Angestellten des Palazzo am Dienstag sicherheitshalber einen Testlauf mit siebenhundert Booten machen lassen und es gab keine Probleme. Der Anblick wird für alle unvergesslich sein."

Marco versuchte, nicht allzu zweifelnd dreinzuschauen. *Unvergesslich* konnte Gutes und Schlechtes bedeuten.

Er schob auch diesen Gedanken beiseite und nahm das Blatt mit, als er auf einen der großen Holzpfähle am Ende des Piers stieg. „Dann mal los!"

„Hey, das ist riskant. Sie sollten am Ende des Piers stehen, nicht auf einem Balken balancieren."

Er warf ihr einen Blick zu, der deutlich machte, dass er nicht vorhatte, wieder herunterzukommen.

„Wehe, Sie fallen runter", flüsterte Amanda. Ihr professionelles Lächeln blieb, aber in ihren Augen stand Sorge über seine Entscheidung, sich auf einen so unsicheren Platz zu stellen.

„Nun, das wäre ein unvergessliches Ereignis", sagte er, als die Menge ihn bemerkte und ruhiger wurde. Für einen kurzen Moment dachte er, dass es vielleicht besser wäre, herunterzufallen, als zu so vielen Menschen sprechen zu müssen.

Er fuhr jedoch fort, hielt das Blatt hoch und erhob seine Stimme, sodass die auf dem Pier versammelte Gruppe ihn hören konnte: „Ich habe einen sehr wichtigen Zettel erhalten. Nun, da alle Anmeldungen eingegangen sind, kann ich verkünden, dass – dank Ihnen allen – der Betrag, der bei der heutigen Veranstaltung für die Krebshilfe von San Rimini gesammelt wurde, doppelt so hoch ausgefallen ist wie unser ursprüngliches Spendenziel."

Bei seinen Worten klatschte die Menge heftig und es waren einige Pfiffe zu hören. Als es wieder ruhig war, sprach er einige

Minuten über die Organisation, ihren Auftrag und ihre bisherigen Erfolge. Abschließend machte er den Gästen bewusst, was alles durch diese Veranstaltung ermöglicht werden würde: „Wie Sie sich bestimmt denken können, wird eine so hohe Summe einen großen Beitrag zur Finanzierung der Krebsforschung leisten. Ich danke Ihnen allen, dass Sie gekommen sind und so großzügig gespendet haben. Ich bin stolz drauf, Sie zu meinen Freunden zählen zu dürfen.“

Das war ein bisschen übertrieben. Sie waren nicht wirklich Freunde, eher Angehörige des sozialen Zirkels, in dem er seit seiner Geburt verkehren musste. Sie jubelten ihm weiter zu, und sosehr er Menschenmengen und öffentliche Reden auch verabscheute, so merkte er doch, dass er ein Gefühl der Befriedigung verspürte, wenn er sah, wie seine Landsleute ihr Herz und ihr Portemonnaie öffneten, um anderen zu helfen.

In diesem Moment verstand er, zumindest ein wenig, warum seine Geschwister ihre öffentliche Rolle so sehr genossen.

Er ließ sich von diesem positiven Gefühl leiten, als er die Aufmerksamkeit der Gäste auf das bevorstehende Rennen lenkte: „Natürlich ist Ihnen bewusst, dass Ihre Großzügigkeit nicht nur der Krebshilfe von San Rimini hilft.“ Er griff nach dem kleinen weißen Objekt aus Gummi, das Amanda ihm reichte, und hob es in die Höhe. „Sie alle haben außerdem ein Anrecht auf ein Rennboot höchsten Kalibers!“

Wie war er darauf gekommen? Er hatte sich genau gemerkt, was er sagen wollte, und das gehörte nicht dazu.

Lachen schallte über den Pier. Kein falsches Lachen, um höflich zu sein, sondern aufrichtiges, herzliches Lachen. Er schaute zu Amanda, deren Miene irgendwas zwischen Optimismus und *Ich hab's Ihnen doch gesagt* ausdrückte.

Während des Cocktailempfangs hatte er sich vorgestellt, seine Wirbelsäule hätte sich in einen Metallstab verwandelt, doch dieses Gefühl verschwand, als er das aufrichtige Lächeln seiner Gäste sah und die frische Luft der Adria einatmete. Adrenalin rauschte durch seinen Körper, fast so, als würde er mit Vollgas an einem richtigen Bootsrennen auf dem offenen Meer teilnehmen.

Vielleicht könnte er an dieser Veranstaltung Spaß finden. Er selbst sein und sehen, was passierte – ganz so wie Amanda es ihm einige Male während ihrer Rollenspiele geraten hatte.

Er fuhr fort: „Mehrere hundert dieser beeindruckenden Meisterwerke des Schiffsbaus –"

Eine weitere Runde Gelächter.

„– befinden sich in den großen Kisten neben mir, am Ende des Piers. Mit Ihrer Spende haben Sie ein Ticket erworben, das Sie zur Wahl einer Gummiente – eines Gummiboots – Ihrer Wahl berechtigt. Lassen Sie sich Zeit, suchen Sie sorgfältig aus, denn Sie sollten das Boot nehmen, das Ihrer Meinung nach die besten Gewinnchancen hat."

„Irgendwelche Tipps für Neulinge?", rief eine Stimme aus der Menge. Es klang nach Angelo, aber er war sich nicht sicher.

Marco lächelte und drehte das Boot auf seiner Handfläche, um seinen Rumpf zu zeigen. „Nun, Sie werden die feinen Linien an diesem kleinen, aber robusten Boot bemerken." Er blinzelte und betrachtete die winzige Schrift. „Es wurde in Taiwan aus dem besten Gummi hergestellt. Sie sollten nach einem Boot suchen, das die Strecke reibungslos bewältigen wird, so als würden Sie ein Boot für die Bellini-Brüder auswählen", sagte er und bezog sich dabei auf die berühmtesten Rennbootfahrer des Landes.

Als die versammelten Menschen zu den Kisten schauten, fiel ihm auf, dass viele von ihnen mehr als ein Ticket in den Händen hielten. Offensichtlich war ihnen der Kampf gegen den Krebs genauso wichtig wie ihm. Er räusperte sich und fügte hinzu: „Wenn Sie heute zu Ehren einer Ihnen nahestehenden Person gespendet haben, möchte ich Sie ermuntern, den Namen dieser Person auf die Seite Ihres Bootes zu schreiben. Marker finden

Sie neben den Kisten. Vielleicht werden in den kommenden Jahren weniger Menschen auf der Welt mit einer Krebsdiagnose konfrontiert werden und Erkrankte eine viel bessere Prognose haben."

Erneut brandete Beifall auf, der diesmal die Emotionen der Menschen zum Ausdruck brachte.

„Eine letzte Sache", er deutete auf den Boden seines Bootes, „und die ist wichtig: Für welches Boot Sie sich auch entscheiden, notieren Sie sich die Ziffern auf der Unterseite. Das ist die Startnummer für Ihr Boot. Bevor Sie Ihr Boot zu Wasser lassen", er zeigte auf einen großen Behälter am Anfang der Rennstrecke, direkt hinter ihm, „tragen Sie unbedingt Ihren Namen und Ihre Startnummer in das Logbuch ein. Kein Name und keine Startnummer im Logbuch, kein Preis."

Leises Raunen erhob sich.

„Wie Sie wissen", fuhr er fort, „ist der Hauptpreis eine Woche in der privaten Hütte meiner Familie in Tirol auf dem Höhepunkt der Skisaison, komplett mit einem eigenen Koch, Haushaltsservice und Zugang zu Leihausrüstungen, falls Sie diese benötigen." Auf dem Pier brach Beifall aus. Er war nicht sicher gewesen, ob er seinen Vater davon überzeugen konnte, die Hütte eine Woche lang jemandem zu überlassen, der nicht der königlichen Familie angehörte, denn so etwas hatte es noch nie gegeben. Marco wusste jedoch, dass so ein außergewöhnlicher Preis eine große Zahl von Gästen anlocken würde, und sein Vater schlug nie eine Gelegenheit aus, die Krebshilfe von San Rimini zu unterstützen.

„Wie Sie wissen", fügte Marco hinzu, „bin ich der Letzte in San Rimini, der andere über Regeln belehren würde." Zustimmendes Gemurmel erhob sich in der Menge. „Daher lassen Sie uns gleich zur Sache kommen: Wählen Sie Ihre Boote aus, tragen Sie die Nummern ein, bringen Sie sie an den Start – und los geht's!"

Unter lautem Johlen wandte sich die Masse der Gäste den

Kisten mit den Booten zu. Marco erlaubte es sich endlich, durchzuatmen. Der schlimmste Teil des Tages – oder zumindest der Teil, den er am meisten gefürchtet hatte – war vorbei. Und das ohne einen einzigen Fehltritt.

Als er sich von der Menge abwandte, um vom Holzpfahl zu springen, streiften ihn zwei Gäste, die auf dem Weg waren, ihre Boote auszuwählen. Er spürte die Berührung an seiner Hüfte kaum, aber es reichte, dass er mit dem Fuß an der rauen Kante hängen blieb. Er schwankte, verlagerte sein Gewicht zu viel in die andere Richtung und die blauen Wellen und das verwitterte Holz des Piers schienen zu kippen, während sein Instinkt ihn dazu zwang, mit den Armen zu rudern, um sein Gleichgewicht zurückzuerlangen.

Nein, das darf nicht wahr sein!

Er war im Begriff, den ganzen Nachmittag zu ruinieren, indem er kopfüber in die Bucht von San Rimini stürzte.

KAPITEL 7

„MARCO!" Amanda sah mit Schrecken, wie zwei Gäste den Prinzen genau in dem Moment streiften, als er den Fuß von dem Holzpfahl hob, um hinunterzuspringen. Instinktiv griff sie nach seinem Arm und umklammerte sein Handgelenk. Es gelang ihm gerade noch, das Gleichgewicht so weit wiederzuerlangen, dass er auf den Pier springen konnte, anstatt mit einem peinlichen Platschen im Wasser zu landen.

Die Holzlatten unter ihren Füßen vibrierten, als er aufkam, aber er richtete sich schnell wieder auf, sodass die Beinahe-Katastrophe wie beabsichtigt aussah. Amanda stieß einen Seufzer der Erleichterung aus und ließ ihn los.

„Überraschung, Überraschung! Endlich haben Sie mich Marco genannt!" Mit gespielter Unschuld im Gesicht zog er eine Augenbraue hoch und strich sein Poloshirt glatt. „Stimmt etwas nicht, Miss Hutton?"

„Ich habe mich vertan und Sie wissen, was nicht stimmt", zischte sie, konnte sich aber nicht verkneifen, hinzuzufügen: „Ich habe Ihnen ausdrücklich gesagt, Sie sollen nicht stürzen."

„Wer sagt, dass ich gestürzt bin?" Er schaute sich scheinbar suchend auf dem Pier um, doch keiner der Gäste, die gerade über die Vorzüge verschiedener Gummiboote diskutierten, hatte seinen Fehltritt bemerkt. „Außerdem muss man ab und zu ein Risiko eingehen. Von dort oben war es einfacher, die Aufmerksamkeit aller zu gewinnen. Gehen Sie nie Risiken ein?"

„Nie. Ich wusste, dass es Probleme bringen würde, da oben herumzubalancieren." Ihr Tonfall war tadelnd, dennoch verriet ihr Gesichtsausdruck auch, dass sie amüsiert war. „Sie hatten Glück, Hoheit."

„Nun denn." Er legte ihr eine Hand auf die Schulter, was sich viel zu persönlich und viel zu gut anfühlte. „Vielleicht reicht dieses Glück auch für das Rennen."

Sie versuchte zu ignorieren, wie seine Hand ihre Haut wärmte, selbst durch den Stoff ihres marineblauen Kleides. „Solange Sie nicht ins Wasser springen, wird alles gut gehen. Sie haben die schwierigsten Teile, den Cocktailempfang und die Eröffnung, schon gemeistert."

„Das habe ich nicht gemeint. Ich sprach von dem Rennen. Ich will es gewinnen."

Sie hob fragend die Augenbrauen. „Sie können nicht teilnehmen."

„Nein, aber Sie haben keine offizielle Funktion bei dem Rennen, also hält Sie nichts davon ab. Ich habe zwei Einträge in Ihrem Namen vorgenommen." Er griff nach einer kleinen braunen Schachtel, die am Fuße des Pfahls stand und die Amanda vorher nicht bemerkt hatte. Er lüpfte den Deckel und zwei Gummiboote kamen zum Vorschein, die aussahen wie die in den großen Kisten, in denen die Gäste gerade stöberten.

Sie öffnete den Mund, um zu protestieren, doch er brachte sie mit einem Kopfschütteln zum Schweigen. „Hey, nachdem Sie mich in den letzten zwei Wochen ertragen mussten, haben Sie sich einen Urlaub in einer Luxushütte verdient. Aber auch wenn Sie nicht gewinnen – ich wusste, dass Sie die Krebshilfe unterstützen wollen. Diese beiden Einträge habe ich zu Ehren Ihrer Mutter und Ihrer Tante vorgenommen."

Sie hatte vor Rührung einen Kloß im Hals, als sie die beiden Boote aus der Schachtel nahm. Auf dem einen stand seitlich der Name ihrer Mutter, auf dem anderen der ihrer Tante. Wie konnte er das wissen? Dann begegnete sie seinem Blick und begriff. „Ihr Vater hat es Ihnen erzählt."

Er nickte und legte ihr erneut die Hand auf die Schulter. „Aber nicht, um in Ihre Privatsphäre einzudringen. Als ich nach unserer dritten oder vierten Sitzung aus der Bibliothek kam, begegnete ich meinem Vater. Er wollte wissen, wie es mit dem Unterricht klappt. Ich habe geantwortet, ich sei mir nicht sicher, und da hat er es mir erzählt. Er wollte mir damit sagen, dass Sie mich vielleicht besser verstehen, als ich dachte. Mich und das, was ich durchgemacht habe, als ich mich nach dem Tod meiner Mutter an das Palastleben ohne sie gewöhnen musste." Marco zuckte mit den Schultern. „Er hatte recht. Da diese Benefizveranstaltung für die Krebshilfe ist, schien es mir eine angemessene Art, Ihnen zu danken."

Von ganzem Herzen wünschte sie sich, sie könnte ihn küssen, eine Hand an seinen Nacken legen und sein Gesicht zu sich herunterziehen. Um wiedergutzumachen, dass sie ihn am Abend der Hochzeit allein im Garten zurückgelassen hatte, als sie gespürt hatte, dass er sie brauchte. Und um ihm dafür zu danken, dass er so lieb war, obwohl Marco diTalora sicher am allerwenigsten als lieb angesehen werden wollte.

Sie schluckte schwer. Wegen der Paparazzi am Ufer und weil die Gäste ihre Aufmerksamkeit jeden Moment wieder auf ihn richten würden, konnte es keine Küsse geben. Nur daran zu denken, fühlte sich gefährlich an.

Er musste ihre starken Gefühle gespürt haben, denn er ließ seine Hand von ihrer Schulter gleiten und fügte schnell hinzu: „Ich glaube, deshalb hat mein Vater Sie engagiert, anstatt mich von irgendeinem Wichtigtuer über die korrekte Anrede von Ministern im Kabinett belehren zu lassen. Er dachte, Sie würden mich und meine Denkweise verstehen. Und dann ist da natürlich noch Ihr reicher Erfahrungsschatz im Unterrichten von Erwachsenen."

Damit war der Bann gebrochen und sie lachte. Die Vorstellung, wie Marco in einem Raum eingesperrt war und sich einen trockenen Vortrag über korrekte Anredeformen anhörte, war zu komisch. „Jetzt versuchen Sie, mir zu schmeicheln. Glauben Sie nur ja nicht, dass Sie dadurch weiteren Unterrichtsstunden entgehen können."

„Wer, ich? Ich würde meiner Lehrerin nie Honig um den Mund schmieren." Er wies mit dem Kopf auf die Gäste. „Dieser Nachmittag war nicht perfekt. Es ist mir immer noch unangenehm, dass mich alle anstarren und jede meiner Bewegungen beobachten. Und ich brauchte Sie, um mir aus der Patsche zu helfen, als Angelo – Visconte Renati – anfing, all diese Fragen zu stellen. Aber es läuft besser, als ich gehofft hatte. Es macht mir sogar Spaß. Und der Dank dafür gebührt Ihnen."

Amanda betete, dass ihre Wangen nicht so rot waren, wie sie sich anfühlten. „Es war nicht nötig, die Boote für mich einzutragen. Ich habe nur meinen Job gemacht." Doch ihre Übereinkunft machte es zu mehr als nur einem Job und das wussten sie beide. Sie begegnete seinem Blick, konnte ihn aber nicht deuten. „Das war sehr nett von Ihnen. Vielen Dank."

„Ich hoffe, eins davon gewinnt. Dann führe ich Sie persönlich durch die Hütte."

Ob er ungeniert mit ihr flirtete oder eine sachliche Feststellung traf, konnte Amanda nicht erkennen, und sie hatte sicher nicht vor, ihn das zu fragen. Sosehr sich ihr Herz auch einen Flirt wünschte, ihr Verstand sagte ihr, das wäre dumm, dumm, dumm. Erstens *flirtete* Prinz Marco lediglich, er hatte keine Beziehungen. Gefühlsmäßige Nähe entsprach nicht seinem Naturell. Laut Jennifer schien er sich sogar mit dem Gedanken an eine arrangierte Ehe anfreunden zu können. Sie jedoch träumte von einer Liebe wie der zwischen Jennifer und Antony.

Oder von einer Beziehung, wie König Eduardo und Königin Aletta sie gehabt haben mussten.

Und zweitens, selbst wenn sie entschied, dass sie mit einem reinen Flirt ohne Bindung zurechtkäme, würde alles Weitere, was Marco wahrscheinlich davon erwartete, dazu führen, dass sie gefeuert wurde.

Sie lächelte, als hätte er nichts Ungewöhnliches gesagt, und lief dann über den Pier zu Harriet Hunt, um ihr die Startnummern zu geben. Prinz Antonys Assistentin hatte sich erboten, auf der Benefizveranstaltung zu helfen, während Antony und Jennifer in den Flitterwochen waren.

Danach trug Amanda ihre beiden weißen Boote zu dem großen, fast vollen Metallbehälter, der an der Seite des Piers und über der von roten Bojen eingefassten Rennstrecke hing. Sie drückte jedes Boot kurz zusammen und warf es dann hinein. Dabei dachte sie, wie glücklich sie sich schätzen konnte, dass ihre Mutter und ihre Tante noch am Leben waren.

Ein paar andere Gäste kamen noch nach ihr, um ihre Boote in den Behälter zu werfen, danach verlangte Marco das Logbuch und schlug es feierlich zu.

Er pfiff, damit es ruhig wurde, dann ging er zu dem Behälter und legte seine Hand auf einen glatten Hebel, der an der Seite herausragte. Er rief: „Das Rennen ist einfach. Die Boote werden aus diesem Behälter ins Meer fallen. Die roten Markierungen verhindern, dass sie vom Kurs abkommen, und die Flut treibt sie über die gesamte Länge des Piers zurück ans Ufer. Das erste Boot, das auf Sand aufläuft, siegt. Bei Gleichstand gewinnen beide Teilnehmer eine Woche in der Hütte. Sind alle bereit? Auf die Plätze ...“

„Fertig ...“, stimmte die Menge mit ein.

„Los!“

Er drückte den Hebel hinunter, worauf sich eine Klappe am Boden des Behälters öffnete. Aus dem Augenwinkel sah Amanda, wie die Kameras der Paparazzi aufblitzten, als die weißen Boote ins Wasser fielen. Die Wellen und der Wind trieben sie schnell über die Rennstrecke, die ungefähr der Länge von zwei Fußballfeldern entsprach, auf den Strand zu.

Die Leute johlten, während sie den Pier entlanggingen und der weißen Welle zurück zum Palazzo d'Avorio und der Ziellinie folgten. Gelegentlich war ein Jubelschrei oder ein Pfiff zu hören, obwohl niemand sein eigenes Boot unter den Hunderten identifizieren konnte, die auf dem Wasser schaukelten.

Wie Amanda und Marco es bei der Planung der Veranstaltung besprochen hatten, arbeitete sich der Prinz allmählich im Zickzackkurs bis zur Spitze der Menge vor, schüttelte dabei Hände und plauderte mit Gästen. Als die Gruppe das Ufer erreichte, hatte er die Führung übernommen. Amanda zwang sich, ihn nicht anzustarren, als er sich am Ende des Piers seitlich auf den Rand setzte und seine Schuhe und Socken mit mehr Anmut abstreifte, als sie es bei einem Mann seiner Statur für möglich gehalten hätte. Er krempelte seine beigefarbene Hose hoch und hüpfte hinunter, damit er das Siegerboot aus dem Sand klauben konnte. Trotz seines legeren Strandlooks wirkte Marco weiterhin selbstsicher und königlich. Niemand würde ahnen, dass er sich als Gastgeber der Veranstaltung unbehaglich fühlte. Er hatte alle Anwesenden in seinen Bann gezogen, sie selbst eingeschlossen.

Die Boote trieben ans Ufer, gerade als Marcos nackte Füße im Wasser landeten. Als sich die Welle zurückzog, blieb ein einzelnes Boot ein paar Schritte vom Prinzen entfernt am Strand liegen. Er griff danach, drehte es um und rief: „Nummer eins-sechs-zwei!"

„Nummer des Eintrags: eins-sechs-zwei", wiederholte Harriet Hunt, dann verkündete sie: „Der Ehrenwerte Bernardo Raffini!"

Der grauhaarige Richter trat vor und reckte seine Hände in Siegerpose über den Kopf. Es hätte keinen besseren Gewinner geben können, fand Amanda und applaudierte. Sie hatte sich während des Cocktailempfangs kurz mit dem Richter unterhalten und er hatte erwähnt, dass er sich in ein paar Monaten zur Ruhe setzen wollte. Eine Woche in einer abgelegenen Berghütte in den schönen Tiroler Alpen war die perfekte Belohnung für seine lange Tätigkeit im Dienst seines Landes.

Nicht, dass sie diesen Urlaub nicht auch zu schätzen gewusst hätte, vor allem, wenn Marco sein Versprechen wahr gemacht und ihr eine private Führung gewährt hätte.

Sie strich mit den Händen über die Vorderseite ihres Kleides, als könnte sie damit den Gedanken vertreiben, und richtete dann ihre Aufmerksamkeit auf den Richter, der vom Prinzen einen symbolischen Satz Schlüssel für das Feriendomizil entgegennahm. Sie klatschte mit dem Rest der Menge.

Warum war sie bloß so versessen auf Marco diTalora? Sie hatte schon viele gut aussehende Männer getroffen, reiche Männer, Männer mit Beziehungen. Männer, deren Körper mit Muskeln an den richtigen Stellen und Waschbrettbauch ausgestattet war, sodass sie einer Frau unbeschreibliche Träume bescheren konnten. Doch diese Männer hatten keine solche Wirkung auf sie gehabt wie Marco. Sie war engagiert worden, um ihn zu unterweisen, verdammt noch mal, und nicht, um für ihn zu schwärmen. Was war nur los mit ihr?

Aber als die Gäste nach drinnen gingen und sie zusammen mit Harriet die restlichen Boote einsammelte, die an Land getrieben worden waren, darunter zwei zu Ehren ihrer Tante und ihrer Mutter, wusste sie es.

Prinz Marco diTalora hatte ihr vertraut. Und dabei hatte er ihr sein Herz offenbart.

AMANDA TIPPTE mit ihrem Stift auf den linierten Notizblock, der vor ihr auf dem Schreibtisch lag. Sie hatte die letzten

Minuten damit verbracht, eine Liste der Bereiche zu erstellen, an denen sie und Marco arbeiten mussten, und aufzuschreiben, was nach der Veranstaltung für die Krebshilfe zu erledigen war.

Nach dem Rennen hatte sie den Prinzen ermutigt, sich unter seine Gäste zu mischen. Am Ende des Events hatte sie sich verabschiedet und Marco gesagt, er solle sich einen wohlverdienten freien Abend mit seinen Freunden gönnen. Sie hatten vereinbart, sich an diesem Morgen nach dem Frühstück in der Bibliothek zu treffen.

Amanda hatte den Eindruck gehabt, dass er sie einladen wollte, sich ihm und seinen Freunden anzuschließen, aber es war ihr gelungen, ihm keine Gelegenheit dazu zu geben. Sie hatte sich dringend von ihm losreißen müssen, um ihre Gedanken wieder unter Kontrolle zu bringen, ganz zu schweigen von ihren Hormonen. Nach einer langen, kalten Dusche und einer Nacht, in der sie lange über ihre Pflichten nachgedacht hatte, war sie bereit für die Arbeit aufgewacht.

Marco betrat die Bibliothek mit einem Becher Kaffee in jeder Hand und einem trägen Lächeln im Gesicht. Sie vermutete zwar, dass er bis in die frühen Morgenstunden unterwegs gewesen war, doch er sah nicht so aus. Sein Haar war wie immer verwuschelt, aber er hatte sich rasiert, seine graue Hose schmiegte sich faltenfrei um seine Hüften und er trug ein frisch gebügeltes schwarzes Hemd, das am Kragen leicht geöffnet war. Der Gesamteindruck war lässig und gleichzeitig gepflegt. „Bereit für einen Koffeinschub?"

„Ich hatte schon einen, trotzdem könnte ich einen weiteren vertragen." Dankbar deutete sie auf die Untersetzer am Schreibtischrand. Als er die Becher abstellte, sah sie, dass sein Kaffee schwarz war, ihrer enthielt genau die Menge Milch, die sie immer hinzugab.

„Ich habe Samuel Barden im Frühstückszimmer getroffen", erklärte er und meinte damit den Chefkoch, der für das leibliche Wohl der Familie zuständig war. „Er hat gesagt, dass Sie ihn so trinken."

Sie war gerührt, dass Marco daran gedacht hatte, zu fragen. „Danke schön."

Er beugte seinen perfekten Körper über den Schreibtisch und legte die Stirn in Falten, während er so tat, als würde er ihre Liste studieren. „So schlimm, hm? Ich dachte, ich hätte mich außerordentlich gut geschlagen."

„Das haben Sie auch. Ich war begeistert, wie gut es gelaufen ist." Amanda ließ den Stift auf den Schreibtisch fallen, stand auf und streckte die Beine. „Aber es bleibt immer Raum für Verbesserung. Ihr Vater erwartet von Ihnen, dass Sie an mehr Veranstaltungen teilnehmen als nur an gelegentlichen Wohltätigkeits-Events. Ein oder zwei beiläufige Witze über Gummiboote werden Sie nicht weit bringen. Sie müssen sowohl Ihre Konversations- als auch Ihre Präsentationsfertigkeiten verfeinern, damit Sie vorbereitet sind."

„Worauf? Hat er Ihnen gesagt, was er für Pläne hat?"

„Nein, aber ich kann es mir denken. Es werden Treffen mit Lokalvertretern stattfinden, verschiedene Regierungszeremonien, Staatsbankette ..."

Erschrecken zeichnete sich auf seinem Gesicht ab. „Ein Staatsbankett? Nicht so bald, hoffe ich."

„Nein, nicht so bald. Aber es wird von Ihnen erwartet, dass Sie bei möglichst vielen gesellschaftlichen Anlässen zugegen sind. Ihre Assistentin hat mir erzählt, dass mindestens dreißig Einladungen auf ihrem Schreibtisch liegen, seit bekannt geworden ist, dass Sie wieder zu Hause sind und bleiben werden. Und in der Zeitung von gestern habe ich gelesen, dass die Renovierungsarbeiten in der Nationalbibliothek fast abgeschlossen sind. Sie haben angefragt, ob ein Mitglied der königlichen Familie bei der Wiedereröffnung eine Rede halten kann. Das wäre doch die perfekte Gelegenheit für Sie."

„Klingt nach einer großen Sache."

„Das ist es auch", räumte sie ein. „Ob es Ihnen gefällt oder nicht, Prinz zu sein, ist ein Vollzeitjob."

„Scheint so." Er richtete sich auf, offenbar nicht gewillt, darüber nachzudenken.

„Machen Sie sich keine Sorgen. Es wird Ihnen schon bald in Fleisch und Blut übergehen. Je mehr Übung Sie haben, desto leichter wird es Ihnen fallen. Ein Treffen mit einem ausländischen Staatsoberhaupt wird Ihnen nicht schwieriger erscheinen, als Gastgeber bei einem Bootsrennen zu sein. Dafür werde ich sorgen."

Lachfältchen bildeten sich um seine Augen, als er lächelte. „Darauf wette ich."

Sie trennte ihre Seite mit den Notizen von dem Block ab und erhob sich. „Aber eins nach dem anderen. Ich möchte, dass Sie heute Vormittag ein Dankschreiben an diejenigen verfassen, die zu der gestrigen Veranstaltung gekommen sind. Erwähnen Sie die Wichtigkeit ihrer Teilnahme, nennen Sie ein Beispiel, wie die Krebshilfe von San Rimini ihre Spende verwenden wird, und so weiter. Und fügen Sie dem Brief an Richter Raffini eine persönliche Bemerkung hinzu, um ihm zu seinem Gewinn zu gratulieren. Sagen Sie ihm, es freut sie, dass er auf diese angenehme Weise in den Ruhestand treten kann, auch wenn Sie es bedauern, ihn als aktives Mitglied der Justiz zu verlieren."

Er riss ein leeres Blatt von dem Notizblock ab und notierte sich *Danksagungen* und *Richter Raffini* als Erinnerungshilfen. „Sie sind gut darin, wissen Sie das?"

„Ja, das weiß ich." Sie widerstand dem Drang, diese Aussage mit einem selbstzufriedenen Lächeln zu unterstreichen.

„Apropos Richter Raffini." Er setzte den Stift ab und schaute sie mit ernsthaftem Blick an. „Es tut mir leid, dass Sie nicht gewonnen haben. Ich weiß, dass ich unparteiisch sein sollte, aber ich habe Ihnen die Daumen gedrückt. Sie hätten den Preis mehr verdient als jeder andere dort."

Sie spürte, wie sie errötete. Schon wieder! Es ärgerte sie, dass ihre Wangen immer brannten, wenn er in ihrer Nähe den Mund aufmachte. „Ich weiß das zu schätzen und auch die Gedanken, die hinter Ihrer Spende stecken, aber es wäre unpassend gewesen, wenn ich gewonnen hätte. Es ist viel besser, wenn ein Gast den Preis einheimst und nicht jemand, der mit der Organisation der Veranstaltung zu tun hat."

Er ging um den Schreibtisch herum und stellte sich neben sie, so nah, dass sie merkte, sein Haar war noch feucht von der morgendlichen Dusche. Von seiner warmen Haut stieg der Duft der Seife auf, die er benutzt hatte. Die Kombination wirkte männlich auf sie, warm und ungemein verlockend. Sie wich ihm aus und wollte auf die andere Seite des Schreibtisch gehen, um etwas Abstand zwischen sie zu bringen.

„Ich muss zugeben, dass ich auch rein egoistische Gründe hatte." Er versperrte ihr den Weg. „Ich hatte gehofft, Ihnen das Winterdomizil meiner Familie zeigen zu können. Als Kind habe ich dort wunderbare Tage verbracht, beim Schlittenfahren mit meiner Schwester und meinen Brüdern und beim Skifahren mit meinen Eltern. Jedenfalls glaube ich, es hätte Ihnen gefallen."

„Es ist ja nicht so, als ob Sie es mir nicht ein anderes Mal zeigen könnten", meinte sie und bereute ihre Worte sofort. Sie hatte sich gerade selbst eingeladen, Zeit mit ihm zu verbringen – allein, in einer abgelegenen Hütte –, was in zweierlei Hinsicht falsch war. Man flirtete nicht mit einem Prinzen und man lud sich auch nicht selbst in eine königliche Residenz ein. Sie konnte im Moment nicht einmal sagen, was der größere Fehler war.

Aber das spielte keine Rolle. Die Anziehungskraft zwischen ihnen war beinahe mit Händen zu greifen.

„Natürlich", fügte sie schnell hinzu, „bezweifle ich angesichts des gestrigen Erfolgs, dass Ihr Vater meine dreimonatige Anstellung verlängern wird. Ich werde vor der Skisaison in die

Staaten zurückgekehrt sein, also hätte es für mich sowieso keinen Sinn gemacht, eine Woche in der Hütte zu gewinnen."

Er trat einen Schritt näher und lehnte sich so weit zu ihr hinüber, dass sie seinen warmen Atem auf ihrem Gesicht spüren konnte. „Zu schade", erwiderte er, seine Stimme sanft an ihrem Ohr. „Das hat gestern Spaß gemacht. Ich kann mir sehr gut vorstellen, wie eine Skitour mit Ihnen sein könnte."

Ihre Entschlossenheit geriet ins Wanken. Wenn sie wollte, könnte sie nach seiner Schulter greifen und ihre Hand zu seinem Nacken gleiten lassen. Abwarten und sehen, wie er reagieren würde.

Nein, tief in ihrem Innern wusste sie, wie er reagieren würde. Und sie wusste, wie sehr sie es wollte.

Stattdessen wandte sie sich zum Schreibtisch, um sich einen Sicherheitsabstand zu verschaffen, und räusperte sich. „Ich bin sicher, Richter Raffini und seine Familie werden den Aufenthalt in der Hütte genießen."

„Sie fahren nicht einmal Ski", murmelte Marco. Er drehte sich um, sodass er mit dem Rücken zum Schreibtisch stand, und strich ihr eine Haarsträhne hinters Ohr. Seine leichte Berührung elektrisierte sie und sie wich erneut zurück. Sie musste fliehen, war jedoch gefangen zwischen dem Schreibtisch und der Wand. Mit den Händen stützte sich Marco zu beiden Seiten ihres Körpers ab. „Zumindest seine Frau nicht."

„Ich auch nicht."

„Ah. Sie sind also nicht in allen Dingen eine Expertin."

„Das habe ich auch nie behauptet." Ihre Worte waren kaum mehr als ein atemloses Keuchen, selbst in ihren eigenen Ohren.

Sein Blick wanderte mit verführerischer Langsamkeit über ihr Gesicht. Sosehr ihr Instinkt ihr auch riet, sie sollte sich unter seinem Arm wegducken, um auf der anderen Seite des Raumes seiner eingehenden Betrachtung zu entgehen, sie konnte es nicht. Sein Blick drückte mehr als reines Verlangen aus, er war auch fürsorglich.

„Sagen Sie mir, Amanda ...“ Seine Stimme klang tief und sanft und ihr gefiel, wie er ihren Namen aussprach. „Was ist Ihre professionelle Meinung über einen Schüler, der sich bei seiner Lehrerin auf eine sehr persönliche Weise dafür bedankt, dass sie gute Arbeit geleistet hat?“

KAPITEL 8

„Sie haben mir bereits gedankt. Sie haben mir Kaffee gebracht. Und die beiden Boote ... das hat mir sehr viel bedeutet."

„Was Sie getan haben, bedeutet mir sehr viel. Sie haben ein Event gefunden, das zu *mir* passt. Nicht zu meinem Vater, der Presse oder den Palastgeiern." Sein Mund war nur einen Hauch von ihrem entfernt. Er strich ihr eine weitere lose Strähne hinters Ohr, dann senkte er seinen Kopf und drückte einen sanften Kuss auf ihre Wange, wo das Haar gewesen war. „Sie begegnen mir mit Respekt, aber Sie lassen sich auch nicht alles von mir gefallen. Das bedeutet mir am meisten, denn noch nie hat mich jemand so behandelt. Niemand hat mich je so gesehen, wie Sie mich sehen."

Zwei Wochen lang hatten sie ihre Beziehung rein professionell gehalten. Aber der gestrige gemeinsame Erfolg und die persönliche Natur seines Geschenks änderten die Dinge, und sie wussten es. Sie hatten es beide *gespürt*, lange bevor er ihr Kaffee gebracht hatte und ihr so nah gekommen war, dass er genau vor ihr stand und sie die Wand der Bibliothek an ihrem Rücken spürte. Die Intimität, die das gestrige Event geschaffen hatte, rief ihnen den knisternden Moment im Rosengarten in Erinnerung.

Deshalb hatte sie sich am Abend zuvor geweigert, ihn und seine Freunde zu begleiten. Zu dem Zeitpunkt hatte er ihr den Abstand zugestanden. Jetzt zwang er sie, sich dem Thema zu stellen.

„Wie kommt es, dass Sie kein Problem damit haben, sehr, sehr –", sie suchte nach dem richtigen Wort, „geradeheraus mit mir zu reden, aber es nicht ausstehen können, zu einem Raum voller Menschen zu sprechen?"

„Weil ich diese Sätze niemals zu einem Raum voller Menschen sagen würde."

„Sie sollten sie auch nicht zu mir sagen." Ihr Blick traf den seinen und sie sah ihre eigenen Gefühle darin widergespiegelt. Bevor sie es sich anders überlegen konnte, legte sie ihre Hände auf seine Hüften. „Ich könnte –"

Die Worte *gefeuert werden* wurden nie ausgesprochen. Seine Lippen streiften die ihren so zart und verheißungsvoll wie zwei Wochen zuvor ihr Handgelenk.

Jeder vernünftige Gedanke löste sich in Luft auf, als er sie erneut küsste. Diesmal war sein Kuss entschlossen. Besitzergreifend. Sie öffnete sich ihm, erwiderte seinen Kuss und zog ihn enger an sich. Ihre Hände wanderten über seine Hüften und ein Schauer durchlief sie, als sie die starken, festen Muskeln seines Rückens spürte. Er umfasste ihr Kinn und sein Mund verschmolz mit ihrem.

Marco diTalora musste der perfekte Mann sein.

Ihr Seufzen wirkte, als würde Luft aus einem Druckventil entweichen, und ließ zwei Wochen aufgestauter Sehnsucht frei. Er drückte sie gegen die Wand und die Zärtlichkeit verschwand, als sie merkten, wie perfekt ihre Körper zueinanderpassten. Eine Regalkante drückte gegen ihren Po, aber das war ihr egal. Sie versuchte mit aller Macht, ihn noch enger an sich zu ziehen, grub ihre Finger in den Stoff seines Hemdes und schlang ein

Bein um seine Wade. Während Marcos Mund ihren verwöhnte, glitt seine Hand tiefer, zu ihrer Schulter und dann zu ihrer Hüfte. Hastig zerrte er ihre Bluse aus dem Bund und kümmerte sich nicht darum, ob der Stoff zerriss oder Knöpfe verloren gingen.

Als sie die Hitze seiner Hand auf der nackten Haut ihres Rückens spürte, wusste sie, wie es sein würde, mit ihm das Bett zu teilen: der Himmel auf Erden.

Und sie wollte ihn.

Sie wollte Nächte mit wildem, athletischem Sex in jeder Ecke seines privaten Wohnbereichs oder in der Skihütte, gefolgt von sanften, zärtlichen Küssen jeden Morgen zum Frühstück. Dann noch mehr Liebesspiel, jedes Mal gewagter, abenteuerlicher.

Sie streckte ihre Hand nach seinem Gesicht aus, ihr körperliches Verlangen glich einem Heißhunger, auch wenn ihr Verstand schrie, sie sollte aufhören.

Er senkte den Kopf und kitzelte mit der Zunge ihre Halsgrube. Ein leises Stöhnen entrang sich ihr, sie öffnete die Augen und sah, dass ihre Finger mit seinem von der Sonne gebleichten Haar verwoben waren. Sein Kopf bewegte sich weiter nach unten, sein Mund berührte jetzt den Rand ihres BHs und schob diesen langsam beiseite. Irgendwann musste er die obersten Knöpfe ihrer Bluse geöffnet haben.

Die sittsame, *anständige* Amanda Hutton sollte so etwas nie tun. Mit plötzlicher Deutlichkeit sah sie, dass die Bibliothekstür weit offen stand.

„Marco", hauchte sie, „bitte, wir können nicht –"

„Wir können." Seine Stimme klang gedämpft, seine Lippen lösten sich nicht einmal beim Sprechen von ihrer Haut.

„Aber wir sollten nicht." Sie schloss die Augen und ließ ihre Hände sinken. Selbst wenn sie nicht erwischt wurden, selbst wenn er aus irgendeinem Grund beschloss, dass er mehr wollte, als nur mit ihr zu flirten, sie könnte nie die Beziehung mit Marco haben, die sie sich wünschte.

Er würde an dem zerbrechen, was sie in sich trug.

Schließlich gab er sie frei und schaute ihr in die Augen, In seinem Gesicht stand eine Mischung aus reinem Verlangen und Frustration. Er musterte sie einen Moment lang, als wollte er abschätzen, wie ernst sie es meinte – zumal ihre Bluse jetzt so weit offen war, dass jeder, der zufällig an der Bibliothek vorbeikam, den oberen Teil ihres rosafarbenen Spitzen-BHs sehen konnte.

„Sie haben recht." Jegliche Emotion verschwand von seinem Gesicht, dann begann er, ihre Bluse mit der gleichen Geschicklichkeit zuzuknöpfen, mit der er sie geöffnet hatte.

„Es tut mir leid", flüsterte sie.

„Das muss es nicht. Sie brauchen sich für nichts zu entschuldigen." Er schloss den obersten Knopf der Bluse, dann legte er seine Hände an ihr Gesicht. „Sie sind eine faszinierende, wunderschöne Frau. Wir waren nun seit Wochen in dieser Bibliothek eingesperrt und haben uns in einem Moment des Erfolgs hinreißen lassen. Es war toll, aber wenn Sie es so wollen, wird es nicht wieder passieren."

Sie konnte nicht sprechen. Sie konnte ihn nur anstarren. Sie wollte ihn – und er wusste es.

Er betrachtete sie einen Moment lang, dann ließ er sie los und drehte sich auf dem Absatz um. Er schnappte sich seine Notizen, die auf dem Schreibtisch lagen, und sagte: „Ich werde mich an den Dankesbrief setzen. Wenn ich damit fertig bin, können wir mit dem Rest Ihrer Liste beginnen."

„Hoheit –"

„Marco! Ich heiße Marco."

Er ging mit großen Schritten aus der Bibliothek und ließ Amanda allein zurück, die wie betäubt an der Wand lehnte.

Er HÄTTE es nicht tun sollen.

Mit jeder anderen Frau, okay. Aber mit Amanda Hutton? Der Frau standen die Worte *Suche Langzeitbeziehung* quasi auf die Stirn geschrieben. Alles, was er wollte, war ein kleiner Flirt, vielleicht ein bisschen schnellen Sex.

Oder nicht?

Er ging schnell den Flur hinunter und brachte so viel Abstand wie möglich zwischen sich und Amanda.

Sie war mehr als schön. Und brillant. Daran bestand kein Zweifel. Aber als junger, begehrter Prinz lernte er jeden Tag Frauen kennen, die sowohl schön als auch klug waren. Was also ließ ihn vor Eifersucht brennen, als Angelo sie unverhohlen bewunderte? Warum wurde ihm der Mund trocken, als er in die Bibliothek kam und sah, dass sie sich dort Notizen machte? Und warum konnte er seine Hände nicht bei sich behalten? Er hatte vorgehabt, ihr Haar zu richten, und das Gefühl, wie sich diese Strähne um seinen Finger ringelte, hatte ihn so sehr berauscht, dass er sich weder um Anstand scherte noch darum, von Angestellten entdeckt zu werden, die zufällig an der Bibliothek vorbeikommen könnten.

Das war Torheit.

Er schluckte schwer, als er um eine Ecke bog. Er musste sich beherrschen. Es würde Amanda ihren Job kosten und so unglaublich die Vorstellung vor ein paar Wochen noch gewesen war, er freute sich auf den Unterricht mit ihr.

Und selbst wenn sie nicht gefeuert würde, wäre sie mit Sicherheit verletzt, wenn sein Vater laut darüber nachdachte, ihn mit einer Frau zu vermählen, die reich und von adliger Herkunft war. Da nun sowohl Federico als auch Antony verheiratet waren und sein Vater die Herzoperation hinter sich hatte, konnte es nicht mehr lange dauern, bis der König seine Aufmerksamkeit darauf richtete, wie Marcos Zukunft abgesehen von seiner Teilnahme an offiziellen Veranstaltungen aussehen sollte.

Das wollte er unter gar keinen Umständen.

Er fuhr sich mit der Hand über sein Kinn. Er konnte immer noch Amandas Berührung an seinen Hüften spüren und wie weich ihr Mund sich angefühlt hatte. Er verzehrte sich nach ihr. Zugleich hatte sie mit ihrem Geschick bewirkt, dass er sich in seiner eigenen Haut wohlfühlte, und dieses Talent ging über die Kunst der Diplomatie hinaus. Es war eine gefährliche Kombination, eine, die ihn abhängig machen konnte, und das Letzte, was er wollte, war, sich auf andere Menschen zu verlassen. Er brauchte den Schmerz nicht, den es unweigerlich verursachte, wenn sie ihn im Stich ließen. Oder – dachte er, als er an einem Gemälde vorbeiging, das seinen Vater auf dem Thron mit Königin Aletta an seiner Seite darstellte – wenn sie starben.

Er holte tief Luft und blies sie dann langsam aus. Der Tag der Trauerfeier für seine Mutter hatte unter einem bedeckten Himmel begonnen. Er war in einem Nebel hinter der Staatskutsche von 1750 zum Duomo gelaufen, der zum Wetter passte. Der Innenraum des Gefährts war während der Prozession leer, um gemäß der Tradition einen verstorbenen König oder eine verstorbene Königin zu ehren. Doch als er nach dem Gottesdienst aus der Kathedrale trat, sah er einen strahlendblauen Himmel und Abertausende von Gesichtern. In diesem Moment hatte sich ein klaffendes Loch in seiner Brust aufgetan. Durch das Wetter und die fahnenschwenkenden Menschen sah es trotz der Beleidsbekundungen eher nach einer Parade als nach einem Trauerzug aus und das nagte an ihm.

Die Bürger von San Rimini hatten eine Ikone verloren. Er hatte seinen Anker verloren und sich danach geschworen, nie wieder so ohne Halt zu leben.

Er schlug auf das Bein einer Marmorstatue, als er den Fuß der Treppe erreichte, die ihn zu seinem privaten Wohnbereich führen würde. „Verdammt!"

„Marco!"

Marco hielt inne. Woher war die Stimme gekommen?

Der König trat aus einer Seitentür. Er machte sich nicht die Mühe, seinen Unmut zu verbergen. „Marco, fluche nicht. Das dulde ich nicht, schon gar nicht im Korridor. Deine Stimme trägt weit und alle Angestellten könnten dich hören."

Marco bezwang den Drang, die Augen zu verdrehen. Stattdessen deutete er auf den Stapel Unterlagen, den sein Vater bei sich trug. „Was ist das?"

„Anmerkungen zu früheren Wirtschaftsabkommen."

„Für deinen Termin mit dem griechischen Minister?"

König Eduardo nickte. „Er ist heute Morgen angekommen. Wir setzen uns in etwa einer Stunde zusammen, danach wird er vor dem Parlament sprechen. Heute Nachmittag treffen Vertreter mehrerer Balkanstaaten ein. Wir haben einen Plan, der den Handel in der gesamten Region verbessern wird." Er verlagerte die Dokumente auf seinen anderen Arm und betrachtete seinen jüngsten Sohn. „Und heute Abend wirst du für alle ein Dinner geben."

Diesmal verdrehte Marco wirklich die Augen. „Sehr witzig."

„Das ist kein Scherz."

Die Falten auf der Stirn des Königs vertieften sich und Marco erkannte, dass es seinem Vater tatsächlich ernst damit war.

„Versuchst du, deinen Plan zu vereiteln, bevor er umgesetzt ist?", fragte er. „Ich habe keinerlei Erfahrung damit, einen solchen Abend auszurichten. Ich kann bestenfalls als Gast teilnehmen und Smalltalk machen. Außerdem dachte ich, Federico wäre der Gastgeber. Das halbe Parlament wird dort sein. Ganz zu schweigen von –"

„Ich bin mit der Gästeliste vertraut", unterbrach ihn der König. „Und ich würde das Dinner selbst übernehmen, wenn ich könnte. Aber du weißt, dass heute Abend der Königin-Aletta-Flügel des Royal Memorial Hospitals eingeweiht wird. Das ist seit fast zwei Jahren geplant und ich muss auf jeden Fall anwesend sein. Die Minister wussten das, als wir unsere

Gespräche für diese Woche ansetzten. Ich hatte geplant, dass Federico sich um das Dinner heute Abend kümmert, aber Lucrezia ist krank und er muss bei ihr bleiben.“

„Was fehlt ihr?“ Marco konnte sich nicht vorstellen, dass der pflichtbewusste Federico ein Staatsdinner verpassen würde. Er war nicht sicher, ob Federico *jemals* eine solche Veranstaltung verpasst hatte, nicht einmal für seine Frau. Im Gegenteil, sie hätte darauf bestanden, dass er teilnahm.

„Sie hat Kopfschmerzen. Offenbar nicht ihre übliche Migräne. Mehr weiß ich nicht.“

„Was ist mit Isabella?“

„Sie ist über Nacht in Venedig. Sie wird nächstes Jahr Zeremonienmeisterin der Filmfestspiele sein und es gibt eine Vorbesprechung –“

„Hol sie zurück.“ Eine Welle von Übelkeit überrollte ihn und er kämpfte darum, seine wachsende Panik unter Kontrolle zu halten. „Ich kann unmöglich ein so wichtiges Dinner ausrichten, schon gar nicht in weniger als zwölf Stunden. Ich hatte Glück, dass ich die gestrige Benefizveranstaltung überstanden habe. Falls Amanda dir noch nicht davon berichtet hat –“

„Folge mir.“

Ohne Marco eine Möglichkeit zum Widerspruch zu geben, schritt der König an ihm vorbei. Marco ächzte und lief hinter seinem Vater den Flur hinunter, denn er wusste, dass der König sich nicht von seinem Plan abbringen lassen würde. Als sein Vater abrupt zur Bibliothek abbog, war der Prinz nicht im Geringsten überrascht.

Er hoffte, dass Amanda nicht mehr so durcheinander aussah wie noch einige Momente zuvor, als er sie erst geküsst hatte und dann geflohen war.

Und er hoffte inständig, dass sie ihre Bluse wieder gerichtet hatte.

KAPITEL 9

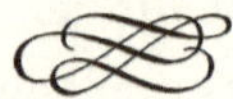

AMANDA STARRTE auf den Tisch und versuchte, sich auf die Listen zu konzentrieren. Sie hatte damit begonnen, bevor Marco sie geküsst hatte – wenn man das, was zwischen ihnen vorgefallen war, nur als Kuss bezeichnen konnte –, aber die Worte verschwammen vor ihren Augen.

Sie hatte diesen Job angenommen, obwohl sie wusste, dass sie Marco attraktiv fand, und sie hatte sich geschworen, sich auf nichts einzulassen. Der Preis, den sie beruflich dafür zahlen müsste, war zu hoch, ganz zu schweigen von dem, was es sie persönlich kosten würde.

Wie konnte sie nur so dumm sein?

Und dann war da noch die größere Frage: Was hatte Prinz Marco zu seinem plötzlichen Rückzug veranlasst? Es musste mehr sein als ihr einfacher Protest, *wir sollten das nicht tun.* Er hatte sie genauso begehrt wie sie ihn und er war mehr als bereit gewesen, trotz des relativ öffentlich zugänglichen Ortes weiter zu gehen. Es hätte nur weniger Schritte durch den Raum bedurft, um die Tür zu schließen. Jeder, der vorbeikam, würde annehmen, dass sie ein Szenario durchspielten, wie sie es in den vergangenen zwei Wochen oft getan hatten. Aber als Marco den Kopf gehoben hatte und ihrem Blick begegnet war, erstarrte etwas in ihm. Sie konnte beinahe zusehen, wie sich seine Stimmung änderte.

Vielleicht hatte ihr Gesichtsausdruck sie verraten. Vielleicht hatte er gemerkt, dass sie sich in diesen wenigen, gestohlenen Momenten gestattet hatte, sich auszumalen, wie es wäre, tagtäglich neben ihm aufzuwachen und nicht nur das Bett, sondern die Zukunft mit ihm zu teilen.

Sie ballte die Hände in ihrem Schoß zu Fäusten. Von Marco diTaloras Ruf hatte sie gewusst, bevor sie sich begegnet waren. Und sie hatte sein Widerstreben, sein Herz einer Frau zu schenken, in dem Moment verstanden, als ihr klar wurde, wie sehr ihn der Tod seiner Mutter getroffen hatte. Erwähnte Jennifer bei der Hochzeit nicht sogar, dass Marco nichts gegen eine arrangierte Ehe einzuwenden hatte? Soweit ihr bekannt war, wurden solche Ehen in erster Linie geschlossen, um Allianzen zu schmieden und politische Verbindungen zu stärken. Aus praktischen Gründen. Nicht aus Liebe, zumindest nicht am Anfang. Wenn Liebe entstand, dann kam sie später.

Indem sie bei einem Mann wie Marco die Kontrolle über ihre Gefühle verlor und ihn so küsste, wie sie es getan hatte, hatte sie viel zu viel von sich verraten und das hinterließ bei ihr ein flaues Gefühl in der Magengrube. Ärgerlich beugte und streckte sie ihre Finger.

„Miss Hutton."

Als sie die Stimme des Königs hörte, schnellte ihr Kopf hoch. Sie schob ihren Notizblock beiseite und stand hastig auf. „Hoheit, ich bin überrascht, Sie hier zu sehen. Wenn ich gewusst hätte –"

König Eduardo hob eine Hand, damit sie sich beruhigte. „Es ist alles in Ordnung, Miss Hutton. Nehmen Sie Platz."

Sie setzte sich wieder auf den Schreibtischsessel, als Marco hinter seinem Vater den Raum betrat. Ihr Gesicht erhitzte sich bei seinem Anblick, deshalb hielt sie ihre Aufmerksamkeit auf den König gerichtet.

„Sie wissen, dass für heute Abend ein Dinner im Palast angesetzt ist?" Als sie nickte, fuhr er fort: „Ich habe die Veranstaltung mit Prinz Marco besprochen und möchte, dass er daran teilnimmt."

„Er will, dass ich der *Gastgeber* bin", stellte Marco klar.

Amanda blickte von Marco zum König. „Mir war nicht bewusst, dass er so bald für einen solchen Anlass vorbereitet sein muss, Hoheit. Er hat erst gestern seine erste Veranstaltung durchgeführt und das war im Freien, in einem entspannteren Rahmen."

„Ja." Eduardo trat vor und legte einen Stapel Papiere vor sie hin. „Ein guter Freund, Conte Giovanni Sozzani, war anwesend. Er zeigte sich ziemlich beeindruckt. Ich sehe, dass ich die richtige Person für diese Aufgabe engagiert habe."

Amanda fragte sich, was der König wohl sagen würde, wenn er wüsste, dass die richtige Person für diese Aufgabe nur wenige Minuten zuvor genau in diesem Raum seinen Sohn mit offener Bluse begrapscht hatte.

„Ich weiß die freundlichen Worte zu schätzen, aber ich bin nicht sicher, ob der Erfolg des gestrigen Events bedeutet, dass Prinz Marco schon so weit ist, ein formelles Dinner auszurichten." Sie zögerte, denn sie wollte dem König nicht widersprechen. „In Anbetracht der Bedeutung Ihres Wirtschaftsplans ist es wichtig, dass der Abend ohne Zwischenfälle verläuft. Darf ich vorschlagen, dass Prinz Federico oder Prinzessin Isabella diese Aufgabe übernehmen? Auch wenn ich mich natürlich freue, wenn Prinz Marco die Gelegenheit bekommt, daran teilzunehmen. Es wird eine wertvolle Lernerfahrung sein."

„Das ist es sicherlich", räumte der König ein. Er blickte zu Marco hinüber, der immer noch an der gegenüberliegenden Wand der Bibliothek lehnte. Irgendetwas an der Haltung des Prinzen bereitete Amanda Unbehagen.

„Sie können nicht, oder?"

„Leider nicht", antwortete der Monarch. „Federico wollte als Gastgeber fungieren, aber Lucrezia, seine Frau, ist krank." Prüfend und mit bohrendem Blick betrachtete der König Amanda. „Ich entschuldige mich für die fehlende Zeit zur Vorbereitung."

Sie schluckte schwer. „Wir schaffen das schon, Hoheit. Ich hoffe, sie erholt sich schnell."

König Eduardo tippte auf den Stapel Unterlagen. „Prinz Marco muss sich bis heute Abend damit vertraut machen, sodass er mit einigem Sachverstand über das Vorhaben sprechen kann. Er braucht die verschiedenen Entscheidungsträger nicht zu beeinflussen und er muss auch nicht mehr als eine grobe Vorstellung von der Materie haben. Man weiß, dass er nicht an der Ausarbeitung des Plans beteiligt war. Ich möchte nur, dass alle bis morgen weiterhin zufrieden bleiben. Habe ich mich klar genug ausgedrückt?" Er schaute von Amanda zu Marco.

„Ja", antworteten die beiden unisono, wobei Marco alles andere als zuversichtlich klang.

„Miss Hutton, ich lasse Ihnen eine Auswahl an geeigneten Kleidern, Schuhen und Handtaschen auf Ihr Zimmer bringen, damit Sie ebenfalls an dem Dinner teilnehmen können. Ich vermute, das ist alles, was Sie benötigen?"

Sie nickte und versuchte zu überschlagen, wie viel Arbeit sie in sehr kurzer Zeit zu erledigen hatte.

„Gut. Ich treffe mich in Kürze mit dem griechischen Minister und werde ihn anschließend ins Parlament begleiten. Wenn Sie irgendetwas brauchen, wenden Sie sich an meine Assistentin. Sie wird Ihnen auch alle Fragen beantworten, die vielleicht noch aufkommen könnten."

Er wandte sich zur Tür, schaute aber noch einmal zu Amanda zurück, bevor er in den Korridor trat. „Ich erwarte, dass der heutige Abend ein Erfolg wird, Miss Hutton."

„Ja, Hoheit."

Er neigte den Kopf, dann ging er und zog die Tür hinter sich zu.

Marco starrte sie einen atemlosen Moment lang an.

„Nun, ich denke, die Dankesbriefe stellen wir erst mal zurück", bemerkte sie trocken. Der Scherz verpuffte.

„Hören Sie –"

Sie hob eine Hand. „Lassen Sie uns nicht darüber reden, okay? Wir stehen ohnehin schon unter Zeitdruck." Sie könnte es nicht ertragen, über das zu sprechen, was zwischen ihnen geschehen war. Er würde ihr nur das Herz brechen und das war das Letzte, was sie gebrauchen konnte, während das heutige Dinner auf ihren Schultern lastete.

Ein plötzliches Gefühl – Erleichterung? Bedauern – schimmerte in seinen klaren blauen Augen auf und verschwand wieder. „In Ordnung."

Sie riss ihren Blick von seinem los und wies auf den Papierstapel. „Das ist nicht wirklich eine große Sache."

„Sieht für mich aber wie eine große Sache aus."

„Dabei geht es nur Hintergrundwissen. Wie wenn man die Zeitung liest, um zu erfahren, was am Vortag in der Welt passiert ist. Sie überfliegen es und merken sich, was Sie können. Sie brauchen nicht alles in Erinnerung zu behalten."

Er schien das zu bezweifeln, seine Mundwinkel zuckten.

„Sie haben gehört, was Ihr Vater gesagt hat. Sie müssen heute Abend nur die Ehrengäste bei Laune halten. Sie brauchen nicht einmal mit jedem Einzelnen über wirtschaftliche Angelegenheiten zu sprechen, wenn Ihnen das unangenehm ist. Fragen Sie nach Ehepartnern, erzählen Sie den Leuten, was Sie an ihren Ländern bewundern, etwas in der Art. Wenn Sie Gemeinsamkeiten finden – einen Urlaub, den sie gemacht haben oder über den Sie mehr erfahren möchten, einen Film, der Ihnen beiden gefallen hat –, dann ist alles gut. Gestern haben Sie bewiesen, dass Sie das schaffen können."

„Wozu dann die ganzen wirtschaftlichen Informationen?“

Sie biss sich auf die Lippe. Was sie ihm mitzuteilen hatte, würde ihm nicht gefallen. „Es wird von Ihnen erwartet, dass Sie beim Dinner ein paar Worte sagen. Diese Herrschaften sind aus einem bestimmten Grund in San Rimini. Sie müssen kurz ansprechen, wie wichtig es ist, die Wirtschaft und die Beziehungen in der gesamten Region zu stärken.“

„Ich glaube nicht, dass –“

„Die Rede braucht nicht lang zu sein. Nicht einmal so lang wie gestern beim Rennen. Wir schreiben den Text vorher auf und üben ihn ein paar Mal.“

Er trat an den Schreibtisch und schob die Unterlagen zusammen. „Ich sollte damit anfangen. Zum Lesen gehe ich vielleicht am besten in meine Wohnräume.“ Sein Blick glitt an ihr vorbei zur Wand hinter dem Schreibtisch. Offenbar bemerkte er jetzt dasselbe, was ihr aufgefallen war, nachdem er vor noch nicht allzu langer Zeit aus der Bibliothek geeilt war: Ein paar Bücher auf einem angrenzenden Regal waren umgekippt. Wahrscheinlich war das passiert, als er sie gegen die Wand gedrückt hatte.

Amanda drehte sich absichtlich nicht um. Sie hatte sich hingesetzt, um ihren Kopf freizubekommen, ohne innezuhalten und die Bücher zurechtzurücken.

„Ja, ich denke, das ist eine gute Idee“, sagte sie zu ihm. „In der Zwischenzeit werde ich ein paar allgemeine Aussagen für Sie formulieren. Beim Lesen werden Sie sicher noch auf ein paar Details stoßen, die Sie ergänzen möchten. Können Sie in einer Stunde zurück sein?“

„Sagen wir, in neunzig Minuten. Es ist eine ganze Menge Stoff.“

Sie nickte. Als er sich zum Gehen wandte, fügte sie hinzu: „Prinz Marco? Eine letzte Sache.“

Er blieb stehen und sie atmete tief durch. „Diese Politiker wissen zwar, dass Sie nichts mit der Aushandlung dieser neuen

Richtlinien zu tun hatten, aber sie denken, dass Ihr Vater Ihnen Gehör schenkt. Wenn sie der Meinung sind, dass es noch ungelöste Probleme gibt, werden sie Sie mit ihren Ansichten bombardieren in der Hoffnung, dass Sie Ihren Vater von ihrem Standpunkt überzeugen. Ihn vielleicht sogar überreden, die Dinge ein wenig zu ihren Gunsten abzuändern."

Marco verzog das Gesicht. „Das wird nicht passieren."

„Aber das wissen die Leute nicht, und es ist gut für Ihr öffentliches Image, wenn sie glauben, dass Sie mehr Macht haben, als Sie tatsächlich besitzen. Das ist so, als würde man einem Gegner vorgaukeln, man hätte ein besseres Pokerblatt, als man tatsächlich auf der Hand hat. Hören Sie sich also ruhig an, was sie zu sagen haben. Erzählen Sie ihnen, dass ihr Blickwinkel interessant ist oder zum Nachdenken anregt, aber gehen Sie nicht näher darauf ein. Sagen Sie nicht, dass etwas gut oder schlecht ist, beziehen Sie keine Stellung. Und was auch immer Sie tun, lassen Sie sich nicht einschüchtern. Sie sind ein diTalora, und die Gäste befinden sich auf Ihrem Territorium."

Marcos scharfer Blick traf ihren und Amanda war erleichtert, den Anflug eines Lächelns darin zu sehen.

„Verstanden. Aber lassen Sie sich nicht vom Bankettsaal einschüchtern. Das hier mag ja ganz nett sein", er deutete mit einer Handbewegung auf die Bibliothek mit ihren inzwischen vertrauten Vorhängen und antiken Teppichen, „aber der Bankettsaal stellt alles in den Schatten. Dort herrscht eine ganz andere Art von Eleganz. Wenn Sie ihn sehen, werden Sie verstehen, warum ich mir Sorgen mache, ob ich das schaffen kann."

Sie warf ihm einen zuversichtlichen Blick zu, bevor er zur Tür der Bibliothek ging. „Seien Sie in neunzig Minuten zurück, um Ihre Rede zu üben."

MÖGLICHERWEISE WIRD *Marco das nicht schaffen.*

Selbst nach jahrelanger Erfahrung mit formellen Anlässen – und jetzt auch mit einer königlichen Hochzeit – musste Amanda sich zwingen, nicht mit offenem Mund zu staunen, als sie das obere Ende der Marmortreppe erreichte und den Empfangsbereich vor dem Bankettsaal des Königspalastes betrat.

Sie strich mit der Hand über ihr perlenbesetztes schwarzes Kleid und war dankbar, dass der König es ihr aufs Zimmer geschickt hatte. Es passte ihr perfekt: körpernah tailliert, ohne zu eng zu sein, die Spaghettiträger hatten die richtige Länge und der Stoff glitt über die Haut und war trotz der Perlen leicht. Es war schlicht, doch verriet die feine Machart, dass es wahrscheinlich ein Vermögen gekostet hatte. Nichts, was Amanda besaß, wäre eines derart vornehmen Rahmens würdig gewesen. Sie hatte den Empfangsbereich und den Bankettsaal zwar zuvor schon gesehen, in einem PBS-Spezialfeature über die elegantesten Paläste der Welt, aber es war kein Vergleich, diese Räume in der Wirklichkeit zu erblicken.

Der Empfangsbereich selbst war kein gewöhnlicher Vorraum, sondern er war kreisrund. Der polierte Hartholzboden unter Amandas Füßen war mit einer sonnenförmigen Intarsie aus mindestens sieben verschiedenen Holzarten verziert. Die Strahlen gingen in alle Richtungen und betonten die ungewöhnliche Form des Raumes. Vor Amanda öffneten sich Doppeltüren zum Bankettsaal, die leicht gebogen waren, um sich in die Wand einzufügen. Auf beiden Seiten des Durchgangs boten mit Gold eingefasste Fenster einen beeindruckenden Blick auf die glitzernde Stadt mit ihren noblen Restaurants, Casinos, Theatern und Hotels. Ein Kronleuchter mit Tausenden von tränenförmigen Kristallen tauchte den Raum in helles Licht.

Noch beeindruckender als die Ausstattung des Empfangsbereichs waren die Menschen, die ihn nun füllten. Während bei Jennifers und Antonys Hochzeit mehrere Vertreter der europäischen Königshäuser zugegen gewesen waren, hatte das heutige Dinner eine politische Gästeliste, die mit jeder Party mithalten konnte, die ihr Vater während seiner Zeit als Botschafter in Italien besucht hatte.

Führende Vertreter mehrerer Balkanstaaten hatten sich an einem Fenster versammelt und nippten an Cocktails, während sie sich darüber austauschten, wie der neue Wirtschaftsplan den Handel in der Region verbessern würde. Roger Warren, der amerikanische Außenminister und ein Studienfreund von Amandas Vater, stand nahebei und äußerte seine Meinung, wenn er gefragt wurde. Morgen würde er der Unterzeichnung des Abkommens zwischen San Rimini, Griechenland und den Balkanstaaten beiwohnen.

Vorausgesetzt, heute Abend geht nichts schief.

Jede Minute trat ein weiterer prominenter Gast durch die verzierten Eingangstüren des Foyers und kam an Amanda vorbei. Ein Vertreter der Weltbank und ein hochrangiges Mitglied des Sabor – des kroatischen Parlaments – begannen eine Diskussion, der sich bald zwei Vertreter des Wirtschaftsrates von San Rimini anschlossen. Jeder von ihnen hatte eine Ausstrahlung, die von der wirtschaftlichen Macht kündete, die sie in ihrem Heimatland ausübten.

Amanda versuchte, sich die Gesichter zu merken. Sie und Marco hatten genauso viel Zeit darauf verwendet, sich einzuprägen, wer die Gäste waren, wie auf seine Rede und den Wirtschaftsplan. Unauffällig holte sie ihr Handy aus der Handtasche, um zu prüfen, ob Marco ihr in letzter Minute eine Nachricht geschickt hatte. Bis jetzt nichts. Sie warf einen Blick auf die Uhrzeit und steckte das Telefon dann weg.

In wenigen Minuten würde Marco durch dieselben Türen schreiten, bereit, seine Gäste zum Dinner in den eleganten Bankettsaal zu führen und überzeugend darüber zu sprechen, wie verbesserte Wirtschaftsbeziehungen zwischen den Nationen die Stabilität in der Region langfristig sichern konnten. Zumindest hoffte sie das. In ihrer kurzen Trainingssitzung hatte er sich gut geschlagen, doch als sie die Persönlichkeiten um sich herum betrachtete und feststellte, dass einige Reporter dasselbe taten, nahm ihre Nervosität immer mehr zu.

Als ein Kellner im Smoking mit einem silbernen Tablett voller Mini-Quiches an ihr vorbeiging, fragte sich Amanda, wie Marco mit dem Druck fertigwerden würde. Keiner der Gäste beunruhigte ihn als Einzelperson. Sie war überzeugt, dass er jeden bei einem Bier, einer Partie Karten oder Darts mit seinem Charme beeindrucken würde, so wie er sie beeindruckt hatte.

Aber als Gruppe, in der jeder mit gut durchdachten Zielen im Sinn mit ihm sprechen wollte, war sie nicht sicher, wie er sich schlagen würde. Würde er sich von seinem Unbehagen überwältigen lassen und etwas Unangemessenes sagen oder tun? Oder schlimmer noch, würde er für einige Minuten ganz verschwinden, weil er darum kämpfen musste, seine Gedanken zu ordnen, wie er es bei Antonys und Jennifers Hochzeit gemacht hatte?

Federico, Isabella oder Antony würden als Gastgeber eines so wichtigen Dinners brillieren. Aber Marco? Sie hoffte inständig, dass ihm die Erfahrungen, die er bei der gestrigen Veranstaltung gesammelt hatte, heute Abend zugutekommen würden.

Es war ihr ein persönliches Anliegen, dass er das Vertrauen in sich selbst nicht verlor, nachdem er im Unterricht so weit gekommen war. In beruflicher Hinsicht war ihr klar, dass sie sich vor dem König verantworten musste, falls Marco versagte.

Amanda atmete tief durch und als eine Kellnerin mit einem Tablett neben ihr stehen blieb, nahm sie ein Glas Champagner an. In ein paar Stunden würde Amanda wissen, ob ihr Unterricht so erfolgreich war, wie der König erwartet hatte. Und sie würde wissen, ob Marco diTalora ihre Karriere weiter voranbringen oder beenden würde.

„Prinz Marco!" Die weibliche Stimme kam von hinten. Amanda drehte sich um, weil sie sehen wollte, wer gerufen hatte. Eliza Schipani schwebte an ihr vorbei auf Marco zu, der gerade die Schwelle zum Empfangsbereich überschritt. Amanda verzog das Gesicht. Jennifer behauptete, die Frau sei intelligent und nett, aber Marco musste sich erst noch zurechtfinden. Das Letzte, was er jetzt gebrauchen konnte, war eine Begegnung mit der quirligen Eliza.

Allerdings hatte Amanda sich offenbar umsonst Sorgen gemacht, denn Marco strahlte die Blondine mit einem Hundert-Watt-Lächeln an.

„Eliza, ich bin so froh, dass Sie kommen konnten." Dann wurde seine Stimme so leise, dass Amanda kaum etwas verstehen konnte. „Ich habe gehört, dass Sie morgen Ihre Kandidatur für das Parlament bekannt geben wollen. Glückwunsch!"

Er nahm die Hand der Blondine und küsste sie mit solch geschmeidiger Eleganz, dass Amanda glauben würde, er hätte schon die Hände von tausend wichtigen Frauen auf tausend verschiedenen Staatsempfängen geküsst – wenn sie es nicht besser wüsste. Als er Eliza Schipanis Hand losließ, schaute er für einen kurzen Moment zu Amanda hinüber.

Sie warf ihm einen Blick zu, mit dem sie ihm sagen wollte: *Sie schaffen das.* Verständnis blitzte in seinen Augen auf, bevor er seine Aufmerksamkeit wieder auf die Blonde richtete, die vor ihm stand.

„Oh, vielen Dank, Hoheit. Soweit ich weiß, beinhaltet das Wirtschaftsabkommen auch, den Austausch medizinischer Forschungsergebnisse in der Region zu erleichtern. Ein verbesserter Zugang zu den neuesten Erkenntnissen sowohl für Ärzte als auch Patienten ist ein wichtiger Bestandteil meines Gesundheitsplans. Es ist unerlässlich, wenn wir die allgemeine Lebensqualität unserer Bürger erhöhen wollen."

„Ich bin sicher, dass Sie die Wähler in diesem Punkt überzeugen können."

Eliza lächelte und nahm dann ein Glas Champagner von

derselben Kellnerin an, die auch Amanda eines angeboten hatte. „Apropos überzeugen, anscheinend bin ich nicht so gut darin. Ich habe noch immer keine feste Zusage von Ihnen, dass Sie nächsten Monat auf der Gesundheitskonferenz von San Rimini sprechen werden. Sie wissen, dass ich den Vorsitz bei dieser Veranstaltung habe, und ich würde mich geehrt fühlen –"

„Natürlich. Es wäre mir eine Freude. Wenn Sie sich deswegen bitte mit meiner Assistentin in Verbindung setzen würden, sie kann meinen Terminkalender überprüfen. Solange ich keine anderweitigen Verpflichtungen habe, können Sie auf mich zählen."

Eliza sah aus, als würde sie gleich ihr Getränk fallen lassen. Sie unterhielten sich noch einen Augenblick weiter und als Marco sich verabschiedete, um mit einem Regierungsvertreter aus Serbien zu reden, sprach das begeisterte Lächeln auf Elizas Gesicht Bände.

Amanda unterdrückte ihr eigenes Lächeln. Wenn die Art und Weise, wie er sich Eliza Schipani gegenüber verhalten hatte, ein Zeichen war, würde Marco alles richtig machen.

Amanda ging weiter und verbrachte den Rest des Cocktailempfangs damit, umherzuwandern und die Gäste unauffällig zu beobachten. Als die Glocke zum Dinner rief, erschien Marco an ihrer Seite.

„Ich glaube, bisher läuft es ganz gut."

Sie nahm ihn in Augenschein: seinen maßgeschneiderten Smoking, den Sitz seiner Krawatte, sein geglättetes Haar. Selbst sein Lächeln zeugte von Sicherheit und Selbstvertrauen. „Scheint so. Wenn es nicht zu gönnerhaft klingt, würde ich sagen, ich bin stolz auf Sie."

„Die Rede kommt erst noch …"

Sie widerstand dem Drang, seinen Arm zu berühren. Zu viele Blicke folgten ihm und zu viele Fragen würden gestellt werden. Bisher hatten nur wenige Gäste überhaupt Notiz von ihr genommen.

Marco hatte wohl das Gleiche gefühlt, denn die Glut, die in seinen Augen aufloderte, reichte aus, um ihr Inneres zum Schmelzen zu bringen. Musste er so attraktiv sein? So verführerisch?

„Sie werden nicht bei mir sitzen können", sagte er. „Daran hatte ich noch nicht einmal gedacht."

Sie schüttelte leicht den Kopf, war insgeheim jedoch hocherfreut, dass er sie in seiner Nähe haben wollte. „Sie brauchen mich nicht. Sie können den Text auswendig."

„Das meinte ich nicht."

In diesem Moment erhob der griechische Wirtschaftsminister, der hinter Marco stand, seine Stimme genug, dass Amanda ihn hören konnte: „Die derzeitige Flüchtlingskrise stellt eine enorme Belastung für die gesamte Region dar. Wenn wir keinen festen Plan mit Fristen als Teil dieses Maßnahmenpakets haben, um das Problem zu entschärfen, wie soll dann der Erfolg gewährleistet werden? Die Grundvoraussetzung ist doch –"

Ein anderer Mann mit kräftiger Statur, den Amanda als einen Vertreter Sloweniens erkannte, schien über die Aussage des Griechen aufgebracht. „Natürlich ist das Flüchtlingsproblem besorgniserregend, aber glauben Sie nicht, dass das aktuelle Programm –"

Noch bevor sie ihm ein Stichwort geben konnte, ergriff Marco selbst die Initiative und wandte sich an den Griechen: „Mr. Theopholus, ich glaube, Sie werden neben mir sitzen. Haben Sie Ihren Platz schon gefunden?"

„Nein, aber –"

„Ah, da sehe ich gerade Minister Warren." Er beugte sich zu dem slowenischen Repräsentanten hinüber, schaute dabei aber den Amerikaner gezielt an. „Mr. Jankovic, Minister Warren möchte Sie unbedingt sprechen. Er wollte die Möglichkeit erörtern, das Folgetreffen zu den Wirtschaftsvereinbarungen in Slowenien stattfinden zu lassen."

„Danke, ich versuche, ihn jetzt zu erwischen." Der Slowene

entschuldigte sich schnell und ging in Richtung des Ministers davon.

Sobald er in sicherer Entfernung war, richtete Marco seine Aufmerksamkeit wieder auf den Griechen, der nun Amanda ansah. Sie wollte Marco einen Blick zuwerfen, um ihm zu signalisieren, dass er sie einander vorstellen musste, aber der Prinz erstarrte für einen Moment.

Der Grieche half ihm auf die Sprünge: „Hoheit, ich glaube nicht, dass ich die Bekanntschaft dieser Dame schon gemacht habe.“

Amanda sah Marco schlucken. *Oh, nein!* Nach allem, was er erreicht hatte, durfte er jetzt nicht die Nerven verlieren. Nicht nach dem, was er gerade getan hatte. Und nicht wegen *ihr*. Dies war so unbedeutend im Vergleich zu allem anderen.

„Ich bitte um Verzeihung“, sagte Marco schließlich. „Das ist Miss Amanda Hutton. Sie gehört seit Kurzem zu meinem diplomatischen Mitarbeiterstab. Miss Hutton, das ist der Ehrenwerte Ari Theopholus aus Griechenland.“

Seinem diplomatischen Mitarbeiterstab? Es war allgemein bekannt, dass Marco einen Fahrer und eine Assistentin hatte. Einen Sicherheitsdienst, wenn er ihn brauchte. Aber einen *diplomatischen Mitarbeiterstab*? Sie versuchte, nicht belustigt darüber auszusehen, wie der Prinz ihren Job beschrieben hatte, als der breitschultrige Grieche ihre Hand nahm.

„Miss Hutton, es ist mir ein Vergnügen.“

„Gleichfalls.“

„Das Dinner beginnt gleich. Wir sollten reingehen.“ Marco geleitete den Minister zu seinem Platz. „Ich hatte übrigens vergessen zu erwähnen, dass ich Ihre Frau letztes Jahr beim Skifahren in Zermatt getroffen habe. Sie war mit ihrer Schwester dort. Sie ist eine sehr kultivierte Dame. Fahren Sie auch Ski?“

„Ja.“

Amanda unterdrückte ein Lachen, als Marco den Mann in

den vorderen Teil des Bankettsaals führte, während die beiden über die Vorzüge verschiedener Skigebiete diskutierten. Sie schlenderte durch den Raum und suchte die Tischkarten auf der langen Tafel nach ihrem Namen ab. Als sie ihn an einer der Ecken fand, so weit entfernt von Marco wie nur möglich, kam ihr ein Gedanke.

Wenn er weiterhin solche Fähigkeiten an den Tag legte, würde ihre Beschäftigung niemals die vollen drei Monate dauern. In wenigen Wochen könnte sie wieder zu Hause sein. Es hatte so ausgesehen, als wäre es beschlossene Sache, dass sie zumindest die nächsten zwei Monate in San Rimini verbringen würde. Aber wenn sie ehrlich zu sich selbst gewesen wäre, hätte sie erkennen müssen, dass es nicht feststand; nur das Gehalt war garantiert.

Sie nahm Platz, während die Kellner um den Tisch liefen und Kristallgläser füllten, damit die Gäste auf das bevorstehende Wirtschaftsabkommen anstoßen konnten. Bald hallte Marcos Stimme durch den Raum: Er dankte allen für ihre harte Arbeit, pries dann die Vorzüge des Planes und wie er die Länder rund um das Adriatische Meer zusammenbringen würde. Amanda hörte kaum zu. Stattdessen schloss sie die Augen und versuchte, sich seine seidenweiche Stimme einzuprägen, das Klirren der Kristallgläser um sie herum, die atemlose Stille der Gäste, die an den Lippen des Prinzen hingen. Tief in ihrer Seele wusste sie, dass dieses Dinner ihr letztes sein würde.

Marco war intelligent und wusste, wie man Signale in sozialen Interaktionen deutete. Auch wenn er sich in kleineren Gruppen wohler fühlte als in großen, würde er sich mit Riesenschritten weiter verbessern, sobald er den heutigen Abend überstanden hatte. Er würde sie nicht mehr brauchen.

Irgendwann würde König Eduardo Marco eine geeignete Frau mit guten Beziehungen vorstellen – eine aus der Gegend, vielleicht mit einem Adelstitel, die ihm bei der Erfüllung seiner königlichen Pflichten zur Seite stehen konnte. Die ihm eine gute Partnerin und seinen Kindern eine gute Mutter sein würde ... und diese Frau würde nicht sie sein. *Konnte* nicht sie sein.

Tief in ihrem Herzen wusste sie, dass es niemals funktionieren könnte. Sie würde ihm nur Schmerz bereiten.

Sie wusste schon seit Jahren, dass sie eine ernsthafte Beziehung, die über ein paar Dates und Sex hinausging, nur mit einem bestimmten Typ Mann führen konnte. Wahrscheinlich mit einem älteren Mann. Der ihre Karriere unterstützte und keine Kinder wollte. Oder vielleicht jemand, der bereits welche aus einer früheren Beziehung hatte.

Nicht Marco diTalora.

Sie öffnete die Augen, als Applaus den Raum erfüllte. Marco nahm Platz und Kellner näherten sich von hinten, um den Gästen Salatteller zu servieren. Amanda riskierte einen Blick auf den Prinzen und stellte fest, dass er sie direkt anschaute. In seinen Augen blitzte ungezügeltes Verlangen auf, das genauso stark war wie in dem Blick, mit dem er sie am Nachmittag in der Bibliothek bedacht hatte, Sekunden bevor sich sein Mund auf ihren senkte. Aber darin lag noch etwas anderes – ein Bedürfnis, das tiefer ging als bloßes Begehren. Er wollte sie bei sich haben, an seiner Seite. Und nicht nur, damit sie ihn während seiner Rede anspornen konnte.

Bei jedem anderen hätte sie es einen verliebten Blick genannt.

Ihr stockte der Atem, als sie die Wirkung dieses Blicks in sich aufnahm, überzeugt, dass sie sich irren musste. Doch dann sagte Minister Warren etwas, das die Aufmerksamkeit des Prinzen erforderte, und Marco wandte sich ab, bevor sie sicher sein konnte.

KAPITEL 10

MARCO WOLLTE seine Faust vor Freude wie ein Weltmeister in die Luft recken, schon bevor er und Amanda nach dem Abschied des letzten Gastes in die Bibliothek huschten. Seit er vor Jahren die Zusage für Princeton erhalten hatte, war er nicht mehr so aufgeregt gewesen. Von dem Moment an, als er das Schreiben las, das mit „Wir freuen uns, Ihnen einen Platz anbieten zu können …" begann, wusste er, dass sein Leben nicht mehr dasselbe sein würde. Er würde frei sein von der Palastroutine und die Außenwelt erkunden können wie normale Menschen. Er würde Zeit mit Leuten verbringen, die weder etwas von seinem Leben in San Rimini wussten noch sich dafür interessierten, Menschen, die ohne Hintergedanken mit ihm sprachen.

An diesem Tag eröffnete sich ihm eine völlig neue Welt.

So wie sich ihm heute eine völlig neue Welt eröffnete, in genau den Sälen, aus denen er einst so dankbar geflohen war. In Amanda Hutton hatte er endlich den Schlüssel gefunden. Sie gab ihm das Gefühl, dass er seine Flügel ausbreiten konnte, ohne vor seinem Namen weglaufen zu müssen.

Diese Erkenntnis machte ihn ganz schwindelig und sein

Herz wollte zerspringen. Wie hatte er sie am Morgen einfach stehen lassen können? Wie hatte er glauben können, es wäre eine Torheit, sie zu küssen? Er hatte getan, was sein Herz und sein Bauchgefühl für richtig hielten.

Als er sie in ihrem eleganten schwarzen Kleid und mit gerötetem Gesicht sah, wusste er, dass er nie wieder Gastgeber einer Veranstaltung sein wollte, bei der sie am anderen Ende des Tisches saß. Er wollte sie neben sich haben.

„Was habe ich Ihnen gesagt? Sie haben es geschafft!", bemerkte Amanda, als sich die Türen der Bibliothek hinter ihnen schlossen. „Prinz Federico und Prinzessin Isabella hätten es nicht besser machen können – und sie betreuen schon seit Jahren solche Events."

„Meinen Sie wirklich?"

„Hören Sie nicht den Stolz in Ihrer eigenen Stimme?" Amanda lehnte sich an einen der gelben Stühle, ihr Gesicht strahlte von demselben Erfolgsgefühl, das er bis in seine Seele hinein spürte. „Ich freue mich so sehr für Sie, Prinz Marco."

Er breitete die Arme aus und gab sich dem Moment des Erfolgs hin. „Haben Sie Eliza während des Cocktailempfangs gesehen? Sie hat sich fast an ihrem Champagner verschluckt, als ich ihre Einladung angenommen habe, bei einem Gesundheitskongress eine Rede zu halten. Und der Abgesandte aus Slowenien erst – wie ich ihn an Minister Warren verwies, als der griechische Minister den Plan im Hinblick auf die Kriegsflüchtlinge in Frage stellte! Mein Vater wird es nicht glauben."

Er ging auf Amanda zu und schlug auf den mit gelbem Stoff bezogenen Stuhl. „Und die Rede! Ich schwöre, hätten Sie vor einem Monat mit mir gewettet, dass ich ein so wichtiges Dinner wie dieses erfolgreich ausrichten und dabei tatsächlich einen Adrenalinrausch erleben würde, hätte ich nicht geglaubt, dass Sie diese Wette gewinnen könnten. Niemals in einer Million Jahren. Aber es war einfach!"

Er überraschte sich selbst, indem er Amanda in seine Arme

zog und sie dann – schickes Kleid hin oder her – durch die reich ausgestattete Bibliothek wirbelte. Er lachte, weil dies so lächerlich wirken musste, und setzte sie wieder ab, hielt sie aber weiterhin in seinen Armen.

„Prinz Marco! Das ist un –"

„Unpassend? Zum Teufel mit unpassend. Sie haben mindestens die Hälfte der Rede geschrieben und doch klang sie – und fühlte sich an – wie meine. Sie haben dafür gesorgt, dass ich genug Informationen in mich aufgenommen habe, sodass ich beim Dinner nicht alles vermasselt habe, obwohl ich ausgerechnet neben dem amerikanischen Außenminister sitzen musste. Dank Ihnen habe ich jeden Stolperstein umgangen, der mir im Weg lag, und mir ist etwas gelungen, von dem ich geschworen hätte, dass es unmöglich wäre."

Er erwartete, dass sie ihn zurechtweisen, ihn wegschieben würde, wie sie es am Nachmittag getan hatte, aber stattdessen breitete sich ein Lächeln auf ihrem Gesicht aus. Er schloss für einen Moment die Augen, wollte sich diesen Ausdruck einprägen: eine Mischung aus unverhohlener Freude und Überzeugung. Sie war überzeugt von ihm, glaubte an ihn und diese bedingungslose Unterstützung machte sie unglaublich und unwiderstehlich sexy.

„*Sie* haben es einfach für mich gemacht", setzte er hinzu, immer noch beeindruckt von Amandas Können. Wie sie ihn in so kurzer Zeit an diesen Punkt gebracht hatte, verblüffte ihn. „Ohne Sie hätte ich das nie zuwege gebracht."

Er drückte sie fester an sich, damit sie sich ihm nicht entziehen konnte, hob sie dann hoch und streifte ihren Mund mit seinem. Bevor er sich bremsen konnte, teilte er Amandas weiche Lippen, er schmeckte ihre Wärme und einen Hauch des Weins, der zum Dessert serviert worden war. Mit einem Stöhnen ließ er seine Zunge einen uralten, erotischen Tanz mit ihrer vollführen und zeigte ihr so das wahre Ausmaß seiner Dankbarkeit.

Mit einem leisen Seufzer erwiderte sie seinen Kuss, erst zögernd, dann mit mehr Leidenschaft. Ihre Arme schlangen sich um seinen Nacken, ihre Brüste drückten sich gegen seinen Oberkörper und obwohl ihre Füße in der Luft hängen mussten, brachte er es nicht über sich, sie wieder abzusetzen. Amandas straffer Körper fühlte sich warm an. Sie passte beinahe zu perfekt zu ihm.

Schließlich löste sie ihren Mund von seinen Lippen und flüsterte: „Ich weiß, dass Sie gesagt haben, ‚zum Teufel mit unpassend‘, aber wir beide wissen, dass das ein Fehler ist. Wir müssen aufhören. Was, wenn Ihr Vater von der Einweihung des Krankenhausflügels zurückkommt? Er wird Sie sehen wollen, um zu erfahren, wie es gelaufen ist, und um Ihnen zu gratulieren. Und Sie sind immer noch mein Klient – zumindest für den Moment.“

Er setzte sie ab, entließ sie aber nicht aus seinen Armen. Sie legte vorsichtig eine Hand auf sein Revers, schob ihn jedoch nicht weg.

„Es ist nicht so, dass ich es nicht genieße“, fügte sie hastig hinzu. „Was Sie sicher bemerkt haben. Aber Sie müssen daran denken, dass das leicht auf uns beide zurückfallen kann.“

Das Gefühl von Amandas kleiner Hand auf seiner Brust, wie ihr Unterkörper sich an seinen schmiegte, löste in ihm eine Vorstellung davon aus, wie es wäre, sie in seinem Bett zu haben, wenn ihre Körper miteinander verschlungen wären und er sie stundenlang lieben könnte. Er war todsicher, dass dann die Fassade des Anstands bröckeln würde.

Offenbar las sie seine Gedanken – wieder einmal – und löste sich aus seiner Umarmung.

„Hoheit –“

„Oh, um Himmels willen … wann fängst du endlich an, mich Marco zu nennen? Und in diesem Moment ist mir egal, ob uns mein Vater unterbrechen könnte – oder irgendjemand anderes“, sagte er mit rauer Stimme.

„Aber –“

Er ließ sie los und ging zur Tür der Bibliothek. „Ich denke, es ist höchste Zeit, dass ich dir ein paar Lektionen erteile. Die erste Lektion, liebe Schülerin, lautet, die Tür abzuschließen, wenn du nicht gestört werden willst.“

Er drehte den Schlüssel um und kehrte dann mit drei schnellen Schritten zu ihr zurück. Er strich mit der Hand über ihre Wange und zwang sie, seinem Blick zu begegnen, damit sie sah, wie sehr er sie begehrte. Stattdessen wurde er beinahe überwältigt von dem Verlangen, dass er in ihren Augen sah.

„Zweitens“, unterwies er sie, „wenn du etwas willst, ist es richtig, wenn du es dir nimmst, solange du die Gelegenheit dazu hast.“ Er legte seine Hände um ihre Mitte, hob sie hoch und trug sie einige Schritte über den antiken Teppich. Dann setzte er sie auf dem Kirschholzschreibtisch seiner Urgroßmutter ab.

„Das wäre definitiv *nicht* richtig“, protestierte sie. „Und Sie wissen, dass ich Sie nicht Marco nennen kann. Das wäre nicht –“

Er bedeckte ihre Lippen erneut mit seinen, um sie zum Schweigen zu bringen. Er schob sich an den Schreibtisch heran, sodass er zwischen ihren Beinen stand, griff nach dem Saum ihres Abendkleides und schob den perlenbesetzten Stoff so weit hoch, dass er einen perfekten Oberschenkel liebkosen konnte.

Einer ihrer High Heels löste sich von ihrem Fuß und streifte auf dem Weg zum Boden seine Wade, dann hörte er, wie sie scharf einatmete. Doch anstatt sich ihm zu widersetzen, griff sie nach seinen Schultern und zerrte an seiner Smokingjacke, bis diese herunterfiel. Ihre Hände wanderten zu seinem Rücken, ihre Finger hinterließen feurige Spuren auf seiner Haut, selbst durch den Stoff seines Hemdes. Er konnte sich in dieser Frau verlieren. Wollte sich in ihr verlieren. Zum ersten Mal in seinem Leben waren ihm die Risiken gleichgültig, die es mit sich brachte, eine Frau zu lieben. Er wollte diesen einen

Moment mit Amanda, selbst wenn es bedeutete, dass ein Leben voller Schmerz folgen würde.

Er zog sie noch näher zu sich heran, sodass ihre Hüften sich berührten, und küsste sie langsam und tief und genoss die mühelose Art, wie sie sich zusammen bewegten. Er hinterließ eine Spur aus Küssen auf ihrem Hals und kehrte dann zu ihrem sinnlichen Mund zurück, während sich die Hitze zwischen ihnen weiter aufbaute. Sie schlang ihre Beine fester um ihn und er hörte, wie ihr zweiter Schuh zu Boden fiel.

Er konnte nicht genug von ihr bekommen. Er drückte ihr einen Kuss auf die Schläfe und atmete den Duft ihres Haares ein, dann flüsterte er: „Ich war vom ersten Moment unseres Kennenlernens an von dir fasziniert. Süchtig nach dir, seit wir am Abend von Antonys und Jennifers Hochzeit durch den Rosengarten gegangen sind. Aber ich hatte Angst, es geschehen zu lassen."

Amandas Finger hatten in seinem Haar gewühlt, nun umfasste sie sein Kinn. Ihre Augen hatten den glasigen Blick der Leidenschaft, ihr Atem kam in einem unregelmäßigen Rhythmus. Sie betrachtete seinen Mund, dann schloss sie die Augen. „Wir sollten es auch jetzt nicht geschehen lassen. Aus einer Reihe von Gründen."

Er wartete, bis sie die Augen wieder öffnete und ihn anschaute, dann lächelte er in der Hoffnung, sie zu beschwichtigen. „Du hast gesehen, wie es heute Abend gelaufen ist. Vielleicht brauche ich dich nicht länger als meine Beraterin. Vielleicht brauche ich dich in einer anderen Rolle."

Sie erbleichte. „Sagen Sie das nicht. Jennifer hat mir erzählt, dass Ihr Vater schon früher in Betracht gezogen hat, eine Ehe für Sie zu arrangieren. Und dass Sie, als er es erwähnte, nichts dagegen hatten. Eine Heirat mit einer Frau, die besser zu Ihnen passt –"

„Nein", erwiderte er. „Auf keinen Fall. Wenn mein Vater seine Lektion nicht durch Antony gelernt hat, wird er sie jetzt lernen. Ich habe mich damals nicht gewehrt, weil ich nicht glaubte, dass er es wirklich tun würde, und hätte er es versucht, wäre es mir gleich gewesen. Es schien mir kein Risiko zu sein. Jetzt ist es mir nicht mehr gleich. Ich glaube, das weißt du. Du verstehst mich und du siehst, was in mir steckt. Du hast mich davon überzeugt, dass ich mehr erreichen kann, als ich mir selbst zugetraut habe." Er hielt inne, strich mit dem Daumen über ihre Kieferpartie und fügte dann hinzu: „Ich bin völlig fasziniert von dir, Amanda Hutton. Ich möchte Zeit mit dir verbringen. Ich möchte dich verstehen und in deinem Leben eine so wichtige Rolle spielen wie du bereits in meinem. Heute Abend, als du dich während des Dinners nicht neben mich setzen konntest, wurde mir das alles auf einmal klar. Ich wusste es einfach."

Wie sollte er das leere Gefühl erklären, das er empfunden hatte, als er sie ans andere Ende des Tisches verbannt sah, als würde sie ihm nichts bedeuten? Er wollte sie an seiner Seite haben, als seine Partnerin in jeder Hinsicht. Auf dem Ehrenplatz.

Er atmete schwer aus. „Ich habe mich geirrt, Amanda. Vielleicht lohnt es sich bei manchen Dingen – und manchen Frauen –, über die Grenzen hinauszugehen, die man sich selbst gesetzt hat. Weil sie das Risiko wert sind."

Er neigte den Kopf, um sie erneut zu küssen, aber Amanda rutschte auf dem Schreibtisch nach hinten und wich ihm aus. „Prinz Marco –"

„Marco. Bitte."

Sie schaute auf ihre Hände, die sie auf seine Brust gelegt hatte, und spreizte die Finger. Nach einem schier endlos scheinenden Moment ließ sie sie zu seinen Schultern wandern und hob ihr Kinn. Im selben Augenblick, in dem er registrierte, dass ihre Lippen feucht von seinen Küssen waren, wisperte sie: „Marco."

Diese zwei Silben hauten ihn um.

NOCH BEVOR IHR sein Name über die Lippen kam, wusste sie, was passieren würde.

Als sie ihn versehentlich so genannt hatte, nachdem er am Pier beinahe ins Wasser gefallen wäre, hatte er es sofort bemerkt und sie damit aufgezogen. Jetzt war jegliche Belustigung verflogen.

„Komm mit", sagte er.

Seine Finger verschlangen sich mit ihren, sein Griff war fest. Sie hinterfragte dies erst, als sie auf der gegenüberliegenden Seite der Bibliothek waren, wo sie normalerweise arbeiteten, und er mit der freien Hand an einem der Vorhänge zog.

Sie runzelte die Stirn, fürchtete, dass Worte den Zauber zwischen ihnen brechen würden. Dann fanden seine Finger eine Stelle zwischen dem Vorhang und einem Regal und er drückte darauf.

Von der anderen Seite des Regals vernahm sie ein Klicken. Marco ließ den Vorhang los und führte sie zu der Wand, wo sie das Geräusch gehört hatte. Eine Schiene ragte nun zwei Fingerbreit heraus. Marco berührte sie und die gesamte Wand schwang auf.

„Eine Geheimtür? Das hätte ich nie vermutet." Während ihrer Kindheit in Italien hatten ihre Eltern sie auf Besichtigungen von Schlössern in mehreren Ländern mitgenommen. Die Fremdenführer hatten ihre Besucher begeistert, indem sie ihnen die Eingänge zu geheimen Korridoren zeigten, aber sie hatte nie einen so gut getarnten wie diesen gesehen.

„Besser als eine Geheimtür. Eine Geheimtreppe." Er betätigte einen Lichtschalter, führte sie hinein und schloss die Tür. Während sie hinaufstiegen, sagte er: „Sie führt zu dem Flur vor meinem und Isabellas privatem Wohnbereich."

„Du hast sie nicht benutzt, wenn du zu unseren Sitzungen gekommen bist." Sie vermutete, dass es ihm gefallen hätte, absichtlich spät zu kommen und dann aus der Wand zu springen, um sie zu erschrecken.

„Meine Eltern haben uns davon abgeraten. Ich habe sie seit Jahren nicht mehr benutzt." Er zeigte auf eine durchgebrannte Glühbirne. „Ich bezweifle, dass irgendjemand sie benutzt hat. Außer der Familie weiß nur die Sicherheitschefin, dass sie existiert. Die Treppe ist auch so schmal, dass sie auf keinem der Baupläne auftaucht und niemandem aufgefallen ist."

In Sekundenschnelle waren sie oben angekommen. Nachdem Marco an der Tür gelauscht hatte, öffnete er sie langsam und spähte in den Flur. Sie eilten den Korridor entlang, vorbei am Eingang zu Prinzessin Isabellas Wohnbereich, wie er ihr flüsternd erklärte. Amandas Herzschlag dröhnte in ihren Ohren, als er den Code eintippte, um eine identische Tür am Ende des Flurs zu öffnen.

Und dann waren sie drinnen. Er tastete nicht nach dem Lichtschalter. Stattdessen drehte er sie zu sich herum, zog ihren Körper ganz dicht an seinen heran und senkte den Kopf, um ihren Hals zu küssen. Seinen heißen Mund an ihrem Puls zu fühlen und wie seine Hände ihre Taille umschlossen, war geradezu himmlisch.

Ihr Kopf sank nach hinten, bis er die Wand berührte. Sie wollte sich ihm mit Leib und Seele hingeben. Hier, in der Dunkelheit seines Zimmers, wo sie einander gleichgestellt waren. Wo sie nicht seine Tutorin war und er kein Prinz.

Seine Zähne streiften die Stelle, die er geküsst hatte, dann glitt seine Hand unter den Spaghettiträger ihres Kleids.

Ein glückseliger Seufzer entkam ihren Lippen. Sein Griff verstärkte sich. Sie fühlte, wie er hart wurde, und sie musste ihn unbedingt küssen. Sie hob seinen Kopf an und zog seinen Mund zu einem hungrigen Kuss auf ihren.

Dieser Moment konnte nicht von Dauer sein, aber sie weigerte sich, jetzt daran zu denken. Einmal in ihrem Leben wollte sie den Teil ihres Gehirns ausschalten, der immer Fragen stellte und zwei Schritte vorausdachte. Sie würde mit dem Mann schlafen, der sie auf dem Rücksitz eines Range Rovers auf dem Weg zu einer königlichen Hochzeit verzaubert und seitdem in jedem Augenblick mehr in seinen Bann gezogen hatte.

Er küsste sie weiter und schob sie dabei durch seine Räumlichkeiten. Sie konnte nichts sehen, aber er bewegte sich sicher und schließlich spürte sie eine Decke an ihrem Bein. Er gab ihr einen letzten, langanhaltenden Kuss, dann setzte er sich auf das Bett und zog sie zu sich heran, sodass sie zwischen seinen Beinen zu stehen kam. Ein wenig Mondlicht schien durch die Vorhänge, sodass sie den Umriss seines Gesichts sehen konnte, aber nicht seine Miene. Seine Hände strichen über ihre Seiten, er schob den anderen Träger herunter und dann das Oberteil ihres Kleides bis zu ihrer Taille. „Kein BH", murmelte er mit einem leichten Stocken in der Stimme.

„Eingearbeitet in das Kleid."

„Ein modernes Wunder."

„Weiter herunter geht es nur, wenn du den Reißverschluss öffnest."

„Dazu komme ich noch."

Dann war sein Mund auf ihrer Brust. Seine Hände lagen am unteren Ende ihres Brustkorbs und hielten sie fest. Hitze durchströmte sie, ihre Lust wurde beinahe unerträglich. Seine Lippen wanderten zu ihrer anderen Brust, während er sie zwischen seinen Knien einschloss.

Ihre Finger bewegten sich von seinen Schultern zu seinem Kragen. Das wenige, was sie von seiner Haut spüren konnte, strahlte Hitze ab. Sie tastete nach dem ersten Knopf. „Ich will, dass du dein Hemd ausziehst. Am besten schon gestern. Vorzugsweise noch schneller."

Sie spürte sein schalkhaftes Lachen an ihrer Brust ebenso stark, wie sie es hörte. Es vergingen einige Sekunden, bevor er sie losließ, um sich aus seiner Kleidung zu befreien. Sie beobachtete ihn, ihr Atem ging flach, bis er den Punkt erreichte, an dem er die Manschetten von seinen Handgelenken lösen musste. Da das aus ihrer Position heraus einfacher ging, erledigte sie diese Aufgabe schnell und ließ das Hemd zu Boden sinken.

Selbst im Dunkeln sah er umwerfend aus. Als sie nach ihm griff, fand er den Reißverschluss hinten an ihrer Taille und öffnete ihn so weit, bis das Kleid locker genug saß, um an ihr bis zu den Füßen herunterzugleiten.

Bevor sie einen weiteren Atemzug tun konnte, zog er sie auf sich, sodass sie endlich Hautkontakt hatten. „Ich begehrte dich von dem Moment an, als wir uns trafen", flüsterte er zwischen zwei Küssen. „Ich bin froh, dass es bis heute Abend gedauert hat."

Die Gefühle in seiner Stimme sagten ihr, was er damit meinte. Er wollte sie in seinem Bett haben, aber es sollte etwas Besonderes und bedeutsam sein. Ihre Küsse und Liebkosungen wurden leidenschaftlicher, hungriger. Ihre Hüften bewegten sich an seinem Körper. Er stöhnte und drehte sie herum, sodass sein Gewicht sie auf dem Bett festhielt.

„Du fühlst dich fantastisch an", wisperte sie.

„Warte nur." Er arbeitete sich voran, küsste ihren Bauch und wanderte tiefer. Er befreite sie von ihrem Slip, dann küsste er sie erneut, sein Arm schlang sich um ihren Oberschenkel. Sie wäre fast vom Bett gefallen, als sie seine Zunge spürte, dann seine Zähne und wieder seine Zunge.

„Marco."

Er lächelte an ihrer Haut. „Sag das nochmal."

Das tat sie. Augenblicke später schob er sich nach oben, bis seine Stirn nur noch einen Hauch von ihrer entfernt war. Er hatte sich inzwischen seiner Hose entledigt und sie hatte es nicht einmal bemerkt, so sehr war sie in ihrem Verlangen versunken. Zu spüren, wie er nackt auf ihr lag, fühlte sich gut an. Sie konnte es kaum erwarten, dass er seine Hüften bewegte, ihn in sich zu haben, aber ihr Verantwortungsgefühl durchdrang den Nebel der Lust. „Ich nehme die Pille, also ist eine Schwangerschaft kein Thema, aber –"

„Ich habe etwas da", sagte er und streckte die Hand nach seinem Nachttisch aus. Sekunden später strich er ihr das Haar aus dem Gesicht. Durch einen Spalt zwischen den Vorhängen fiel ein Lichtstrahl und sie konnte endlich seine Miene erkennen. Reines Staunen. Amanda dachte, ihr Herz könnte zerspringen. Dieser Mann war der Richtige für sie. Es gab keine andere Möglichkeit, es zu beschreiben.

Sie hob ihren Kopf, um ihm einen sanften, langen Kuss zu geben, von dem sie hoffte, dass er dieses allumfassende Gefühl ausdrückte.

Ein leises, zufriedenes Brummen drang aus Marcos Kehle und seine Hand glitt zwischen ihre Körper. Einen Herzschlag später war er in ihr. Sie erschauerte bei diesem Gefühl. Ein überwältigendes Urbedürfnis erfasste sie beide und ihr sanfter Kuss wurde leidenschaftlich. Er bewegte sich in ihr vor und zurück. Instinktiv passte sie sich dem Rhythmus an. Es ergab sich alles ganz natürlich, nichts wurde in Frage gestellt. Sie passten zusammen. Später, als ihre Anspannung sich in einem Orgasmus entlud, fing er ihr Stöhnen in einem Kuss ein, der sie schwindelig machte. Augenblicke später erbebte sein Körper heftig und seine Faust bohrte sich in das Kissen neben ihrem Kopf. Er atmete kräftig aus und ächzte dabei ihren Namen, bevor er langsam auf ihr zusammensackte.

Sein Herz pochte an ihrem. Sie hielt ihn in der Stille fest, die sie umgab, während ihre Haut abkühlte. Vorsichtig legte er sich neben sie und kümmerte sich schnell um das Kondom, bevor er sie in eine Umarmung zog.

Umschlossen von seinen Armen, an seiner Brust, seinen Atem in ihrem Haar ... noch nie war ihre Seele so friedvoll gewesen und zugleich so voller Feuer und Euphorie. Sie konnte seinen Geruch einatmen und lange darin schwelgen, seinen Körper zu fühlen.

Er spürte es ebenfalls. Er brauchte die Worte nicht auszusprechen, sie wusste es auch so.

Sie war nicht sicher, wie lange sie aneinandergekuschelt dalagen, als er flüsterte: „Bleib."

Sie schmiegte ihren Rücken an seine Brust. Mehr als alles andere wollte sie bleiben.

Auch wenn sie wusste, dass es nicht sein durfte.

KAPITEL 11

MARCO DRÜCKTE seine Lippen auf ihre Schulter. Amanda schmeckte himmlisch. Er sagte es noch einmal: „Bleib."

Ihre Fingerspitzen glitten an der Innenseite seines Arms entlang und kitzelten seine Haut. „Wenn ich das tue, werden es alle erfahren."

Er lächelte, ohne seinen Mund von der Stelle zu lösen, die er geküsst hatte. „Ich bin mir nicht sicher, ob das eine Rolle für mich spielt. Dies ist alles wert."

Ihr Lachen ließ ihren Rücken leicht erbeben. Einen Augenblick später fühlte er, dass sich etwas verändert hatte.

„Deine Gedanken rasen", flüsterte er. „Irgendetwas beunruhigt dich auf einmal. Was ist los?"

„Bin ich so leicht durchschaubar?"

„Nein. Aber wir sind offenbar dabei, uns besser kennenzulernen, also –"

Er grinste, als sie ihm einen halbherzigen Klaps aufs Bein gab. Trotzdem wollte er unbedingt wissen, was die Ursache für diese Veränderung war. Betont locker fragte er: „Was hast du, Amanda?"

„Nun, Marco –" Sie verwendete seinen Namen bewusst

ohne den dazugehörigen Titel und strich weiter mit den Fingern über seinen Arm. Bevor sie fortfuhr, fragte er sich, ob er angesichts der emotionalen und physischen Intensität dessen, was zwischen ihnen passierte, bekunden sollte, dass er ihr verfallen war. Mehr als zu jedem anderen Zeitpunkt in seinem Leben war er bereit, ein solches Bekenntnis abzulegen.

„Ja?"

„Als wir in der Bibliothek waren, kurz bevor wir nach oben gingen, hast du gesagt: ‚Manche Frauen sind das Risiko wert.'"

„Ich meinte, du bist das Risiko wert."

Sie kuschelte sich an ihn, ließ sich aber nicht beirren. „Von welchem Risiko hast du gesprochen? Ich hatte nicht den Eindruck, dass du befürchtest, dein Vater könnte mich ablehnen. Es schien mir eine Angst zu sein, die aus dir selbst kommt. Was hat dir Angst gemacht, mehr zwischen uns geschehen zu lassen? Oder zwischen dir und einer anderen Frau? Denn das ist es, was ich aus deiner Aussage herausgehört habe. Dass du eine Beziehung als ein großes persönliches Risiko ansiehst. Als du gerade sagtest, dies wäre alles wert ... nun, das hat mich daran erinnert, was du in der Bibliothek geäußert hast."

Sie haschte also nicht nach den magischen drei Worten, und das führte dazu, dass er umso mehr spürte, was sie bedeuteten. Trotzdem würde er jederzeit lieber über seine Gefühle für sie sprechen als über den Tod seiner Mutter.

„Es ist nichts Wichtiges", sagte er, aber fand selbst, dass es nicht überzeugend klang.

Sie rollte sich auf die Seite und stützte sich auf den Ellbogen, sodass sie ihn ansehen konnte. Sie atmete tief ein, legte dann einen Arm unter ihren Kopf und den anderen auf seine Brust. „Erzähl es mir trotzdem."

Er hätte es wissen müssen! Amanda würde nicht zulassen, dass er dem Thema auswich. „Es hört sich unglaublich lächerlich an ..."

„Das kümmert mich nicht."

„Also gut." Er rollte mit den Augen. Irgendwann würde er es ihr sowieso erzählen müssen. „Wenn du das gefühlsduselige Psychogeschwätz wirklich hören willst: Seit dem Tod meiner Mutter habe ich mich davor gehütet, jemandem zu nahe zu kommen. Tief in mir drin hatte ich Angst, dass diese Person ebenfalls sterben könnte. Ich weiß, das ist nicht logisch. Ich vermute, es ist eine Furcht, die sich in den Tagen rund um ihre Beerdigung tief in mein Bewusstsein gebrannt hat. Eine Art evolutionärer Schutz."

Sie schwieg und ließ ihn seine verworrenen Gefühle überdenken, bis er sie erklären konnte. Schließlich setzte er hinzu: „Ich glaube, als mein Vater eine arrangierte Ehe vorschlug, habe ich aus mehreren Gründen keine Einwände erhoben. Erstens wusste ich, dass ich einen Zeitpuffer hatte. Er war damals viel mehr mit Antony beschäftigt. Zweitens wünschte ich mir zwar nicht ausdrücklich eine arrangierte Ehe, doch ich wusste, wenn ich eine führen würde, könnte ich nie so sehr verletzt werden wie mein Vater, als meine Mutter starb."

Er lächelte gequält, dann zwang er sich, ihren Blick zu erwidern. „Ich habe dir ja gesagt, es ist lächerlich. Nichts davon war ein bewusster Gedanke, nicht wirklich. Nur ein Versprechen, das ich mir selbst gegeben habe, dass ich nicht so enden würde wie mein Vater. Er war nach ihrem Tod lange Zeit nicht mehr er selbst."

„Das ist überhaupt nicht lächerlich."

„Wie dem auch sei, hast du mir nicht gesagt, dass ich meine Ängste überwinden kann, wenn ich mich ihnen voll und ganz stelle? Das hat beim Dinner heute Abend funktioniert und ich habe erkannt, dass es auch in diesem Fall funktioniert." Er umfasste ihre Taille und drückte sie noch einmal an sich, dann legte er ihren Schenkel auf seine Hüfte und strich über die seidige Haut ihres Beins als eine Verheißung dessen, was noch kommen würde. „Außerdem wirkst du nicht so, als wärst du in unmittelbarer Todesgefahr. Ich weiß sogar, dass du sehr lebendig bist. Ich möchte herausfinden, was die Zukunft für uns bereithält."

Amanda wich wieder vor ihm zurück und im schwachen Licht sah er, dass sie blinzelte, als würde sie sich bemühen, ihre Gefühle unter Kontrolle zu bringen.

„Amanda?" Was hatte er gesagt? Ein mulmiges Gefühl machte sich in seinem Magen breit und sein Herz schlug heftig. „Du bist doch nicht krank, oder? Nach dem, was ich gerade gesagt habe –"

Sie schüttelte den Kopf. „Das ist es nicht."

Eine Welle der Erleichterung durchflutete ihn. „Gott sei Dank. Was ist es dann?"

Amanda schien noch abgeneigter zu sein, ihm zu antworten, als er, über seine Mutter zu sprechen.

„So schlimm kann es nicht sein, Amanda. Sag es einfach."

Ihre Finger krallten sich in das Laken. „Meine Mutter und meine Tante –"

Irgendwo hinter ihm vibrierte sein Telefon auf dem Fußboden. Er hatte es nicht aus der Tasche genommen, bevor er die Hose weggeschleudert hatte.

„Musst du drangehen?"

„Nein."

Sie legte den Kopf schief. Vor dem Bootsrennen und vor dem heutigen Dinner hatte sie ihn daran erinnert, sein Telefon auszuschalten. Er hatte ihr erklärt, dass es bloß vibrieren würde, wenn unmittelbare Familienmitglieder oder die Sicherheitschefin am Apparat waren, und dass diese nur bei wichtigen Angelegenheiten anrufen würden, da sie seinen Terminplan kannten. Für alle anderen Anrufe war sein Telefon auf lautlos gestellt.

Als das Handy verstummte, fragte er: „Was ist mit deiner Mutter und deiner Tante? Ich weiß, dass sie beide Krebs hatten. Ist da noch etwas anderes?"

Das Telefon vibrierte erneut. Marco fluchte leise. Warum ausgerechnet jetzt? „Was ist mit ihnen?", drang er in sie.

„Jetzt ist nicht der richtige Zeitpunkt. Du musst diesen Anruf annehmen."

„*Was ist los?*", hakte Marco nach. Er konnte an ihrer Stimme hören, dass sie sich bemühte, ihre Gefühle zu beherrschen, was ihr nicht gelang. „Ich rühre das Telefon nicht an, bis du es mir sagst. Was immer dir durch den Kopf geht, es ist wichtig."

„Gut", erwiderte Amanda. „Du willst wissen, was los ist? Ich bin sicher, du weißt besser als jeder andere, dass bestimmte Krebsarten in Familien gehäuft vorkommen können. Ich habe letztes Jahr einen Gentest machen lassen. Es stellte sich heraus, dass ich dieselbe Genveränderung habe, die die Krankheit begünstigt, wie meine Mutter und meine Tante. Tatsächlich sind sogar mehrere meiner Gene mutiert. Die Wahrscheinlichkeit, dass ich an Brust- oder Eierstockkrebs erkranke, ist noch höher als bei den beiden."

Sein Herz zog sich zusammen und seine Furcht musste sich in seinem Gesicht widerspiegeln, denn sie fuhr unbeirrt fort: „Deshalb kannst du nie und nimmer eine Zukunft mit mir haben, Marco. Vielleicht *gibt* es nicht mal eine Zukunft für mich. Ich habe weitere Beratungstermine und ich muss eine Menge Entscheidungen treffen. Viele dieser Entscheidungen könnten bedeuten, dass ich nie Kinder haben werde. Und selbst wenn ich die aggressivsten Präventivmaßnahmen ergreife, die möglich sind, könnte ich am Ende die Krankheit trotzdem bekommen. Ist das, was du hören wolltest?"

„Amanda ..." Der schreckliche Druck in seiner Brust wurde beinahe unerträglich. Es konnte nicht sein. Nach all dieser Zeit hatte er eine Frau gefunden, die er wirklich *lieben* konnte, eine, die ihn dazu brachte, das Versprechen, das er sich selbst gegeben hatte, zu überdenken, nur um dann herauszufinden ... Sie tat ihm unendlich leid. Er tat sich selbst unendlich leid.

Sein Telefon vibrierte erneut.

„Es ist bestimmt ein Notfall, Marco. Es muss einer sein." Sie atmete aus und stieß ihn leicht an. „Es tut mir leid, dass ich die Selbstbeherrschung verloren habe, aber es ist ... Sieh es mal so: Anscheinend laufen meine Emotionen im Moment auf Hochtouren. Man sollte solche Gespräche nie unmittelbar nach dem Sex führen, weil dabei Dinge gesagt werden, die nicht gesagt werden dürften. In ein paar Minuten habe ich mich wieder beruhigt. Du musst ans Telefon gehen. Das ist wichtiger."

Er fluchte laut, dann rollte er sich herum, um nach dem lästigen Handy zu suchen. „Dieses Gespräch ist noch nicht zu Ende, Amanda", erwiderte er und meldete sich mit einem „Ja?"

„Miroslav sagt, du warst nach dem Dinner mit Amanda Hutton in der Bibliothek." Es war Isabella.

„Ja, ich –"

„Bist du noch da? Ich muss mit dir sprechen."

Er zögerte. Er konnte nicht Nein sagen, denn dann hätte sie darauf bestanden, zu ihm zu kommen. Sie hatte ihn weder begrüßt noch gefragt, wie das Dinner gelaufen war. Irgendetwas Gravierendes musste passiert sein. „Wo bist du?", fragte er. Vielleicht könnte er zu ihr gehen.

„Ich verlasse gerade meine Räume. Bleib, wo du bist."

Sie legte auf, ohne sich zu verabschieden. Da fiel ihm ein, dass Isabella eigentlich in Venedig sein sollte. Er fluchte laut.

„Was ist passiert?"

„Isabella ist auf dem Weg in die Bibliothek. Sie will mich sehen."

Amanda keuchte. „Meine Schuhe sind noch unten. Und meine Handtasche."

Er hob ihr Kleid vom Boden auf, schüttelte es kurz, um zu sehen, ob die richtige Seite nach außen zeigte, und hielt es ihr dann an den Trägern hin. „Hier. Wir gehen denselben Weg, den wir gekommen sind."

Sie schwang ihre Beine aus dem Bett, zog das Kleid an und drehte sich dann um, damit er den Reißverschluss am Rücken schließen konnte. Während er nach seinen Sachen griff und sich ankleidete, fand sie ihren Slip und schlüpfte hinein. „Wird sie uns nicht auf dem Flur sehen?"

„Beeil dich. Wir lauschen an der Tür und warten, bis sie fort ist, dann rennen wir los. Wir sollten eher unten sein als Isabella. Sie wird ein Weilchen länger brauchen."

Keine zwei Minuten später öffnete Marco die verborgene Tür und schob Amanda in die Bibliothek. Während sie ihre Schuhe suchte, schaltete er das Licht im geheimen Treppenhaus aus und vergewisserte sich, dass die Tür geschlossen war.

„Hier", sagte er, als er sich Amanda näherte. „Sieh mich an."

Nachdem sie ihre Füße in die High Heels geschoben hatte, strich er ihr das Haar glatt und beäugte dann ihr Kleid, um sicherzugehen, dass nichts verrutscht war.

„Sie wird etwas merken ..."

„Du siehst normal aus", versicherte er ihr. „Und ich?"

Er steckte sein Hemd in den Hosenbund, während sie ihn begutachtete. „Du siehst wahrscheinlich zu gut aus."

Jemand rüttelte an der Tür zur Bibliothek. Er hatte vergessen, dass er sie abgeschlossen hatte.

„Hoppla", murmelte Amanda und blickte dorthin.

Er gestikulierte in Richtung des Schreibtischsessels und flüsterte: „Setz dich."

„Tut mir leid", rief er, dann eilte er durch den Raum und drehte den Schlüssel um. Dabei versuchte er verzweifelt, sich eine gute Erklärung einfallen zu lassen. Als er die Tür schwungvoll öffnete, starrte er in gerötete Augen.

Er wusste sofort, dass Isabella keine Erklärung brauchte. Sie scherte sich nicht um die Tür oder warum sie verschlossen gewesen war.

„*Mi scusi.*" Ihr Gesicht wurde noch blasser, während sie von ihm zu Amanda und wieder zu ihm blickte. „Ich störe nur ungern, aber du musst zu Federico. Antony ist nicht da und ich ... ich ..."

Marco betrachtete sie aufmerksam. Isabellas normalerweise tadellose Frisur war in Unordnung, sodass lose Strähnen von ihrem Dutt auf Nacken und Schultern fielen. Ihre Kostümjacke war vorne zerknittert, als hätte sie zusammengesunken auf einem Stuhl gesessen oder etwas fest an sich gedrückt. So oder so, ihr Aussehen war völlig untypisch für sie.

Er umfasste ihren Arm oberhalb des Ellbogens und zog sie in die Bibliothek. „Was ist passiert? Warum bist du nicht in Venedig? Ich dachte, du kämst frühestens morgen nach Hause."

Isabella warf einen Blick auf Amanda, dann sah sie Marco wieder an. „Du hast es wohl noch nicht erfahren."

„Was erfahren?"

Seine Schwester schluckte so heftig, dass er es hören konnte. „Vater hat mich heute Abend angerufen und mir gesagt, ich soll sofort mit dem Hubschrauber nach Hause kommen. Es geht um Federico. Er will mit niemandem reden."

Marco holte tief Luft und zwang sich, die Geschichte nicht aus Isabella herauszuschütteln. Dass Federico seine Ruhe haben wollte, war doch kein Grund, Isabella aus Venedig nach Hause zu schleifen oder sie mitten in der Nacht durch den Palast rennen zu lassen, um ihn zu finden. „Isabella, *was ist passiert?*"

„Es ist wegen Lucrezia." Isabella schniefte und es war das erste Mal seit ihrer Kindheit, dass er einen solchen Laut von ihr hörte. „Vor ein paar Stunden, als du das Dinner ausgerichtet hast und Vater bei der Einweihungsfeier des neuen Krankenhausflügels war, ist sie gestorben."

Isabella brachte das letzte Wort nur erstickt heraus und vergrub ihr Gesicht in den Händen.

Gestorben?

Er hatte wohl nicht richtig gehört. Lucrezia war Anfang dreißig, nur ein paar Jahre älter als er. Abgesehen von Kopfschmerzen, die sie in der letzten Zeit immer wieder geplagt hatten – was verständlich war, wenn man bedachte, dass sie zwei lebhafte Söhne im Kleinkindalter großzog –, war sie kerngesund. Sie ernährte sich ausgewogen, machte gelegentlich Urlaub mit Federico, um ihren Stresspegel zu senken, und stammte aus einer fitnessbegeisterten Familie.

Erst gestern hatte er sich mit ihr auf der Treppe unterhalten und da schien alles in schönster Ordnung zu sein.

„Lucrezia ist tot?" Er war wie gelähmt, sein Verstand konnte Isabellas Worte nicht vollständig erfassen.

Isabella nickte, stieß einen langen Atemzug aus und hob den Kopf, um ihn wieder anzusehen. Sie kämpfte darum, ihre Fassung zu bewahren. „Vater ging von einem Flügel des Royal Memorial Hospitals zu einem anderen, als er hörte, dass sie eingeliefert worden war. Er und Federico sind gerade in den Palast zurückgekehrt. Ich habe nicht viele Einzelheiten erfahren. Vater sagte, Federico weigere sich, darüber zu sprechen, und sei direkt in seine Wohnräume gegangen."

„Ich bleibe bei deiner Schwester", hörte er Amandas leise, beruhigende Stimme hinter sich. Er hatte sie nicht einmal näher kommen hören. Sie legte ihm eine Hand auf den Rücken und führte ihn sanft zur Tür. „Tu, was du kannst, für deinen Bruder."

Er blinzelte, dann ging er. *Kümmere dich zuerst um den Notfall. Denk später darüber nach.*

Marco nahm zwei Stufen auf einmal, als er die Marmortreppe hinauflief, die zu Federicos Wohnbereich führte. Dann eilte er den langen Flur hinunter, vorbei an dem überraschten Wachmann. Von allen Familienmitgliedern war Federico derjenige mit den frühesten Schlafenszeiten. Seine Söhne, Arturo und Paolo, wurden morgens früh wach und gingen abends früh ins Bett, sodass Federico und Lucrezia ihren Zeitplan nach ihnen ausrichteten. Um diese Zeit sah man nur selten einen Gast, selbst ein Familienmitglied, das sich diesem Flügel näherte.

Aber Isabella hatte recht. Federico sollte jetzt nicht allein sein. Die diTalora-Kinder hatten sich in der Not nie an ihre Geschwister gewandt, vor allem nicht Federico. Der bewältigte seine Schwierigkeiten lieber allein im stillen Kämmerlein. Aber Marco würde keinesfalls zulassen, dass sein älterer Bruder ihn jetzt abwies.

„Federico?" Marco klopfte an die Eingangstür des Wohnbereichs. Als es still blieb, rief er lauter: *„Federico!"*

Es dauerte eine ganze Minute, bis er so etwas wie Schritte hörte. Es öffnete jedoch niemand, daher hämmerte er erneut an die schwere Tür.

„Ich gehe jetzt schlafen, Marco. Der Wachmann sollte dir sagen, dass ich zu Bett gegangen bin." Ein dumpfer, angestrengter Unterton schwang in Federicos normalerweise so förmlich klingender Stimme mit. „Ich spreche morgen mit dir."

Sturer Kerl! Marco versuchte, die Klinke herunterzudrücken, und fand die Tür verschlossen. Natürlich war sie das.

„Marco, bitte ..."

„Wenn du diese Tür nicht in einer Minute geöffnet hasst, zwinge ich Chiara oder Miroslav, mir den Code zu geben. Du weißt, dass ich das tun werde."

Marco hielt den Atem an und versuchte, etwas durch das dicke Holz zu hören. Endlich wurde die Tür einen Spaltbreit geöffnet. Die Augen seines älteren Bruders waren gerötet, seine Stirn gefurcht von Kummerfalten. Er trug eine anthrazitfarbene Nadelstreifenhose, die Marco als Teil seines maßgeschneiderten Anzugs erkannte, zusammen mit einem hellgrauen Oberhemd. Kein Jackett. Seine Schuhe hatte er noch an. Wortlos winkte er Marco herein.

Als die Tür geschlossen war, sagte Marco leise: „Es ist also wahr."

„Ich ... ich habe Arturo und Paolo für den Abend zu Vater gebracht. Er beschäftigt sie, bis ich einen Weg gefunden habe, was ich ... wie ich es ihnen sagen soll ..."

Marco zog Federico an sich und merkte, dass er seinen älteren Bruder, der stets so viel Selbstbeherrschung an den Tag legte, fast stützen musste, damit er nicht umfiel.

„Ich weiß nicht, was ich sagen soll. Ich bin geschockt. Es tut mir so leid, Federico."

„Mir geht es genauso", antwortete Federico an seiner Schulter, während er versuchte, sich aufzurichten und die Kontrolle über seine Gefühle zurückzugewinnen. Er deutete auf seine Hose. „Ich hatte gehofft, wenigstens kurz zum Dinner zu kommen, aber zum Glück bin ich hiergeblieben. Lucrezia hätte es nicht ins Krankenhaus geschafft. Sie wäre allein gewesen."

Marco führte seinen Bruder ins Wohnzimmer und zu einem Sessel. Sobald Federico Platz genommen hatte, ging er in die kleine Küche, fand ein Fläschchen Aspirin und füllte ein Glas mit Wasser. Er setzte sich auf den Sessel neben Federicos, drückte ihm zwei Aspirin in die Hand und stellte das Wasser auf den Beistelltisch. Dann wartete er, während Federico die Tabletten nahm. Die Tatsache, dass sein Bruder nicht protestierte, sprach Bände über dessen Gemütszustand. Normalerweise hätte er sowohl das Aspirin als auch das Wasser höflich abgelehnt.

„Hing es mit ihren Kopfschmerzen zusammen?"

„Sie hatte ein Aneurysma im Gehirn." Federico verstummte und Marco widerstand dem Drang, die Stille zu füllen. Die Tatsache, dass Federico ihm hier gegenübersaß, bedeutete, dass er irgendwann reden würde. Als er es schließlich tat, war es, als würde er die Ereignisse vor seinem geistigen Auge sehen und beschreiben.

„Wir haben es erst gemerkt, als es schon zu spät war. Lucrezia hat heute Morgen erwähnt, dass sie wieder Migräne hatte – eine üble Migräne –, weshalb ich beschloss, nicht Gastgeber des Dinners zu sein. Aber dann, heute Nachmittag, sagte sie, es wäre schlimmer als sonst und würde sich anders anfühlen. Ich konnte ihr ansehen, wie schlecht es ihr ging, und wollte ihren Arzt anrufen. Während ich die Nummer raussuchte, wurde ihr plötzlich übel und sie begann, zu erbrechen. Ich habe sie direkt ins Krankenhaus gebracht und vorher angerufen, damit der Arzt direkt zur Notaufnahme kam." Federico machte eine Pause, um sich zu fassen, und sagte dann: „Wenige Minuten nach unserer Ankunft hat sie mehrere Krampfanfälle hintereinander bekommen."

Seine Augen füllten sich mit Tränen, aber er wischte sie rasch mit Zeigefinger und Daumen weg und schüttelte den Kopf, als könnte er nicht fassen, was passiert war. „Sie haben einen Scan gemacht und wollten sie gerade für eine Notoperation vorbereiten, als sie verstarb. Es gab nichts, was wir hätten tun können, sagte der Chefarzt der Notaufnahme. Es ging alles so schnell. Hätte ich es nicht selbst gesehen, hätte ich es nicht geglaubt." Sein schmerzvoller Blick traf Marcos. „Sie war so voller Leben, Marco. So jung. Sogar jünger als unsere Mutter."

Marco streckte die Hand aus, um die Schulter seines Bruders zu drücken. „Denk nicht daran, was im Krankenhaus passiert ist, oder an unsere Mutter. Du fühlst dich dann nur noch schlechter. Denk an die Liebe zwischen dir und Lucrezia."

„Aber ich muss an unsere Mutter denken und daran, wie es Vater nach ihrem Tod ging. Und was Lucrezia betrifft, ich kann nicht ..." Federico presste seine Faust gegen die Stirn. Marco ließ seinen Bruder einen Moment in Ruhe, während er versuchte, seine eigenen Erinnerungen an ihre Mutter aus seinem Kopf zu vertreiben. Gegen seinen Willen kamen ihm die Bilder dieser schrecklichen letzten Stunden in den Sinn: In der Nacht hatte ihn ihre langjährige Assistentin aus dem Bett geholt und ihn in den Wohnbereich seiner Eltern geschickt. Er schob sich zögerlich ins Schlafzimmer und sah den König stoisch neben dem Bett sitzen, mit einem Glas Whiskey in der Hand, und hörte, wie er vor sich hinmurmelte, dass er den einzigen Menschen verlieren würde, der ihm etwas bedeutete. Er sah seine Mutter, sie war ohne Bewusstsein und bekam nichts mehr mit, ihre Wangen waren hohl, ihre Haut wirkte grau und sie atmete so flach, dass sich ihre Brust kaum bewegte. Er erinnerte sich auch daran, wie verloren er sich in den Tagen nach dieser schrecklichen Nacht gefühlt hatte.

Marco erschauderte. Er wandte sich wieder seinem trauernden Bruder zu und hakte nach: „Was wolltest du sagen, Federico? Du kannst was nicht?"

„Ich –" Federico stieß ein dumpfes Lachen aus, dann ließ er seine Hand sinken. „Zum ersten Mal in meinem Leben habe ich nicht die richtigen Worte für den Anlass." Er atmete aus, sein Körper sank im Sessel in sich zusammen wie ein Ballon, aus dem die Luft entwich. „Ich nehme an, ich sollte es einfach ganz unumwunden sagen."

Der ältere Prinz mit den sonst so geschliffenen Umgangsformen schaute sich im Raum um, als würde er erwarten, dass jemand mithören könnte, und wandte sich dann wieder Marco zu. „Ich habe Lucrezia nicht geliebt. Das habe ich nie zugegeben, nicht einmal mir selbst gegenüber, bis heute. Aber es ist wahr. Ich habe sie nicht geliebt."

„Natürlich hast du sie geliebt", widersprach Marco, obwohl er wusste, dass Federicos Worte der Wahrheit entsprachen und er es immer geahnt hatte. Doch jetzt war nicht der richtige Zeitpunkt für Federico, sich damit zu beschäftigen. „Du kannst nicht –"

„Nein, Marco." Federicos Gesichtsausdruck ließ keinen Zweifel an seiner Aufrichtigkeit. „Lucrezia und ich waren im Wesentlichen Geschäftspartner. Und Freunde natürlich. Gute Freunde. Aber ich habe sie nicht so geliebt, wie ein Mann seine Frau lieben sollte."

Marco schüttelte den Kopf. Trotz seines kühlen, beherrschten Auftretens hatte Federico ein riesengroßes Herz. Lucrezia hingegen schien immer durch und durch kalt. Die Ehe war im Grunde genommen arrangiert worden – es gab eine Reihe von Treffen, die seine Eltern und Lucrezias Familie verabredet hatten, nachdem sie die Eignung des Paares erörtert hatten – und Federico hatte gerne mitgespielt. Marco erinnerte sich noch genau, wie sein Bruder den Eltern bei einem Familienabendessen gesagt hatte, dass er Lucrezia einen Antrag gemacht hatte und dass es „eine gute Verbindung für das Land" wäre. Offenbar war es für Federico weniger gut gewesen.

„Warum sagst du das jetzt?", fragte Marco. „Und warum zu mir?"

„In erster Linie aus einem Schuldgefühl heraus." Federico rieb sich die Schläfen, als ob er glaubte, die Ereignisse der Nacht so ausradieren zu können. „Und ich erzähle es dir, Marco, weil ich mir kein schlimmeres Gefühl vorstellen kann als das, was ich jetzt empfinde. Es ist schlimmer als die Trauer um eine Frau und eine Geliebte. Für den Rest meines Lebens werde ich das Wissen mit mir herumtragen, dass ich sie betrogen habe."

„Was? Wie?"

„Ich habe sie darum betrogen, ihr Leben, so kurz es auch war, mit jemandem zu verbringen, der sie wirklich liebt. Sie hatte etwas Besseres verdient. Und das kann ich nicht ungeschehen machen."

Wie konnte Federico nur so etwas denken? Wenn überhaupt, war er derjenige, der betrogen worden war. „Nein, Federico. Du hast eine Rolle ausgefüllt, in die du hineingeboren wurdest. Es war deine Pflicht und Lucrezia wusste das. Selbst wenn du sie nicht geliebt hättest – vielleicht hast du sie geliebt, vielleicht auch nicht –, wart ihr Partner. Ehen sind schon mit weit weniger gelungen als dem, was euch verbunden hat. Außerdem war Lucrezia eine erwachsene Frau, als ihr euch begegnet seid. Zum Heiraten gehören immer zwei."

Marco deutete auf ein gerahmtes Bild des Paares, das auf dem Sims über dem Kamin stand. Es war am Tag von Federicos und Lucrezias Verlobung aufgenommen worden und in fast allen Zeitungen der Welt erschienen. „Sie ging die Ehe genauso bereitwillig ein wie du und sie kannte alle Vor- und Nachteile. Sie war glücklich, zur königlichen Familie zu gehören und dass du ein Teil der ihren warst. Sie liebte Arturo und Paolo. Ich bezweifle, dass sie selbst rückblickend eine andere Entscheidung getroffen hätte. Glaube nur ja nicht, dass du sie betrogen hast!"

Federico warf einen Blick auf das Verlobungsfoto und seufzte. „Vielleicht hast du recht. Es gibt immer Menschen, die ein solches Leben führen wollen. Doch das rechtfertigt es nicht."

Marco blickte auf den Siegelring, den Federico immer trug. Er hatte ihn von König Eduardo zu seinem achtzehnten Geburtstag geschenkt bekommen. Federico hatte seine Pflichten als Mitglied der königlichen Familie immer erfüllt und er war stolz darauf gewesen. Es entsprach seiner Natur. Was konnte daran falsch sein? Von Geburt an war den diTalora-Kindern beigebracht worden, dass ihre Pflichten gegenüber ihren Untertanen wichtiger waren als alle persönlichen Wünsche, die sie haben mochten. Ihr Leben gehörte denen, über die sie herrschten; sie konnten nur begrenzt über ihr eigenes Leben verfügen. Federico hatte diese Lektion beherzigt, stets einen förmlichen Ton gewahrt, eine Frau aus einer angesehenen und tief in San Rimini verwurzelten Familie geheiratet, Erben gezeugt, an Staatsempfängen teilgenommen … und all das, ohne einen einzigen Gedanken an seine persönlichen Bedürfnisse zu verschwenden.

Gerade Federico sollte sich nicht die Schuld für die Entscheidungen geben, die er im Leben getroffen hatte. Und nicht ausgerechnet an diesem Abend. Es gab viele Tage, an denen Marco das Gefühl hatte, sein eigenes Leben wäre einfacher, wenn er wie Federico der vorgezeichneten Linie folgen könnte.

„Ich weiß, es ist vielleicht schwer zu glauben", sagte Marco schließlich, „und vielleicht ist es kaltherzig von mir, das jetzt zu äußern, aber du hast das getan, was zu jenem Zeitpunkt das Richtige für dich war. Letzten Endes wirst du das erkennen. Du wirst erkennen, es war besser für dich, dass du sie nicht geliebt hast, sondern dass ihr Freunde, Partner und Eltern wart. Du wirst ihren Tod leichter verkraften und deinen Kindern besser helfen können, damit umzugehen, als unser Vater es konnte."

In Federicos Augen flammte Zorn auf. „Und das, Marco, ist genau der Grund, warum ich dir das alles beichte. Ausgerechnet dir."

Unwillkürlich wich Marco zurück. „Das verstehe ich nicht."

Federico fixierte ihn mit stählernem Blick. „Weil du immer so sicher warst, dass du Schmerz vermeiden kannst, indem du die Liebe meidest. Aber das ist nicht wahr. Es wird nie so sein. Schmerz gehört zum Leben dazu. Nicht zu lieben, macht es schlimmer." Federico schüttelte den Kopf, dann schlug er mit der Hand auf die Armlehne des Sessels und stand auf. Mit kerzengeradem Rücken ging er zum anderen Ende des Raumes. Er strich sich mit der Hand über das Kinn und drehte sich wieder zu Marco um.

„Denkst du, ich würde nicht leiden? Ich leide schrecklich. Selbst wenn ich besser in der Lage sein sollte, meinen Kindern durch diesen Verlust zu helfen, als Vater es war – und ich bin nicht davon überzeugt, dass ich das bin –, wird es nicht leicht sein. Sie haben ihre Mutter genauso geliebt, wie wir unsere geliebt haben."

„Daran zweifle ich nicht. Aber im Innersten bist du stark, Federico. Ich habe das mein ganzes Leben lang gewusst, und deine Kinder wissen es auch. Sie wissen, dass sie sich auf dich verlassen können."

„Aber was passiert an dem Tag, an dem sie meine wahren Gefühle für ihre Mutter erkennen? Ob sie nun sechs oder sechsunddreißig Jahre alt sind, wenn sie es erfahren, werden sie es mir weniger übel nehmen, als du es Vater übel genommen hast, dass er sich in den Tagen nach dem Tod unserer Mutter in sich selbst zurückgezogen hat?" Er stieß ein sarkastisches Lachen aus. „Das glaube ich nicht. Ich glaube sogar, es wird schlimmer sein. Viel schlimmer."

Federico griff nach einem dicken, ledergebundenen Buch,

das auf einem nahen Beistelltisch lag. „Das ist mein Hochzeitsalbum. Es bedeutet mir viel, aber es wäre mir so viel wichtiger, wenn ich Lucrezia wirklich geliebt hätte. Sieh dir diese Bilder an, Marco. Sieh sie dir genau an. Und dann denk an die Fotos, die das Album von Antony und Jennifer füllen werden. Denk daran, was meine Kinder wahrnehmen werden, wenn sie alt genug sind, diese Alben nebeneinander zu betrachten."

„Federico –"

Federico ließ das schwere Album in Marcos Schoß fallen. „Du stehst an einem Scheideweg. Jetzt, wo du zu Hause bist, musst du Entscheidungen treffen. Wohin soll dich dein Leben führen? Welchen Weg wirst du einschlagen, um dieses Ziel zu erreichen? Willst du, wenn du heiratest, ein Album so wie meines haben, um es mit deinen Kindern zu teilen, wenn etwas so Machtvolles wie das, was Antony und Jennifer verbindet, für dich zum Greifen nahe ist?"

Marco wollte etwas erwidern, zögerte jedoch. „Wovon sprichst du? Was ist für mich zum Greifen nah?"

„Amanda Hutton vielleicht?"

Marco strich mit der Hand über Federicos Album. „Nein, so ist das nicht."

Schon während er es leugnete, wusste er, dass es stimmte. Er liebte Amanda. Es war noch nicht einmal ein Monat vergangen, seit sie sich kennengelernt hatten, aber er zweifelte nicht daran. Heute Abend, als er sie beim Dinner am Ende des Tisches sitzen sah, und dann, als er sein Bett mit ihr teilte, hatte er endlich verstanden, was Antony dazu trieb, die Risiken einzugehen, die er auf sich genommen hatte, um Jennifer zu heiraten. Aber Marco war nicht sicher, ob er denselben Mut hatte wie Antony. Aus Flugzeugen zu springen, sich von Klippen abzuseilen, abseits der Pisten Ski zu fahren … die Gefahren, denen Marco sich im Laufe der Jahre freiwillig ausgesetzt hatte, verblassten im Vergleich zu dem Gedanken, Amanda sein Herz zu schenken, vor allem, wenn er bedachte, was sie ihm heute Abend mitgeteilt hatte.

Sie könnte sterben.

„Nein, Federico", widersprach er. „Selbst wenn ich bis über beide Ohren in Amanda Hutton verliebt wäre – was ich keineswegs behaupte –, könnte es niemals funktionieren. Nicht für mich."

Federico lächelte, zum ersten Mal an diesem Abend. „Ich bin in den letzten Wochen mehrmals an der Bibliothek vorbeigekommen. Ich habe bemerkt, wie du sie anschaust, Marco, wenn du glaubst, dass niemand es sieht. Ich habe noch nie beobachtet, dass du einen anderen Menschen auf diese Weise anblickst. Und doch tust du so, als wäre es falsch, derartige Gefühle zu hegen. Warum hast du solche Angst?"

„Wir müssen jetzt nicht über Amanda zu reden. Du hast andere Dinge –"

Federico verschränkte die Arme vor der Brust. „Hast du eine Ahnung, wie viele Leute sie engagieren wollen, Marco? Nachdem Lucrezia gehört hatte, dass Amanda mit dir arbeitet, meinte sie, wir sollten in Erwägung ziehen, sie für Arturo und Paolo einzustellen, sobald sie ihre Aufgabe dir gegenüber erfüllt hat. Ich sandte Vater eine Nachricht und fragte, ob wir das besprechen könnten, aber er antwortete mir, dass mehrere Freunde von Amandas Vater von ihrer Anstellung hier gehört und sich nach ihrer zukünftigen Verfügbarkeit erkundigt hätten. Offenbar hatten sie schon früher erwogen, sie zu verpflichten, aber jetzt, wo der Name diTalora in ihrem Lebenslauf steht, haben sie sich endgültig zu diesem Schritt entschlossen."

Angesichts von Amandas Fähigkeiten war Marco nicht überrascht. Aber er begriff nicht, was Federico ihm damit sagen wollte.

Seine Verwirrung musste sich auf seinem Gesicht abgezeichnet haben, denn Federico verzog genervt den Mund.

„Wenn du glaubst, du hättest alle Zeit der Welt, um zu entscheiden, ob du dich voll und ganz auf Amanda einlassen willst, liegst du falsch. Nutze die Gelegenheit, die sich dir bietet. Und zwar sofort. Wenn du das nicht tust, ist sie weg und du wirst sie nicht zurückholen können. Sie wird es als Gleichgültigkeit auffassen." Federico wies auf das dicke Buch in Marcos Schoß. „Wenn du meinem Weg folgst, wirst du nicht besser dran sein, als ich es an meinem Hochzeitstag war. Oder als ich es jetzt bin."

Marco stand auf und hielt Federicos Album sorgsam fest. „Ich weiß es zu schätzen, Federico, dass du dir Gedanken machst, aber du verstehst nicht –"

„Ich verstehe sehr wohl. Du hast Angst, zu lieben, das hattest du schon immer. Nach dem, was mit Mutter und Vater passiert ist, kann ich es dir nicht verdenken. Aber sieh es mal so: Was hätte Mutter sich für dich gewünscht?"

„Das ist eine unfaire Frage."

„Nicht?" Sein Bruder deutete auf die Tür. „Die nächsten Tage werden turbulent werden. Geh in deine Räume, schlaf ein wenig und denk über das nach, was ich dir gesagt habe. Ich muss gleich mal nach den Kindern sehen."

An Federicos angespanntem Kiefer konnte Marco erkennen, dass sein Bruder keine weitere Diskussion zulassen würde. Er strich mit den Fingern über das edle Leder von Federicos Hochzeitsalbum und hielt es seinem Bruder hin.

Federico winkte ab. „Nimm es mit. Ich werde es abholen, wenn ich es wieder ertragen kann, die Fotos anzusehen. Bis dahin sind sie für dich von größerem Nutzen als für mich." Ein leises, selbstironisches Lachen kam aus seinem Mund „Vielleicht kannst du meine Fehler ein klein wenig wettmachen, indem du sie nicht wiederholst."

Marco bezweifelte, dass er das Album auch nur im Geringsten nützlich finden würde, doch er wollte seinen Bruder in dieser für ihn so schmerzlichen Nacht nicht noch mehr belasten, indem er diesen Punkt bestritt.

„In Ordnung." Er griff kurz nach Federicos Arm. „Ruf mich, wenn du mich brauchst."

„Und ruf du mich, wenn du mich brauchst."

Marco verließ Federicos Räume und schritt durch die leeren Flure bis zum Flügel seines Vaters. Als er an dem Wachmann vorbeiging und sich der Tür näherte, sah er, dass sie geöffnet war. Der Vorraum war dunkel, aber aus dem großen Zimmer dahinter drang Licht. Offenbar hatte sein Vater gehofft, dass Federico kommen würde. Dann hörte Marco Isabellas sanfte Stimme, die Federicos Kindern ein Märchen vorlas. Das Lachen der Jungen erschallte und ließ Marco innehalten.

Heute Abend konnte er nichts für Arturo und Paolo tun. Er warf einen unschlüssigen Blick über seine Schulter und schaute an dem Posten vorbei, der auf dem Korridor Wache hielt, bis der Mann verwirrt den Kopf schieflegte.

„Prinz Marco, *va bene?*"

Er atmete schwer aus. „Nein, nichts ist in Ordnung. Aber wir werden es durchstehen. Wie wir immer alles durchstehen."

Der Wachmann nickte und Marco ging in Richtung seines eigenen Wohnbereichs weiter. Ohne nachzudenken, schlug er einen Umweg ein, denn er musste nachdenken und sich die Beine vertreten. Im Erdgeschoss betrat er einen langen Marmorflur auf der Rückseite des Palastes. Die vielen Fenstertüren, die zum Garten hinausgingen, lockten ihn. Er klemmte das Album fester unter seinen Arm und trat hinaus in die Nacht.

KAPITEL 12

AMANDA WISCHTE DIE EINZELNE, heiße Träne weg, die ihre Wange hinunterrann.

Die ganze Familie diTalora war geschockt und in Trauer um Prinzessin Lucrezia versunken, morgen würde sich das gesamte Land anschließen. Amanda hatte diesen Luxus nicht. Die königliche Familie hatte sie sehr freundlich aufgenommen, aber wenn sie selbst sich dem Kummer über das, was diese erlitten hatte, hingäbe, würde das bedeuten, dass sie nicht tun könnte, was sie tun musste.

Sie riss die oberste Schublade der mit Marmor bedeckten Kommode auf, nahm ihre Kleidung heraus und warf sie auf einen wachsenden Stapel in ihrem Koffer, ohne sich darum zu kümmern, ob die Sachen zerknitterten oder eigentlich auf bestimmte Weise gefaltet werden mussten.

Heul nicht. Nimm die Socken. Heul nicht!

Mit einer Armbewegung räumte sie die Ablagefläche auf der Kommode ab und fegte ihre Haarbürste und ihr Mascara in die bereits überfüllte Kosmetiktasche.

Als sie ihre Schuhe vom Boden des Kleiderschranks fischte, drängten sich ihr Erinnerungen an den vergangenen Abend erneut auf. Marcos schlanke, muskulöse Gestalt, die alle Blicke auf sich zog, als er den Bankettsaal mit der Haltung eines wahren Prinzen betrat. Der Blick, den ihr zuwarf, während er mit Eliza Schipani sprach. In seinen Augen die unbändige Freude über den Erfolg, als er den stattlichen griechischen Minister von einem drohenden Streit ablenkte.

Die leidenschaftlichen und innigen Küsse, die er ihr in der Bibliothek gegeben hatte. Seine Finger auf ihren Brüsten, bevor er mit seiner Zunge über ihre Brustwarzen fuhr. Sein Atem auf ihrer Haut, als er ihren Körper erkundete.

Der verzückte Ausdruck auf seinem Gesicht, bevor er in sie eindrang.

Bei dem bloßen Gedanken daran wurde ihr heiß und bei der Erinnerung, wie er seinen Mund auf ihren presste. Sie hielt inne und schloss die Augen, rief sich ins Gedächtnis, wie er seine Hand zwischen ihre Körper schob und dann erbebte, als er seinen Höhepunkt erreichte. Wie er sie danach an sich drückte, während sie beide den Nachklang dessen genossen, was sie geteilt hatten.

Sie fluchte und schob ihre Schuhe in die Seitentasche des Koffers. So intim der Moment auch gewesen war, er konnte Marcos Fragen nicht aus der Welt schaffen. Sie verstand seinen erschütterten Gesichtsausdruck, als er begriff, was sie ihm verheimlicht hatte, und das blanke Entsetzen, als Isabellas Nachricht bewies, wie zerbrechlich das Leben sein konnte.

Amanda griff nach hinten, um den Reißverschluss ihres Abendkleides zu öffnen, streifte die Träger von ihren Schultern und das Gewicht der Perlen ließ es zu Boden gleiten. Aus Gewohnheit zog sie die Träger durch die entsprechenden Öffnungen des Kleiderbügels, der zusammen mit dem prachtvollen Gewand gekommen war. Aus Frustration stopfte sie es jedoch mit weniger Sorgfalt als sonst in den Schrank.

Nachdem sie sich vergewissert hatte, dass sie nichts vergessen hatte, schlüpfte sie in ihren bequemsten schwarzen

Hosenanzug und schrieb Isabella eine kurze Nachricht, in der sie sich für die geliehenen Kostüme bedankte, die sie in ihren ersten Tagen im Palast getragen hatte, und in der sie ihr Bedauern über Lucrezias Tod erneut zum Ausdruck brachte. Sie heftete den Zettel an eines der Outfits der Prinzessin, die in einer Reihe an einem Ende des Kleiderschranks hingen, und rief dann beim Hausdienst an, um einen Diener zu bitten, die Sachen am Morgen abzuholen und der Prinzessin zurückzubringen.

Isabella würde das schwarze Kostüm vermutlich für die Termine rund um Lucrezias Beerdigung brauchen.

Nachdem Marco die Bibliothek verlassen hatte, fasste sich die Prinzessin bald wieder, zumindest genug, um zu erklären, dass Lucrezia an einem geplatzten Aneurysma gestorben war. Ihr Tod kam völlig unerwartet und die Ärzte hatten Federico gesagt, dass sie sie wahrscheinlich nicht einmal hätten retten können, wenn er früher mit ihr ins Krankenhaus gekommen wäre.

Dann war Isabella aus dem Zimmer geeilt, um die Nacht bei Federicos nun mutterlosen Söhnen zu verbringen.

Amanda sank erschöpft auf das Bett. Allerdings setzte sie sich nur, anstatt sich hinzulegen, da sie fürchtete, einzuschlafen, wenn ihr Kopf das Kissen berührte. Oder noch schlimmer, zu weinen. Sosehr Lucrezias plötzlicher, tragischer Tod sie auch traurig machte, so war es doch Marcos entgeisterter Gesichtsausdruck, als er sie wegen ihrer Gesundheit ausfragte, der ihr heiße Tränen in die Augen trieb.

Die letzten achtundvierzig Stunden waren ein Wechselbad der Gefühle gewesen und sie machte sich Vorwürfe, dass sie sich von alldem überwältigen ließ.

Sie drückte die Handflächen auf ihre Augen und schmierte dabei Wimperntusche auf ihre Hände. Verdammt. Jetzt musste sie ihr Make-up erneuern.

Konzentrier dich. Konzentrier dich. Konzentrier dich.

Sie musste weg von San Rimini.

Sie griff nach dem Reißverschluss ihres Koffers und wollte ihn von hinten nach vorne zuziehen. Sie fluchte, als sich ein Stück Stoff in den Zähnen verfing. Doch anstatt die betreffende Bluse herausziehen, riss sie den Reißverschluss mit einem so heftigen Ruck auf, dass der Stoff zerfetzt wurde.

Sie musste noch heute Nacht den Palast verlassen. Bevor König Eduardo sie aufhalten konnte. Bevor Marco sie aufhalten konnte.

In den Augenblicken vor Isabellas Anruf hatte sich etwas in Marco verändert. An seinen Gefühlen für sie. Bis zu diesem Zeitpunkt konnte man den ganzen Abend mit einem Wort zusammenfassen: magisch. Sie hatten etwas Bedeutungsvolles geteilt, das weit über Sex hinausging.

Dann hatte sie ihm in einem emotionalen Ausbruch ihre Ängste offenbart und ihm das eröffnet, was ihn am meisten verletzen würde. Von seinem Gesicht konnte sie ablesen, dass ihre Worte jede Chance auf eine gemeinsame Zukunft zunichtegemacht hatten.

Verdammt, sie hatte es selbst gesagt. Vielleicht hatte sie keine Zukunft.

Ihre Hände zitterten, als sie nach dem Telefon griff und bei der Reservierung von Air France anrief. Sosehr sie sich ärgerte, dass sie ihm von ihrem gesundheitlichen Risiko erzählt hatte, es war das Richtige gewesen. Wenn sie und Marco eine romantische Beziehung führen wollten, durften keine Geheimnisse zwischen ihnen stehen – und das war ein Geheimnis, mit dem er nicht fertigwerden konnte. Nicht, nachdem er seine Ängste ganz offen mit ihr geteilt hatte.

„Hallo." Sie zwang sich zu einem fröhlichen Ton, als sie zu einem Ansprechpartner durchgestellt wurde. „Ich hätte gerne ein Ticket für den frühestmöglichen Flug von San Rimini nach Washington, D.C. Ich könnte auch von Venedig aus fliegen, sollte es heute nichts ab San Rimini geben. Haben Sie einen Flug heute Vormittag?"

Sie lauschte einen Moment und blinzelte, um ihre Tränen unter Kontrolle zu halten. „Ja, natürlich, ich bleibe dran. Danke, dass Sie nachsehen."

Sie hoffte, dass der Mitarbeiter nicht hören konnte, in welcher Verfassung sie sich befand. Sie hätte viel lieber online gebucht, aber das Reservierungsfenster für die Morgenflüge war geschlossen. Wenn noch ein Platz frei war, wollte sie ihn haben, und das bedeutete, sie musste anrufen.

Während sie wartete, ging sie im Zimmer auf und ab und versuchte, ihre verworrenen Gefühle zu sortieren. Vielleicht konnte Marco mit dem Wissen leben, dass es in ihrer Familie eine starke Vorbelastung für Brustkrebs gab. Seit ihrer Ankunft hatte er an Selbstvertrauen gewonnen. Er hatte seine Rolle in der königlichen Familie akzeptiert und gelernt, dass er auf eigenen Füßen stehen konnte. Ebenso hatte er begonnen, seine Angst vor Intimität zu überwinden. Das hatte er auch in der Bibliothek zum Ausdruck gebracht, als er ihr zuflüsterte, dass sie das Risiko wert sei.

Aber wie würde sich Lucrezias Tod auf ihn auswirken? Würde Federicos Schmerz über den Verlust seiner Frau so früh in ihrer Ehe ihn dazu bringen, seine Entscheidung zu überdenken, wenn er es nicht schon getan hatte?

Was würde er davon halten, sollte sie sich für eine präventive Operation entscheiden? Und falls nicht, was würde an dem Tag passieren, an dem sie einen Knoten in ihrer Brust entdeckte? Erfuhr, dass er bösartig war? Oder auch wenn bei ihr *irgendeine* lebensbedrohliche Krankheit diagnostiziert würde? Konnte sie von Marco erwarten, dass er die Kraft fand, ihr durch die Chemotherapie oder die Bestrahlungen zu helfen, wie ihr Vater es bei ihrer Mutter getan hatte, nachdem Marcos Mutter in einer Übergangsphase seines Lebens gestorben war –

und er dann mitansehen musste, wie Federico so plötzlich seine Frau Lucrezia verlor?

Oder würde Marco sich verschließen, weil er glaubte, sie würde sterben und ihn allein zurücklassen?

Amanda schluckte schwer und starrte an die Decke. Was für ein Durcheinander! Sie dachte zu viel nach und viel zu weit in eine nebulöse Zukunft. Das brachte sie nur unnötig aus der Fassung.

„Reisen Sie allein?"

Bei der Frage des Mitarbeiters kniff sie die Augen zusammen. „Ja."

„In diesem Fall bekomme ich Sie heute Vormittag untergebracht. Wir haben einen Flug nach Dulles über Paris. Er ist ausgebucht, aber ich kann Sie auf die Standby-Liste setzen, da eine Reihe von Passagieren noch nicht bestätigt haben. Der Flieger geht in drei Stunden von San Rimini. Da es ein internationaler Flug ist, müssen Sie zwei Stunden vorher einchecken." Der Mitarbeiter nannte ihr einen Preis und fragte, was sie tun wollte.

Amanda sah sich in dem Raum um, der in den letzten Wochen ihr Zuhause geworden war. Abzureisen bedeutete, dass es keine Chance auf eine Zukunft mit Marco geben würde. Nicht die geringste. Für den Bruchteil einer Sekunde überlegte sie, ob sie abwarten sollte, was passierte. Ein Risiko eingehen und sehen, wie er die Dinge handhaben würde, wenn er die Ereignisse der letzten achtundvierzig Stunden – insbesondere der letzten acht Stunden – verarbeitet hatte und sie beide alles aus einem anderen Blickwinkel betrachten konnten.

„Hallo?"

Du wirst ihn auf lange Sicht nur verletzen.

„Ich kann in weniger als einer Stunde am Flughafen sein." Sie gab dem Mitarbeiter ihre Zahlungs- und Passagierdaten, notierte sich die Flugbestätigungsnummer und beendete das Gespräch.

Am vergangenen Abend hatte Marco sich selbst bewiesen, dass er seine königlichen Pflichten erfüllen konnte. Er hatte vermutet, dass er ihre Unterweisungen nicht länger benötigen würde. Wenn sie danach urteilte, wie er das Dinner gemeistert hatte, hatte er recht. Ab diesem Punkt konnte er durch Versuch und Irrtum selbständig lernen. Wenn sie jetzt bliebe, dann nur aus Eigennutz, und das konnte sie Marco nach allem, was er durchgemacht hatte, nicht antun.

Frauen starben um Marco diTalora herum. Sie wollte nicht auch sterben und ihn alleinlassen.

MARCO FLUCHTE LAUT, als die ersten Strahlen der Morgensonne auf den Rosengarten des Palastes fielen. Er wischte mit einem Finger den Morgentau von einem Blatt, während ihm Federicos Worte durch den Kopf gingen.

Er war noch nicht bereit für einen neuen Tag. Noch nicht.

Nachdem er den Palast verlassen hatte, war er in seinem aufgewühlten Zustand ziellos durch die Reihen von Buchsbaumgewächsen und Rosensträuchern gelaufen, um zur Ruhe zu kommen. Er hatte gerade darüber nachgedacht, wieder ins Haus zu gehen und zu versuchen, ein wenig zu schlafen, als er um eine Ecke bog und sich vor der Laube wiederfand, in der er und Amanda am Abend von Antonys und Jennifers Hochzeit verweilt hatten. Da er sich nicht dazu durchringen konnte, unter dem Rosenbogen hindurchzugehen, drehte er sich um, trat zu einer nahen Bank und ließ sich auf die Sitzfläche fallen.

Mindestens eine Stunde lang, vielleicht zwei, hatte er dort gesessen und die kühle Luft eingeatmet, während sein Hemd allmählich die Feuchtigkeit der Banklatten aufnahm. Die ganze Zeit über erinnerte ihn das Gewicht des Hochzeitsalbums auf seinem Schoß an die Worte seines Bruders.

Du warst immer so sicher, dass du Schmerz vermeiden kannst, indem du die Liebe meidest. Aber das ist nicht wahr.

Und dann der springende Punkt: *Nicht zu lieben, macht es schlimmer.*

Er liebte Amanda. Das wusste er so sicher, wie er irgendwas in seinem Leben wusste. Aber Amanda zu lieben, könnte bedeuten, dass er den Schmerz der letzten Tage mit seiner Mutter erneut durchleben musste.

Andererseits könnte er die nächsten Monate oder Jahre in einer wunderbaren Beziehung mit ihr verbringen. Zusammen reisen. Sich über die Ereignisse des Tages unterhalten. Mit ihr schlafen.

Und an einem sonnigen Sommernachmittag könnten sie auf der Via Vespri Eis essen gehen und er könnte von einem Touristenbus überfahren werden.

„Verdammt", murmelte er.

„Hoheit? Gibt es etwas, womit ich Ihnen helfen kann?"

Marco zuckte zusammen. Als er aufblickte, sah er, dass Filippo sich ihm auf dem Kiesweg näherte. Er hätte hören müssen, dass der Fahrer auf ihn zulief, aber seine Gedanken waren zu sehr mit einer gewissen Brünetten beschäftigt gewesen.

Filippo verbeugte sich kurz. „Bitte verzeihen Sie, wenn ich Sie erschreckt haben sollte, Hoheit. Ich kam früh zu meiner Schicht und dachte, ich setze mich in den Rosengarten, um meinen Kaffee zu trinken." Er hob einen großen Thermosbecher. „Ich lassen Sie sofort in Ruhe."

„Setzen Sie sich, Filippo. Ich könnte etwas Gesellschaft gebrauchen, wenn es Ihnen nichts ausmacht."

Ein Anflug von Verwirrung zog über Filippos Gesicht bei dieser ungewöhnlichen Bitte. „Natürlich, Hoheit. Ich fühle mich geehrt. Möchten Sie, dass ich Ihnen zuerst einen Kaffee hole?"

„Das ist das Letzte, was ich heute Morgen brauche."

Filippo nickte, dann setzte er sich auf den freien Platz neben Marco. „Darf ich fragen, was Sie da haben?"

„Ah." Marco sah nach unten auf das dicke Lederbuch. „Prinz Federicos Hochzeitsalbum."

Filippo trank einen großen Schluck von seinem Kaffee. „Ich habe von den Ereignissen erfahren, als ich ankam. Mein herzliches Beileid."

Marco schenkte seinem Fahrer ein leichtes Lächeln. „Danke. Es tut mir vor allem für Federico und die Jungen leid. Es wird nicht einfach für sie sein."

Filippo nickte zustimmend.

Die beiden saßen da, ohne zu sprechen, bis ein einzelnes Auto die Stille störte, als es die nahe Garteneinfahrt entlang- und durch das hintere Tor des Palastes hinausfuhr. Normalerweise wäre Marco neugierig gewesen, wer in dem Auto saß. Niemand verließ den Palast so früh und die meisten Bediensteten würden erst in ein oder zwei Stunden eintreffen. Und selbst dann hatten nur wenige Zugang zu dieser Straße. Aber nach Lucrezias Tod könnten es Ärzte oder Angestellte von Federico sein, die zu ungewöhnlichen Zeiten arbeiteten.

Filippo schaute ebenfalls in die Richtung des Geräuschs, dann wandte er sich achselzuckend Marco zu. Nach einer Weile fragte er: „Darf ich einen Blick in das Album werfen, Hoheit? Ich habe es noch nie gesehen."

Marco atmete aus. „Wissen Sie, Filippo, ich auch nicht. Federico gab es mir gestern Abend und sagte, ich müsste es mir anschauen."

Filippo hob eine seiner dichten Brauen. „Dann ist jetzt vielleicht ein guter Zeitpunkt. Außerdem", er deutete auf das hintere Tor, „bleiben nur noch zwanzig Minuten, bis ich offiziell im Dienst bin."

Jetzt, wo das Tageslicht die Baumkronen berührte, wurde Marco klar, dass Filippo nicht der Einzige war, der durch den Garten gehen würde.

Er strich über die Oberseite des Albums. Er hatte es die ganze Nacht über vor sich hergeschoben. Hatte sich eingeredet, dass es keinen Grund gab, hineinzuschauen.

Jetzt oder nie.

Marco schlug die erste Seite auf. Dann blätterte er zur nächsten. Filippo sagte nichts, während Marco sich Zeit ließ und die vertrauten Bilder, eins nach dem anderen, im sanften Licht des frühen Morgens betrachtete. Nun sah er sie mit anderen Augen.

Als die Glocken des Duomo den neuen Tag einläuteten, blätterte er vorsichtig die letzte Seite um.

Er lehnte sich auf der kühlen Bank zurück und schloss seine müden Augen. Dabei ließ er die vielfältigen Düfte des Gartens und den Klang der Glocken, der von den Hügeln widerhallte, seine Sinne erfüllen.

Als Kind hatte Marco es genossen, den Duomo zu besuchen und den Priestern zu lauschen, wenn sie Geschichten über die Vergangenheit der Kathedrale erzählten, während sein Vater sich mit Kirchenvertretern traf. Er stellte sich den betagten Glöckner vor, wie dieser die knarrenden Holzstufen des Turms hinaufstieg, die Uhrzeit mit einem Blick auf seine Armbanduhr überprüfte, nachdem er den hohen inneren Balkon erreicht hatte, und dann an den Seilen zog, um die alten Glocken zu läuten.

So wie an jedem Tag bei Sonnenaufgang, am Samstagabend und zweimal am Sonntag, um die Gläubigen zum Gottesdienst zu rufen. Und genauso bei einer Hochzeit.

Marco öffnete die Augen, als er eine Bewegung auf der Bank spürte.

Filippo stand auf. „Danke, dass ich das Album mit Ihnen anschauen durfte, Hoheit. Die Glocken des Duomo lenken die Gedanken eines Mannes nach innen, nicht wahr?"

Marco trat in den Kies unter der Bank, dann sah er seinen Fahrer an. „Sagen Sie, Filippo, wie kann ein Mann mit den

Fähigkeiten eines Formel-1-Rennfahrers auch noch so viel Weisheit besitzen?"

„Ich denke nicht, dass dies das Geheimnis ist, über das Sie heute Morgen nachdenken sollten, Prinz Marco." Filippo zog eine wollene Schiebermütze aus seiner Tasche und setzte sie auf. „Wenn Sie mich brauchen, finden Sie mich auf meinem Posten."

Nach diesen Worten drehte sich der Fahrer um und schlenderte zum hinteren Tor. Auf dem Weg hielt er kurz inne, um die letzten Tropfen aus seinem Becher zu trinken und den Deckel dann zuzuschrauben.

Mit dem Bild des friedlichen grauen Innenraums der Kathedrale vor seinem geistigen Auge stand Marco auf und streckte seine Beine. Die Muskeln waren von dem stundenlangen Sitzen auf der Bank steif. Als er die Verspannung gelöst hatte, ging er auf den Palast zu, das Album unter den Arm geklemmt. Seine Schritte knirschten auf dem Kies. Als er die Laube erreichte, streckte er die freie Hand aus und berührte eine der gelben Rosen über ihm.

Als er über die samtige Blüte strich, erkannte er, was er zu tun hatte. Er gestand sich selbst ein, was er in gewisser Weise schon gewusst haben musste, seit er zum ersten Mal Amandas Hand und Handgelenkt geküsst hatte, hier in dieser Laube.

Keine Frau hatte ihn je so berührt wie Amanda. Trotz aller Risiken und Ängste konnte er keine Beziehung mit einer Frau eingehen, die er nicht liebte. Das war nicht nur der Ausweg eines Feiglings, sondern würde letztendlich mehr Schmerz verursachen, als er in seinem Leben erfahren hatte.

Und Amanda zu verlieren … das war undenkbar. Sie erfüllte seine Seele. Er würde gegen jeden Dämon kämpfen, sich jedem Feind stellen – sogar dem Tod –, wenn er dafür auch nur einen Tag seines Lebens mit ihr verbringen konnte.

Er fand einen geschützten Platz in der Laube und legte dort Federicos Album nieder. Er tastete seine Tasche ab, um sich zu vergewissern, dass sein Schweizer Taschenmesser nicht herausgefallen war, als er vorhin in seinem Zimmer die Hose von sich geschleudert hatte, und war froh, die vertrauten harten Kanten zu spüren. Er zog es heraus und schnitt die schönsten Blüten der Gartenlaube ab, eine nach der anderen. Während er arbeitete, steckte er sie mit den Stielen sorgfältig in den Kies. Als er ein Dutzend beisammenhatte, klappte er sein Messer zu, nahm die Blumen und das Album und lief in Richtung der Palastküche.

„Du bist früh wach."

Isabellas Stimme überraschte ihn, als er die Tür zu dem riesigen Arbeitsbereich aufstieß. Trotz der kurzen Nacht, die sie gehabt hatte, wirkte sie tadellos gekleidet wie immer. Sie saß in ihrem kaffeebraunen Lieblingskostüm auf einem Hocker an einer der Theken aus Edelstahl, die oft von den Köchen und Köchinnen benutzt wurden. Seine Schwester musterte ihn von oben bis unten, dann deutete sie auf seine zerknitterte Hose und sein Smokinghemd. „Oder vielleicht hast du gar nicht geschlafen."

„Wie die Amerikaner sagen: Bingo."

„Ich auch nicht." Isabella streckte sich, öffnete den großen Brotwärmer am Ende der Theke und fischte ein Brötchen heraus. Sie hielt es hoch. „Hast du Hunger?"

„Ich bin ausgehungert. Aber zuerst muss ich eine Vase finden."

„Ich glaube, da unten stehen ein paar." Sie wies mit einer Kopfbewegung auf einen großen Schrank in der Ecke. Er fand eine Baccarat-Vase aus klarem Kristallglas mit minimaler Verzierung, die perfekt zu Amanda passte, und trug sie zum Spülbecken. Nachdem er sie mit Wasser gefüllt hatte, stellte er die Rosen hinein.

Zufrieden wandte er sich zu seiner Schwester um, fing das Brötchen auf, das sie ihm zuwarf, und nahm einen Bissen.

„Ich vermute, die sind nicht für Federico."

Er lehnte sich mit der Hüfte an die Theke und schluckte. „Nein. Aber ich habe vor, ihm später ein Arrangement zu schicken. Und ich muss mir etwas für die Jungs einfallen lassen."

Sie starrte die Blumen an. „Ich verstehe." Sie senkte den Blick, neigte den Kopf zur Theke, wo er Federicos Album abgelegt hatte, als er in die Küche gekommen war, und hob eine Braue.

„Federico wollte, dass ich es eine Weile behalte. Ich glaube, er konnte es nicht ertragen, es zu sehen."

„Er wollte, dass *du* es dir ansiehst."

Marco aß noch einen Bissen von seinem Brötchen und begegnete dann Isabellas wissendem Blick. „Er hat es dir gesagt, nicht wahr? Kann denn in dieser Familie niemand ein Geheimnis für sich behalten?"

Ihr Mund verzog sich zu einem leichten Lächeln. „Ich habe mit ihm gesprochen, bevor er schlafen gegangen ist. Gleich nachdem du bei ihm warst, nehme ich an." Sie seufzte und ihr Lächeln verschwand, als sie beide ihr Brötchen aßen und an Federico dachten.

Isabella brach das Schweigen zuerst: „Ich glaube, Federico hat recht. Ich bin nicht sicher, was zwischen dir und Amanda vorging, als ich euch gestern Abend in der Bibliothek unterbrach, aber du solltest wissen, dass sie –"

„Amanda", flüsterte er. Sein Mund wurde trocken und sein Magen krampfte sich zusammen, als er auf Isabellas Kostüm starrte. Warum hatte er es nicht gleich bemerkt, als er die Küche betreten hatte? Wieso hatte Isabella nicht sofort etwas gesagt, als sie ihn erblickte?

„Sie ist fort." Es war eine Feststellung, keine Frage. „Das ist eines der Kostüme, die du ihr geliehen hattest, nicht wahr?" Eines, das Amanda an jenem ersten Tag in der Bibliothek getragen hatte. Er erinnerte sich daran, wie der satte Kaffeeton ihre haselnussbraunen Augen hervorgehoben hatte.

„Es hing heute Morgen an meiner Tür, zusammen mit dem

Rest der Kleidung, die sie sich geliehen hatte. Alles gereinigt, mit einem schriftlichen Dankeschön. Sie hat aber nicht gesagt, dass sie fortgehen will. Warum sollte sie auch? Ich dachte, Vater hätte sie für drei Monate engagiert."

Marco hörte den Rest von Isabellas Worten nicht mehr. Er ließ die Blumen und das Album zurück und stürmte aus der Tür, wobei er fast eine der Köchinnen umrannte, als die zur Arbeit kam. Er rief eine Entschuldigung über seine Schulter, lief aber zielstrebig weiter durch den Speisesaal. Als er in den offenen Dielenbereich kam, der zu Amandas Zimmer führte, setzte er zu einem Sprint an.

Schließlich stand er vor ihrer geschlossenen Tür. Nachdem er dreimal geklopft hatte und von der anderen Seite nichts zu hören war, drehte er den Knauf und stellte fest, dass die Tür nicht verschlossen war.

„Nein", flüsterte er und die Kehle wurde ihm eng, als er sich im Raum umblickte.

Leer. Er wusste, dass sein Vater sie hier untergebracht hatte, doch auf dem Nachttisch befanden sich keine persönlichen Gegenstände. Kein Licht kam aus dem angrenzenden Badezimmer. Und sie lag nicht im Bett. Es sah aus, als hätte niemand darin geschlafen.

Er schnappte sich das Telefon vom Nachttisch und tippte die dreistellige Nummer ein, die ihn mit der Wachstation am hinteren Tor verbinden würde.

„Hier ist Prinz Marco", sagte er, als ein Wachposten abnahm, und wünschte, er könnte die Worte schnell genug herausbringen, um zu ändern, was bereits geschehen war. „Das Auto, das heute Morgen das Palastgelände verlassen hat. Saß Amanda Hutton darin?"

„*Si*, Hoheit."

„War sie auf dem Weg zum Flughafen?"

„Ich glaube schon, ja."

Ein Dutzend ausgesuchte Schimpfwörter schossen Marco

gleichzeitig durch den Kopf, doch er schluckte sie herunter. „Wissen Sie, wann ihr Flug geht?"

„Ich fürchte, nein, Hoheit."

Verdammt!

„Rufen Sie Filippo", befahl er. „Sagen Sie ihm, ich treffe ihn am Tor. Ich will zum Flughafen, und zwar *pronto*." Er knallte das Telefon zurück auf den Nachttisch und rannte los. Kalter Schweiß lief ihm den Rücken hinunter, als er den Garten erreichte, dann joggte er am Brunnen vorbei zum Hintereingang.

Er vermutete, dass niemand, nicht einmal Filippo, ihn rechtzeitig zum Flughafen bringen konnte. Es war sein eigener dummer Fehler.

„Hoheit." Filippo ließ Marco auf der Rückbank des Range Rovers Platz nehmen, dann sprang er wortlos auf den Fahrersitz und gab Gas, sodass der Prinz gegen die Lehne gepresst wurde.

Marco schnallte sich an und schloss die Augen, um nicht zu sehen, wie weit sie noch fahren mussten und wie viele Autos ihnen den Weg versperrten.

All die Jahre, die er in der Angst verbracht hatte, eine Frau könnte ihm wegsterben, die er sich gescheut hatte, jemandem nahezukommen, um das Schicksal nicht zu versuchen … was für eine Verschwendung! Er brauchte das Schicksal nicht, damit ihm eine Frau entrissen wurde und ihm das Herz brach. Das hatte er ganz allein geschafft. Seine eigene Paranoia und Furcht hatten die perfekte Frau vertrieben und dabei nicht nur ein, sondern gleich zwei Herzen gebrochen.

„Hoheit?", fragte Filippo zögernd.

Marco öffnete die Augen und bemühte sich, seine Stimme ruhig zu halten. „Ja?"

„Wir sind in weniger als fünf Minuten da. Ich habe die anderen Fahrer gefragt … wegen Miss Hutton. Sie bat einen Fahrer, sie für einen Flug nach Paris zu Air France zu bringen.

Sie erwähnte, dass sie nach Washington, D.C. weiterfliegen würde und deshalb früh dort sein wollte, um einzuchecken."

„Wissen Sie, wann der Flieger nach Paris geht?"

„Nein, tut mir leid. Aber ich habe nachgesehen, während ich auf Sie gewartet habe. Der erste Air-France-Flug nach Paris startet erst in fünfundvierzig Minuten. Terminal C. Das Boarding beginnt in zwanzig Minuten. Ein zweites Flugzeug geht zwanzig Minuten später von Terminal B. Beide würden rechtzeitig in Paris eintreffen, um einen Anschluss zum Flughafen Dulles in Washington, D.C. zu bekommen."

Marco zwang sich zu einem Lächeln. „Danke, Filippo."

Er hoffte bloß, dass er sie aufspüren konnte. Und dass er die richtigen Worte finden würde, um sie zum Bleiben zu bewegen.

KAPITEL 13

AMANDA STARRTE auf das Display ihres Handys. Sie saß im Boardingbereich und versuchte, genug Mut aufzubringen, um zu Hause anzurufen. Sieben Uhr morgens in San Rimini bedeutete ein Uhr nachts im District of Columbia, aber ihr Vater, schon immer eine Nachteule, war höchstwahrscheinlich noch nicht zu Bett gegangen. Nachdem er seinen Papierkram für den Tag erledigt und sich vergewissert hatte, dass ihre Mutter schlief, schlüpfte er für gewöhnlich in sein Zimmer, um sich einen Schlummertrunk zu genehmigen, sich in seinem ledernen Ruhesessel zurückzulehnen und den neuesten Spionagethriller zur Hand zu nehmen. Normalerweise blieb er dann noch etwa eine Stunde auf.

Trotz der guten Chancen, dass sie ihren Vater in einem ruhigen Augenblick erwischte, hätte sie besser gleich angerufen, als sie am Flughafen angekommen war. Seitdem hatte sie nichts weiter getan, als sich den Kopf darüber zu zerbrechen, was sie sagen sollte. In dieser Zeit war ihr nichts Tiefsinnigeres eingefallen als: „Hi, Dad. Wie läuft's bei der Arbeit? Übrigens, ich habe den diTalora-Job hingeschmissen, und nein, ich kann dir nicht sagen, warum."

Sie würde sich während des Fluges die richtigen Worte überlegen müssen. Die Uhr tickte. Ihre Eltern würden mit ihr sprechen wollen, wenn sie am Morgen aufwachten und die Nachricht über Lucrezia erfuhren. Der Palast würde – konnte – es nicht länger geheim halten. Sie wollte nicht, dass ihr Vater versuchte, sie anzurufen, während sie irgendwo über dem Atlantik schlief.

Amanda legte ihr Handy in den Schoß, öffnete ihr Portemonnaie und zählte unauffällig die Scheine.

Nach der Landung in den Vereinigten Staaten würde ihr nur noch eine Woche bleiben, bis sie entweder das Geld für einen weiteren Monat in ihrer Wohnung aufbringen oder kündigen und sich darauf vorbereiten musste, wieder zu ihren Eltern zu ziehen. Außerdem müsste sie König Eduardo das Geld zurückgeben, mit dem sie die Miete für den laufenden Monat beglichen hatte. Ohne die in ihrem Arbeitsvertrag festgelegten drei Monate zu vollenden, konnte sie unmöglich den vollen Betrag behalten, den er ihr im Voraus überwiesen hatte.

Umgerechnet in Dollar reichte das Bargeld, das sie bei sich hatte, um die Gebühr für die verspätete Kündigung ihrer Wohnung und ihre Umzugskosten zu bezahlen. Aber es war nicht genug, um dem König das Geld zurückzuerstatten.

Sie konnte bereits die Traurigkeit ihres Vaters spüren, wenn sie ihn darauf ansprechen würde, ob er ihr etwas leihen könnte. Es war nicht so, als ob er ihr das Geld nicht geben wollte oder ihr sagen würde, dass sie seinen Erwartungen nicht entsprochen hätte. Aber er wäre trotzdem enttäuscht. Sie würde es an seinem Gesicht und seiner Körpersprache erkennen. Und sie fand es schrecklich, dass sie – wieder einmal – nicht das erreicht hatte, was er sich für sie erhoffte.

Sie schloss ihr Portemonnaie und verbiss sich eine Reihe von Schimpfwörtern, die sie nie benutzt hatte, bevor sie Marco diTalora in einem Casino aufgespürt und er ihr Leben auf den Kopf gestellt hatte.

Wie hatte sie zulassen können, dass ihre Gefühle für ihn, einen so abenteuerlustigen und unerreichbaren Mann, sie in diese Lage brachten?

Weil du in ihn verliebt bist.

„Nein", schalt sie sich selbst laut und zwang sich zu einem gelasseneren Gesichtsausdruck, als ein älterer Mann, der auf einem Stuhl in der Nähe saß, über seine Zeitschrift hinweg zu ihr herüberblickte.

Es wurde Zeit, ihren Dad anzurufen und das Beste zu hoffen, bevor sie noch länger grübelte. Sie nahm das Telefon und wollte gerade die Nummer wählen, als ihr ein Schild auffiel, das an der Decke der Flughalle hing.

Casino.

Ihre Finger erstarrten. *Nein, tu's nicht!*

Sie war keine Glücksspielerin. Während ihrer Collegezeit hatte sie ein paar Mal Poker gespielt und sich gut geschlagen, und sie hatte an Spielautomaten gespielt und sich nicht so gut geschlagen. Poker hier würde nicht im Mindesten mit Poker unter Freunden vergleichbar sein. Ihre Chancen, genug zu gewinnen, um dem König sein Geld zurückzuzahlen, waren gering, vor allem, wenn man bedachte, dass sie in ihrem ganzen Leben erst ein paar Mal gespielt hatte.

Ein Wunder wie Marcos Geniestreich beim Blackjack würde sie sicher nicht zuwege bringen.

Ich muss mich beruhigen, bevor ich diesen Anruf tätige. Sie wollte auf keinen Fall, dass ihr Vater sie weinen hörte.

Amanda verstaute das Handy wieder in ihrer Handtasche und beschloss, das Telefongespräch während ihrer Zwischenlandung in Paris zu führen. Wenn sie bis kurz vor dem Abflug in die USA wartete, erwischte sie ihre Mutter vielleicht beim Frühstück. Das könnte klappen.

Sie stand auf, hängte sich die Handtasche über die Schulter, nahm den Koffer beim Griff und folgte dann den Pfeilen zur Rolltreppe nach unten.

Ablenkung. Eine Ablenkung wird mir helfen, ruhiger zu werden.

Wenige Minuten später überschritt sie die Schwelle zum halbdunklen Casino des Flughafens. Lichter blinkten auf elektronischen Schildern, die im Raum verteilt waren und die aktuellen Jackpots anzeigten, und das lebhafte Klingeln der Spielautomaten hallte in ihren Ohren wider.

Trotz der frühen Stunde saßen reihenweise Passagiere auf den Hockern, beobachteten die sich drehenden Symbole und hielten Gläser mit Cocktails in der Hand, während sie auf ihre Flüge warteten. Auf einem Bildschirm an der Wand zu ihrer Linken drehte sich ein einzelnes Rouletterad. Davor standen ein halbes Dutzend Craps-Tische, von denen nur einer benutzt wurde. Zu ihrer Rechten bildeten ein Dutzend Blackjack-Tische einen Kreis. Der Manager ging hinter den Croupiers von Tisch zu Tisch und machte sich Notizen auf einem Klemmbrett.

Amanda ließ sich auf einen Hocker vor einem bunten Spielautomaten nieder, der als Double Diamond bezeichnet wurde.

„Der hier bringt Glück, oder?", fragte sie den amerikanisch aussehenden Geschäftsmann, der die Knöpfe am Automaten neben ihr drückte.

„Das hoffe ich für Sie, Schätzchen." Seine gedehnte Sprechweise verriet, dass er aus dem tiefsten Texas stammte. „Ich habe eine halbe Stunde lang daran gespielt, hatte aber kein Glück. Und der hier ist genauso schlimm. Ich bin kurz davor, den Rest des Geldes, das ich reingesteckt habe, zu verspielen." Der grauhaarige Mann rieb sich vor seinem Lucky-Sevens-Automaten die Hände, schloss die Augen und hieb dann mit beiden Händen auf den Knopf. Die Walzen drehten sich, dann blieben die Symbole in einer Kombination stehen, die Verlust bedeutete.

„Autsch", sagte Amanda.

„Ich verwette nur, was ich mir leisten kann. Besser als am Gate zu warten, stimmt's?" Er zwinkerte ihr zu, bevor er die Reihe hinunter und zu einem Automaten ging, der mit der Bezeichnung „Easy Money" leicht gewonnenes Geld versprach.

Ja, klar. Leicht für das Casino.

Sie blickte auf ihren eigenen Automaten und versuchte, die Reihen von Diamanten, Rubinen, Smaragden und Goldbarren auf der Gewinntabelle zu entschlüsseln. Ein höherer Einsatz bedeutete einen größeren möglichen Gewinn, aber darüber hinaus ergaben die Auszahlungen nicht viel Sinn. Sie griff in ihr Portemonnaie, fischte einen Geldschein heraus und schob ihn in den entsprechenden Schlitz.

„Wird schon schiefgehen." Sie wartete, bis das Geld als Guthaben verbucht worden war, wählte ihren Einsatz und drückte dann auf den Knopf an der Vorderseite des Automaten, um die Walzen in Bewegung zu setzen. Während die Diamanten und Goldbarren vor ihren Augen verschwammen, stellte sie sich vor, Marco säße hinter ihr und würde sie anfeuern, aber sie verdrängte diesen Gedanken schnell wieder. Vor ihrem Flug eine Weile dem Glücksspiel zu frönen, sollte sie von ihren Problemen ablenken, nicht sie daran erinnern.

Die Barren kamen einer nach dem anderen zum Stillstand. Barren, Doppelbarren, nichts.

Sie studierte noch einmal die Tabelle, sagte schnell *Komm schon* zu der Maschine, schloss die Augen und drückte erneut auf den Knopf.

Doppelter Diamant. Doppelter Diamant. Doppelter Bonus.

Gebimmel ertönte, dann blinkte ein Licht oben auf dem Automaten auf und Zahlen, die ihren Gewinn anzeigten, wurden auf dem Bildschirm zusammengerechnet.

Und es hörte nicht auf.

Der Texaner sprang von seinem Easy-Money-Spielautomaten auf. „Heiliger Strohsack, Schätzchen! Ich glaube, Sie haben alles zurückgewonnen, was ich in den Automaten gesteckt habe, und noch eine ganze Menge mehr. Welchen Multiplikator haben Sie gesetzt?"

„Drei", antwortete sie. Der maximale Einsatz war fünf, also hatte sie sich für den Mittelweg entschieden. Das Klimpern ging weiter und Amanda versuchte, die Auszahlungstabelle zu entschlüsseln. „Ich nehme an, das ist gut?"

„Gut? Nee. Es ist eine Schande. Sie hätten mehr setzen sollen." Er lehnte sich über ihre Schulter und zeigte auf eine der Abbildungen auf der Tabelle. „Dann hätten Sie statt fünfzehnhundert zweitausendfünfhundert kriegen können."

Amanda schluckte, als sich die Auflistung der Zahlen verlangsamte und der Automat endlich aufhörte, zu klingeln. Tatsächlich wurde ihr angezeigt, dass sie fünfzehnhundert gewonnen hatte. Kein Vermögen, aber zusammen mit dem Geld in ihrem Portemonnaie würde sie dem König den Betrag zurückzahlen können, den sie bisher von ihrem Verdienst ausgegeben hatte. Gemessen an ihrem Einsatz war es eine enorme Summe.

Sie drehte sich um und lächelte den Texaner an. „Ich bin mehr als zufrieden mit fünfzehnhundert."

Eine zierliche Blondine, die Amanda auf ein ähnliches Alter wie den Texaner schätzte, lief um das Ende der Reihe von Automaten herum auf sie zu. „Hey, Al, warst du das mit dem Klingeln? Bitte sag, dass du den Jackpot gewonnen hast."

„Tut mir leid, Liebling", antwortete er in seiner langgezogenen Sprechweise. „Diese junge Dame hat gerade abgeräumt. Sie hat natürlich das ganze Geld gewonnen, das ich vorher reingeworfen habe."

Die Blonde grinste sie an. „Gut für Sie, Herzchen."

Amanda drückte auf den Auszahlungsknopf und der Automat druckte eine Quittung aus, die sie zum Kassenschalter bringen konnte. „Danke. Ich hoffe, Sie haben ebenso viel Glück. Oder noch mehr."

Die blonde Frau schob ihre Unterlippe vor. „Nur wenn Al hier mir mehr Geld gibt. Oder wir gehen zum Blackjack und vergessen diese albernen Spielautomaten."

„Klingt gut, Liebling." Er drehte sich zu Amanda um. „Ich bin übrigens Al Stanmore und das ist meine Frau Kristi. Sie sind herzlich eingeladen, sich uns anzuschließen. Wir könnten eine Glücksfee an unserem Tisch gebrauchen."

Amanda stellte sich vor und die Blondine sah ihren Mann schmollend an. „Wie, bin ich etwa keine Glücksfee?"

Er warf Kristi einen Blick zu, der Amanda verriet, dass sie heftig ineinander verliebt waren und sich gerne gegenseitig neckten. „Hast du schon was gewonnen?"

„Nein."

„Na also."

Kristi grinste Amanda an, dann wies sie mit dem Daumen über ihre Schulter in den hinteren Bereich des Raumes. „Kommen Sie. Sie können uns am Blackjack-Tisch Ihre Lebensgeschichte erzählen. Wir haben uns gegenseitig schon alle unsere Geschichten erzählt und könnten etwas Unterhaltung gebrauchen."

„Danke für die Einladung", erwiderte Amanda und hielt dann ihre Quittung hoch. „Aber ich sollte mir das Geld auszahlen lassen, solange ich im Plus bin. Außerdem fliege ich Stand-by und konnte nicht den ersten Flieger nehmen, den ich wollte. Ich muss mich bald am Gate melden, um zu sehen, ob ich einen Platz für den Flug meiner zweiten Wahl bekomme."

„Wohin reisen Sie?", fragte Al.

„Nach Paris und von dort nach Washington, D.C."

„Hey!" Kristi lächelte. „Wir auch! Also, von Paris nach D.C. und von dort weiter nach Houston. Es tut mir leid, Ihnen das sagen zu müssen, aber der Flug verspätet sich um mindestens eine Stunde. Deshalb sind wir im Casino."

„Technische Probleme", fügte Al hinzu. „Das behaupten sie jedenfalls. Allerdings hat uns die Frau am Gate gesagt, dass heute Nachmittag vier Maschinen von Paris nach Washington Dulles International Airport gehen, und in denen sind noch Plätze frei. Wenn wir also den Anschluss verpassen, können sie uns auf einen anderen Flug umbuchen."

„Das bedeutet, Sie haben uns am Hals." Die blonde Frau

drückte Amanda zwei Chips in die Hand. „Na kommen Sie schon. Wir spendieren Ihnen die erste Runde. Was haben Sie zu verlieren?"

Amanda blickte auf die beiden roten Chips auf ihrer Handfläche. Sie hatte bereits das Wertvollste verloren, als sie den Palast verlassen hatte, was konnte es also schaden, auch noch ein paar Chips zu verlieren? Und noch dazu geschenkte? Sie wies mit dem Kopf in Richtung der Tür, die zu den Gates führte. „Sind Sie sicher, dass sich der Flug verzögert? Air France 3422?"

„Genau der, Schätzchen." Al lachte. „Also, was sagen Sie? Haben Sie immer noch eine Glückssträhne?"

„Ich bin nicht sicher, ob ein einziger Gewinn am Spielautomaten als Glückssträhne gilt." Sie blickte von Al zu Kristi, deren Wunsch nach weiblicher Gesellschaft ihr ins Gesicht geschrieben stand. „Ach, warum nicht? Aber Sie müssen mir helfen. Ich habe noch nie richtig gespielt."

Ehe sie sich versah, saß sie zu Kristis Linken an einem Blackjack-Tisch. Al hatte sich auf der anderen Seite seiner Frau niedergelassen und flirtete mit ihr, als wären sie frisch verheiratet. Ein anderes Pärchen – aus Spanien, wenn Amanda raten müsste – nahm die Plätze neben Al ein.

Der Croupier mischte die Karten, reichte Kristi die gelbe Cut Card und forderte sie auf, abzuheben.

„Nicht ich", sagte sie, während Al ihr ein Küsschen auf die Wange gab. „Man sollte sie an Amanda weiterreichen. Sie ist heute der Glückspilz."

Wieder kämpfte Amanda gegen den Drang an, ihnen zu erzählen, wie unglücklich ihre letzten vierundzwanzig Stunden gewesen waren. Doch sie nahm die gelbe Karte an und hob vom Stapel ab.

Während der Croupier die Karten in den Schlitten legte, überprüfte Amanda unauffällig auf ihrem Handy, ob der Flug tatsächlich verschoben worden war. Als sie sah, dass Als und

Kristis Informationen korrekt waren, steckte sie es zurück in ihre Tasche und fragte Kristi: „Sind Sie beide in den Flitterwochen?"

Kristi kicherte und Al antwortete für sie: „Nee. Es gefällt uns einfach in San Rimini. Ich war vor etwa zwanzig Jahren auf einer Geschäftsreise hier und habe mich in den Ort verliebt. Die Strände sind spektakulär und Sie würden nicht glauben –"

„Wage es nicht, ihr zu erzählen, was wir an diesen Stränden gemacht haben, Al. Wir würden verhaftet werden!"

Kristi wandte sich an Amanda: „Wir legen Wert darauf, jedes Jahr wiederzukommen, wenn wir es uns leisten können. Wir hatten gehofft, es zur königlichen Hochzeit zu schaffen, die Kutschfahrt zu sehen und all das. Die ganze Geschichte mit Antony und Jennifer ist so romantisch, finden Sie nicht?" Amanda war dankbar, als Kristi weitersprach, ohne auf eine Antwort zu warten: „Allerdings waren die Flugpreise und Hotelzimmer nach der Hochzeit viel billiger, deshalb haben wir beschlossen, zu warten und später herzukommen."

„Es sieht so aus, als hätten Sie eine schöne Zeit gehabt."

Al kuschelte sich an Kristi. „Und ob! Das haben wir immer."

Zu Amandas Erleichterung forderte der Croupier die Spieler auf, ihre Einsätze zu machen. Kristi und Al waren wunderbare Menschen, aber es war schwer, ihr romantisches Geplänkel mit anzusehen.

Amanda legte die beiden Chips, die Kristi ihr gegeben hatte, an die richtige Stelle auf dem grünen Filztisch. Drei Hände später begann sie, an Als Vorhersage, dass sie Glück haben würde, zu glauben. Sie setzte den Gewinn jeder Runde ein und ihre zwei Chips hatten sich auf sechzehn vervielfacht.

„Okay, ich sollte jetzt aufhören. Oder zumindest weniger setzen." Amanda griff nach dem wachsenden Stapel und wollte alle Chips bis auf zwei wegnehmen.

„Kommt nicht in Frage!", tadelte Al sie. „Das waren

geschenkte Chips, junge Dame. Gönnen Sie sich noch eine Runde, dann können Sie gehen und sie einlösen."

„Ich will Ihnen wenigstens die zwei zurückgeben, mit denen ich angefangen habe."

„Kommt nicht in Frage! Nichts wie ran!"

Amanda nahm einen tiefen Atemzug. Viermal hintereinander zu gewinnen, war undenkbar. Sie konnte schon nicht glauben, dass sie dreimal gewonnen hatte. Schließlich wusste sie über Glücksspiele genauso viel wie über Investitionen an der Börse.

„Gut", willigte sie ein. „Aber das ist das letzte Mal."

„Also los!" Kristi jubelte, als der Croupier nach dem Schlitten griff, um ein neues Blatt auszugeben. „Blackjack für alle!"

Der Croupier begann, die Karten vor ihnen auszulegen. Eine Fünf und eine Acht für das spanische Paar. Ein Ass für Al.

„Weiter so, Schatz!", jauchzte Kristi.

Eine Zwei für Kristi. Sie schaute den Croupier böse an. „Hey, ich dachte, ich hätte Blackjack für alle gesagt. Was soll ich mit der Zwei?"

Der Croupier lächelte Kristi an, ohne zu antworten, dann gab er Amanda eine Karte. Ein König.

In der zweiten Runde bekam Al eine Dame und hatte damit einen Blackjack. Kristi erhielt ein Ass. „Na, schon besser", bemerkte sie.

Dann bekam Amanda einen weiteren König und hatte zwanzig. Ein gutes, solides Blatt, denn der Croupier zog jetzt eine Sieben.

Das Gefühl, ein Déjà-vu zu haben, überkam sie, als sie auf den Kreuz- und den Pik-König hinunterblickte. Genau wie Marcos Hand am Tag ihrer ersten Begegnung, als er seinen Einsatz gemacht hatte.

Sie hatte ihn damals für unüberlegt gehalten. Unberechenbar. Unverantwortlich. Das ausgefallene dunkelrosa Kleid und die unbequemen Schuhe, die sie getragen hatte, als sie auf der Suche nach dem verschwundenen Prinzen von Casino zu Casino marschiert war, hatten sie maßlos geärgert.

Aber jetzt würde sie alles dafür geben, zu diesem Tag zurückkehren und noch einmal von vorne anfangen zu können, trotz der schmerzenden Füße und allem.

Der Spanier nahm Karten, bis er sich überkauft hatte. Seine Frau blieb bei achtzehn stehen. Kristi spielte bis siebzehn. Dann wandte sich der Croupier an Amanda.

Gerade als sie mit der Hand über die Karten fahren wollte, um zu signalisieren, dass sie bei zwanzig aufhören würde, regte sich hinter ihr ein Lufthauch, sodass sich die Härchen an ihrem Nacken aufstellten.

„Riskier etwas.“

Alle am Tisch drehten sich um und starrten Prinz Marco an, als der über sie hinweggriff und einen großen Geldschein auf den Tisch legte, um den Einsatz zu decken.

Der Croupier neigte respektvoll den Kopf. „Hoheit.“

Amanda fuhr auf ihrem Stuhl herum, um Marco anzusehen, doch der Croupier unterbrach sie: „Die Karten sind noch im Spiel. Was möchten Sie tun?“

Amandas Blick traf Marcos, dann wandte sie sich wieder an den wartenden Croupier.

„Hand teilen“, sagte sie, obwohl es ihr widerstrebte, eine solche Summe aufs Spiel zu setzen. Der Croupier konnte seine Überraschung über diesen waghalsigen Einsatz nicht verbergen, doch er tauschte Marcos Schein wie gewünscht gegen Chips ein.

„Was machst du hier?“, flüsterte Amanda über ihre Schulter. „Wie bist du ohne Ticket durch die Sicherheitskontrolle gekommen?“

„Ich habe mir auf der Suche nach dir ein Ticket gekauft, damit ich in die Terminals hineinkam, ohne meinen Rang ausspielen zu müssen. Weißt du, wie schwer es ist, dich aufzuspüren?"

„Ich habe da so eine schwache Ahnung. Ich glaube mich zu erinnern, dass ich vor noch nicht allzu langer Zeit ganz San Rimini nach dir abgesucht habe."

„Touché." Er legte seine Hände rechts und links von ihr auf die Tischkante und schloss sie so zwischen seinen Armen ein. „Spiel die Hand zu Ende. Danach müssen wir reden."

Amanda versuchte, sich auf das Spiel vor ihren Augen zu konzentrieren, aber ihr schwirrte der Kopf. Marco war hergekommen, um sie zu finden. Obwohl er nicht verärgert schien, war sie nicht sicher, ob seine Anwesenheit gut oder schlecht war. Wie könnte sie sich rechtfertigen, nachdem sie ihn ohne ein Wort verlassen hatte?

Das spanische Paar sah aus, als würde es gleich in einen Schockzustand verfallen, als die beiden erst Prinz Marco, dann Amanda und dann wieder Prinz Marco anstarrten. Sie konnte es ihnen nicht verdenken.

Kristi beugte sich vor und flüsterte so laut, dass Marco es hören konnte: „Herzchen, Sie haben mir gar nicht erzählt, dass Sie die königliche Familie kennen. Und dieser hier ist der Hübsche. Kein Wunder, dass Sie so viel Glück haben!"

Amanda bekam keine Antwort heraus. Marcos Arme rechts und links von ihr vernebelten ihr die Sinne. Sie atmete scharf ein, als der Croupier ihre Könige getrennt niederlegte.

In der ersten Runde zog er eine Fünf für fünfzehn, in der zweiten eine Zwei für zwölf.

Dann drehte er seine eigene Karte um. Ein As. Achtzehn. Als er ihre Chips einzog, bekam Amanda ein flaues Gefühl im Magen. Was für ein Zeitpunkt für das Glück, um sie zu verlassen!

„Ich hätte es wissen müssen. Das war nicht die klügste Strategie." Sie wandte sich an Al und Kristi. „Es tut mir leid."

„Ist schon gut, Herzchen, es waren ja nur zwei Chips." Kristi tätschelte ihr Knie. „Sie sollten sich um wichtigere Dinge kümmern." Kristi schaute Marco an und ihr Gesichtsausdruck verriet, dass sie fand, den Prinzen aus der Nähe zu sehen, war es wert, einige Chips einzubüßen.

„Wenn Sie uns entschuldigen würden?" Marco ließ seinen Blick über alle am Tisch schweifen. Der Croupier nickte und trat einen Schritt zurück, um ihnen etwas Privatsphäre zu gewähren, behielt aber die Chips im Auge. Das spanische Paar fiel praktisch über die eigenen Füße, als es seinen Platz räumte.

Al und Kristi glitten von ihren Hockern, ihre Neugierde siegte jedoch über den Anstand, sodass sie in Hörweite blieben.

Marco schien das nicht zu kümmern. Er drehte Amanda auf ihrem Hocker zu sich um, dann stützte er sich zu beiden Seiten von ihr mit den Händen auf dem Tisch ab. Niemandem im Casino konnte die Vertraulichkeit seiner Haltung entgehen. „Als ich gestern Abend die Bibliothek verließ, was waren die letzten Worte, die ich zu dir gesagt habe?"

„Ich weiß es nicht", log Amanda. Sie erinnerte sich an jeden Augenblick der vergangenen Nacht.

„Ich sagte: ,Dieses Gespräch ist noch nicht zu Ende.‘ Bevor du also etwas Dummes tust, wie zum Beispiel in ein Flugzeug nach Hause zu steigen, lass uns den Dialog weiterführen."

„Es ist nicht wichtig. Nicht mehr. Und ich hätte es nicht so ausdrücken sollen, wie ich es ausgedrückt habe –"

„Es ist verdammt wichtig." Er dämpfte seine Stimme, um Lauscher – einschließlich Al und Kristi – zu entmutigen. Entschlossenheit stand in seinem Blick und ein Muskel zuckte an seinem Kiefer. „Warum war es so schwer, es mir zu sagen?"

„Weil ich wusste, wie sehr es dich treffen würde. Ich kann jetzt an deinem Gesicht erkennen, dass es dir zu schaffen macht, auch nur daran zu denken."

„Wirst du bald sterben?"

Bei seiner schonungslosen Frage blieb ihr der Mund offen

stehen. „Ich hoffe nicht. Nicht in naher Zukunft. Aber es gibt keine Garantien."

„Es gibt nie Garantien. Du könntest morgen von einem Auto überfahren werden."

„Oh, vielen Dank."

„Ich übrigens auch." Er schwieg für mehrere lange Sekunden und dabei blieb seine Miene ernst. „Soweit ich weiß, heißt das Vorliegen einer oder mehrerer Genmutationen nicht, dass eine Person zwangsläufig Brustkrebs bekommt. Es bedeutet nur, dass die Wahrscheinlichkeit höher ist."

„Das stimmt. Und es muss nicht unbedingt Brustkrebs sein. Ich könnte auch Eierstockkrebs bekommen. Du hast selbst gesagt, nach dem Tod deiner Mutter –"

„Wir reden jetzt nicht über sie."

„Doch, das tun wir", protestierte Amanda. Sie achtete darauf, ihre Stimme leise zu halten. „Sie ist der Grund, warum du dich mit der Krankheit auskennst. Du hast auch gesehen, was ihr Tod mit deinem Vater gemacht hat. Du hast die Auswirkungen auf dich schrecklich gefunden. Als du sagtest, du wolltest sehen, was die Zukunft für uns bereithält –"

„Das will ich immer noch." Seine Stimme klang ruhig und bestimmt.

„Wie willst du das tun?"

Er nahm ihre Hände in seine. „Heirate mich. So einfach ist das."

Amandas Brust krampfte sich zusammen. Sie kniff die Augen zu, bis sie sich wieder gefasst hatte.

Heirate mich. Konnte er das wirklich gesagt haben?

„Es muss nicht morgen sein", fuhr er leise fort. „Es muss auch nicht in einem Jahr sein. Aber ich möchte, dass du hierbleibst, in San Rimini, und ich möchte, dass wir zusammen sind. Ich möchte davon ausgehen, dass es für immer ist oder so lange, wie für immer sein kann. Ich liebe dich und wahrscheinlich habe ich dich von dem Moment an geliebt, als du mich aus dem

Casino gezerrt und dich geweigert hast, mein Verhalten hinzunehmen."

„Ich liebe dich auch, Marco. Deshalb glaubte ich heute Morgen, dass ich fortgehen müsste." Sie schaffte es, seinen Blick zu erwidern. Er sollte sehen, was sie für ihn empfand und wie tief ihre Gefühle waren. „Aber … es gibt so viel, was wir nicht voneinander wissen."

„Dann werden wir uns Zeit lassen und einander kennenlernen. Ich kann mir nichts vorstellen, was ich lieber täte. Das Wichtigste weiß ich schon: Du bist tüchtig, du bist lustig, du bist die verführerischste Frau, der ich je begegnet bin, und du glaubst an mich, auch wenn ich selbst an mir zweifele. Du bist zu jedem freundlich und respektvoll. Ich habe es daran gemerkt, wie du dich bei Filippo bedankt hast, als er uns zum Duomo gefahren hat, und wie du dich gestern Abend um meine Schwester gekümmert hast." Er löste seine Hände vom Tisch, um ihre zu ergreifen. „Bleib. Bleib für immer."

Ihre Kehle wurde eng, ein Vorbote von Tränen. Sie holte tief Luft, was nur dazu führte, dass ihr Kinn zitterte. Mit einem Lachen sagte sie: „Wusstest du, dass ich fünf Jahre älter bin als du? Wenn du fünfunddreißig bist, bin ich vierzig. Und wenn du fünfundvierzig bist, bin ich fünfzig. *Fünfzig!*"

Er zuckte mit den Schultern. „Na und?"

„Entschuldigen Sie, Hoheit", sagte Al und tat einen zaghaften Schritt auf sie zu, „Sie machen einer Dame einen Heiratsantrag und kennen sie nicht mal gut genug, um ihr Alter zu wissen?"

„Die Etikette schreibt vor, dass ein Mann eine Frau niemals nach ihrem Alter fragt." Marco zwinkerte Amanda zu, bevor er hinzufügte: „Aber wenn sie es von sich aus preisgeben möchte, ist es gut und richtig, ihr zu sagen, dass sie umwerfend aussieht, egal wie alt sie ist."

„Heiraten Sie ihn sofort!", drängte Kristi.

„Ich habe keine Ahnung, wer die beiden sind", sagte Marco

und warf dem Paar einen kurzen Seitenblick zu. „Aber du solltest auf sie hören. Heirate mich. Bitte."

„Bist du sicher, Marco?"

„Das ist nicht die Antwort, die von Ihnen erwartet wird. Sagen Sie einfach ja!" Kristis Worte hätten Amanda zum Lachen gebracht, wenn Marcos Miene nicht so todernst gewesen wäre.

Er schaute sie beschwörend an. „Ich habe dich gedrängt, mehr Risiken einzugehen. Hör auf, so vorsichtig zu sein."

„Es ist klug, alles zu durchdenken und vorausschauend zu planen. Deshalb mache ich den Job, den ich ausübe."

„Vielleicht. Aber von dem Moment an, als wir uns kennenlernten, bist du Risiken eingegangen. Du bist in den Privatraum im Casino gestürmt. Du hast das Jobangebot meines Vaters angenommen und mich dann überzeugt, dass ich ein wichtiges Dinner ausrichten kann. Und vor allem hast du deine Karriere aufs Spiel gesetzt, indem du den Job aufgegeben hast, weil du mich nicht verletzen wolltest."

„Ich will dich immer noch nicht verletzen."

Er schüttelte den Kopf. „Im Leben kann man Schmerz niemals vollständig vermeiden. Aber er ist viel leichter zu ertragen, wenn man liebt."

Er kniete auf dem roten Teppich des Casinos nieder, obwohl Kristi und Al und eine wachsende Menschenmenge zugegen waren. „Ich frage dich ein drittes Mal: Amanda Hutton, willst du mich heiraten? Ich liebe dich. Du bist jedes Risiko wert. Und ich weiß, dass das nicht die angemessene Art ist, dir einen Antrag zu machen, ohne Ring und so, aber wenn du Ja sagst, werde ich das schnellstmöglich in Ordnung bringen."

Ihr zersprang fast das Herz beim Anblick seines ernsten Gesichts und der grenzenlosen Liebe, die sie in seinen Augen sah. Im Flüsterton erwiderte sie: „Die einzigen Anforderungen an einen angemessenen Antrag sind, dass eine Partei fragt und die andere antwortet, hoffentlich mit einem Ja."

Hoffnung zeigte sich auf seinem Gesicht. „Ich habe meinen Teil getan. Hast du eine Antwort für mich?"

Sie lächelte, wollte den Moment auskosten, ebenso wie die Erkenntnis, wenn Marco diTalora in der Lage war, seine Angst vor Menschenmengen zu überwinden und ihr vor unzähligen Fremden an einem sehr öffentlichen Ort einen Heiratsantrag zu machen, konnte er alles überwinden.

Und wenn er es konnte, dann konnte sie es auch.

Sie beugte sich nach vorn. Einen Atemzug, bevor ihre Lippen die seinen berührten, sagte sie: „Ja."

KAPITEL 14

„Dieser Wagen ist unpassend. Eine Limousine wäre angemessener gewesen. Oder die Kutsche, die König Eduardo angeboten hat." Amandas Vater schaute auf die Menge weißen Stoffs, der sich auf ihrem Schoß bauschte. „Dieses Auto ist nicht für ein Hochzeitskleid gedacht."

Amanda schüttelte das Kleid auf und grinste dann. „Ein sehr weiser Mann hat einmal zu mir gesagt: *Zum Teufel mit unpassend.* Ich glaube, das war ein guter Rat. Zumindest in Hinblick auf meine heutige Beförderung."

Sie ignorierte den schockierten Blick ihres Vaters und sah lächelnd aus dem Fenster von Marcos schwarzem Range Rover, während dieser im Schneckentempo die Strada il Teatro entlangrollte. Durch das offene Fenster winkte sie den Kleinkindern zu, die auf den Schultern ihrer Eltern saßen, und einer Gruppe von Studierenden, die auf dem breiten Bürgersteig auf und ab hüpften, ihren Namen riefen und ihr viel Glück wünschten. Sie lächelte den älteren Kindern zu, die sich vor die Menge gehockt hatten, sodass sie Flaggen von San Rimini und den Vereinigten Staaten zwischen den Absperrgittern hindurchstecken und schwenken konnten. Ein berittener Polizist berührte zum Gruß seinen Helm, als sie vorbeifuhren, und sie hätte schwören können, dass er Tränen in den Augen hatte.

„Außerdem", fügte sie hinzu, als sie um die Ecke der Straße bogen, die zum Duomo hinaufführte, „haben wir noch reichlich Zeit für *angemessen*, wenn wir die Kathedrale erreicht haben."

„Das stimmt." Ihr Vater tätschelte ihr das Knie – oder versuchte es zumindest, denn es war unter einem Berg von Seide begraben. Einen Moment später sagte er: „Das ist sowohl in öffentlicher als auch privater Hinsicht ein großer Schritt. Aber ich weiß, es ist das, was du willst, und ich bin froh, dass du dieses Schicksal mit beiden Händen gepackt hast. Ich bin so stolz auf dich, mein Schatz, aus so vielen Gründen. Du und Prinz Marco, ihr werdet viele, viele Jahre glücklich miteinander sein."

„Ich weiß." Und sie hätte es von Anfang an wissen müssen. Ihre Eltern liebten sie beide. Die Befürchtung, sie könnte sie enttäuschen, erwuchs aus ihr selbst. Das war etwas, was sie und Marco im Laufe ihrer Verlobung voneinander gelernt hatten. So viele Ängste – sowohl die Angst vor Versagen als die Angst vor Erfolg – kamen von innen. Sie waren nicht in der Realität verwurzelt.

Gemeinsam hatten sie mehr öffentliche Veranstaltungen besucht, als Amanda zählen konnte, von einem Klimagipfel in der Schweiz bis hin zu Schulbesuchen in San Rimini. Marco hatte außerdem eine Reihe von Veranstaltungen geplant und ausgerichtet, darunter ein zweitägiges Musikfestival, dessen Erlös den Patienten im Flügel des Royal Memorial Hospitals zugutekam, der seiner Mutter gewidmet war.

Sie hatten auch private Momente miteinander geteilt. Die Beerdigung von Lucrezia war ein Tiefpunkt, jedoch sorgte er dafür, dass Marco und Amanda jeden Augenblick, den sie miteinander hatten, umso mehr zu schätzen wussten. Den Höhepunkt markierte eine Wanderung durch das ländliche Kambodscha, die ein Abenteuer gewesen war. Marco hatte sie ermutigt, Dinge auszuprobieren, von denen sie nie gedacht hätte, dass sie sie tun könnte, wie zum Beispiel auf dem Rücken eines Elefanten zu reiten, der durch einen Fluss watete, Lebensmittel zu essen, die sie nicht kannte, und Nebenrouten zu nehmen, die durch unwegsames Gelände führten. Jedes Mal hatte sie etwas Neues gelernt und ihre vermeintlichen Grenzen erweitert.

Sie und Marco ergänzten sich gut.

Obendrein würde Jennifer am Ende des Tages ihre Schwägerin sein.

Es hatte niemanden überrascht, dass Jennifer von der Nachricht über die Verlobung begeistert gewesen war. Kaum hatte sie von dem Heiratsantrag am Flughafen erfahren, hatte sie eine monatliche Reservierung für das Hinterzimmer ihres Lieblingsrestaurants vorgenommen und Amanda erklärt, dass sie nun, da sie beide im Palast wohnten, einen regelmäßigen Frauenabend brauchten.

Diese Abende waren eine Freude. Bei ihrem letzten Treffen hatten sie Prinzessin Isabella eingeladen, sich ihnen anzuschließen. Anfangs war die Prinzessin recht still gewesen, doch schließlich hatte sie sich entspannt, sodass sie zu dritt einen Abend verbracht hatten, an dem sie viel gelacht und Geschichten von Beinahe-Katastrophen bei öffentlichen Auftritten ausgetauscht hatten.

Amanda vermutete, dass die Prinzessin öfter eine Auszeit vom streng geregelten Palastleben gebrauchen konnte.

Amandas Vater grinste und winkte einem kleinen Jungen zu, der einen Luftballon schwenkte. „Eines hast du mir noch nicht gesagt: Habt ihr euch für ein traditionelles Ehegelübde entschieden oder euer eigenes geschrieben? Ich weiß, dass ihr geplant hattet, das mit dem König zu besprechen, aber bei der Probe gestern war es kein Thema. Der Priester erwähnte lediglich, wann die Gelübde in der Zeremonie vorgesehen sind."

„Weder noch. Wir haben beschlossen, zu improvisieren. Natürlich mit der Erlaubnis des Königs und des Priesters."

Ihr Vater lehnte sich zurück und starrte sie an. „Du machst wohl Witze. Ich bin überrascht, dass der König so etwas zulässt."

Sie streckte die Hand aus, um einen weißen Fussel von der Hose ihres Vaters zu klauben, und erinnerte sich daran, wie Marco an dem Tag, an dem sie sich kennengelernt hatten, über die breite Rückbank des Wagens hinweggegriffen hatte, um ihr Kleid zu richten.

„Es wird schon gut gehen, Dad", beruhigte sie ihn. „Wir lieben uns. Wir dachten, wir sprechen einfach aus, was unser Herz uns sagt. Das macht es für uns beide unvergesslich und bedeutungsvoller."

„Eure Hochzeit wird in die ganze Welt übertragen. Hast du keine Angst, dass ihr, du oder Marco, etwas Peinliches sagen könntet?"

Sie lachte, als sie auf die große kreisförmige Einfahrt vor dem Duomo fuhren, während die Glocken ihre Ankunft verkündeten. Eine Gruppe von Soldaten aus San Rimini, die Festtagsuniformen trugen, standen an der Treppe Spalier. Sie warteten darauf, dass ihr Vater sie gleich in die Kathedrale geleiten würde.

„Das werden wir nicht", versicherte sie ihrem Vater. „Und selbst wenn – wir sind zu dem Schluss gekommen, dass es das Risiko wert ist."

Sie küsste ihn auf die Wange und wartete dann, während er aus dem Range Rover stieg, um das Fahrzeug herumging und ihr die Tür öffnete.

Sie konnte es kaum erwarten, den nächsten Schritt zu tun.

Vielen Dank, dass Sie *Eine Beraterin für Prinz Marco* gelesen haben.

Wenn Ihnen das Buch gefallen hat, würde ich mich freuen, wenn Sie eine Rezension auf der Website Ihres bevorzugten Onlineshops oder einer Rezensionsplattform Ihrer Wahl hinterlassen. Das ist sowohl für mich als Autorin als auch für andere Leserinnen und Leser sehr hilfreich.

Besuchen Sie meine Website unter nicoleburnham.com und erfahren Sie mehr über meine nächsten Veröffentlichungen.

Der nächste Titel von Die Royals von San Rimini ist bereits im Verkauf. Lesen Sie weiter für eine Vorschau auf *Ein Ritter für Prinzessin Isabella.*

EIN RITTER FÜR PRINZESSIN ISABELLA

Prolog

SAN RIMINI, NOVEMBER 1190

Zwei Männer konnte er besiegen. Vielleicht auch drei, wenn das Überraschungsmoment dazukam.

Allerdings zählte Domenico di Bollazio von seinem Versteck hinter einem Gestrüpp aus niedrigen Büschen, tief im waldreichen Hügelland von San Riminis westlichem Grenzgebiet, fünf Männer auf der Lichtung. *Türkische Spione*, stellte er erschrocken fest, als er bemerkte, dass sie Kleidung aus San Rimini anhatten, aber mit schwerem Akzent sprachen und türkische Kurzschwerter trugen. Sie standen im Kreis und traten wütend auf einen spindeldürren Jungen von nicht mehr als fünfzehn Jahren ein.

Nur ein Narr würde eingreifen, warnte Domenico sich selbst und löste widerwillig seine Finger vom ledergepolsterten Griff seines Schwertes, das in der Scheide steckte. Es war besser, wenn er seinen Impuls, dem Jungen zu helfen, unterdrückte und zu seinem Pferd zurückkehrte, um seine eigentliche Mission zu erfüllen.

Dennoch konnte er nicht wegschauen und beobachtete weiter, wie der Junge, der auf dem Boden lag, auf Italienisch um Gnade flehte. Die Ungläubigen schenkten ihm keine Beachtung. Sie wollten Blut und das würden sie zweifellos auch bekommen.

„Wo ist sie?", fragte einer der bewaffneten Männer. Sein Akzent machte es schwer, ihn zu verstehen, aber der drohende Tonfall war unüberhörbar. „Mach es dir leichter und sag uns jetzt, wo du sie versteckt hast." Um der Äußerung Nachdruck zu verleihen, trat er dem Jungen in die Rippen.

Domenico schloss die Augen, als er das hässliche Knacken von brechenden Knochen hörte. Er verfluchte sich selbst, weil er innegehalten hatte, weil es ihm nicht gleichgültig war, und entfernte sich von der Lichtung. Dabei achtete er darauf, dass die dicke Schicht Herbstlaub unter seinen Füßen nicht raschelte.

„Ich weiß nichts von dieser ... dieser Nachricht!" Der verängstigte Schrei des Jünglings drang an Domenicos Ohren, obwohl der Ritter entschlossen war, das Geräusch auszublenden.

„Leugne es, wenn du willst. Unsere Spione wissen, dass der Bote des Königs heute Morgen auf dem Weg nach Messina hier vorbeikommen sollte."

Domenico erstarrte, sein Herz wurde zu Eis in seiner Brust. In geduckter Haltung schlich er zurück zur Lichtung. Seine Aufmerksamkeit war auf die Szene gerichtet, die sich vor seinen Augen abspielte.

„Lasst ihn nicht entwischen", befahl einer der Ungläubigen den anderen, wobei er fortfuhr, Italienisch zu sprechen, damit der Junge seine Worte verstand. „Wenn er weiterhin so töricht auf seiner Unschuld beharrt, macht mit ihm, was ihr wollt, und sucht dann die Gegend ab. Sie ist wahrscheinlich in den Büschen in der Nähe versteckt."

Aus Gewohnheit rieb Domenico mit der Hand über den Knauf seines Schwertes. In seinem Innern wusste er jedoch, dass jeder Rettungsversuch vergeblich sein würde. Der Junge wälzte sich auf dem Boden und versuchte, auf die Füße zu kommen, er hörte jedoch auf, als der Größte der Türken ihm einen Dolch ins Bein stieß.

Wut stieg in Domenico auf, aber er hatte keine Zeit, über die Verletzung des unschuldigen Jungen oder seinen Tod nachzudenken, der wahrscheinlich bald eintreten würde. Danach würden die Spione herausfinden, was Domenico bereits erkannt hatte, nämlich, dass das Pony des Jungen nur mit Proviant für einen halben Tag beladen war. Er hatte nicht genug Verpflegung, um eine Nachricht über schwieriges Terrain zur anderen Seite der Halbinsel zu bringen.

Aber wenn Domenico jetzt nicht selbst entkam, würden die Männer mit Sicherheit *ihn* finden und vielleicht sogar die Nachricht, hinter der sie her waren. Diese war sicher an seiner Brust in das Futter seines abgesteppten Gambesons eingenäht.

König Bernardo hatte Domenico darauf hingewiesen, dass die Nachricht bedeutsam war und einige ihr Leben dafür geben würden, den Inhalt zu erfahren. Weniger als zwei Stunden, nachdem er den König von San Rimini verlassen hatte, erkannte der Ritter die Wahrheit dieser Abschiedsworte. Er konnte von Glück sagen, wenn er Richard Löwenherz und sein Heer, das jetzt mit dem französischen König Philippe Auguste auf der Insel Sizilien lagerte, lebend erreichte.

Innerhalb weniger Minuten fand Domenico sein Pferd, das nicht weit entfernt von der Lichtung zwischen den Bäumen versteckt stand. Er führte das Tier zur Straße, doch bevor er aufsteigen konnte, schreckte ihn ein Geräusch im nahen Gebüsch auf. Er drehte sich gerade noch rechtzeitig um, um zu sehen, wie sich eine verängstigte Frau mit feuerrotem Haar ihren Weg aus dem Gehölz bahnte.

„Bitte, mein Ritter", flehte die Frau und kam ohne Zögern

auf ihn zu, um seinen Arm zu ergreifen, „habt Ihr einen Jüngling hier gesehen? Vierzehn Jahre alt, mit Haar in der Farbe von frischem Stroh?"

Der Jüngling. Domenico warf einen Blick über die Schulter, um sich zu vergewissern, dass die Stimme der Frau die Soldaten nicht auf seine Anwesenheit aufmerksam gemacht hatte. Als er sicher war, dass sie nichts gehört hatten, richtete er seine Aufmerksamkeit wieder auf sie. Aufgrund ihres Alters und ihres verzweifelten Gesichtsausdrucks vermutete er, dass sie die Mutter des armen Jungen war. Doch das war es nicht, was seine Nervenenden vibrieren ließ, um ihn zu warnen. Die Frau erschien ihm vertraut, obwohl Domenico wusste, dass er sie noch nie in seinem Leben getroffen hatte.

Mit leiser Stimme fragte er: „Wie ist Euer Name, Signora? Wie kommt es, dass Ihr Euch in der Nähe der Grenze aufhaltet? Wisst Ihr nicht, wie gefährlich –"

„Ich werde Rufina genannt. Bitte, ich weiß, dass Ihr meinen Ignacio gesehen habt. Eure Augen verraten es mir."

Rufina, die Hexe?

Kein Wunder, dass sie ihm bekannt vorkam. Er hatte von der rothaarigen Hexe gehört, die in dieser Gegend lebte, einer Frau, die das Glück gehabt hatte, aus der Stadt fliehen zu können, bevor sie wegen ihrer Verbrechen gegen die Kirche vor Gericht gestellt wurde.

Obwohl Domenico selbst nicht an Hexerei glaubte, spürte er, dass es ein Fehler wäre, über sie hinwegzugehen. „Ich habe ihn gesehen. Dort drüben, auf der Lichtung. Aber er ist in Schwierigkeiten –"

Die Frau machte sich nicht die Mühe, zu fragen, um was für Schwierigkeiten es sich handelte, und wandte sich in die Richtung, in die Domenico zeigte. Bevor sie zwei Schritte machen konnte, packte er einen ihrer knochigen Ellbogen. „Eine Gruppe von Ungläubigen hat ihn gefangen genommen. Wenn Ihr die Lichtung betretet, werden sie Euch wahrscheinlich töten. Wartet, bis sie weg sind, dann könnt Ihr die Wunden des jungen Mannes behandeln. Das ist das Beste, was Ihr erhoffen könnt."

Rufina war dafür bekannt, dass sie sich in der Heilkunst auskannte, auch wenn die Frommen ihr vorwarfen, den Teufel selbst um Hilfe anzurufen. Dank ihrer Fähigkeiten könnte der Junge eine geringe Chance haben, zu überleben.

Wenn er nicht schon tot war.

Rufina schien den Rat jedoch nicht hilfreich zu finden. Sie starrte Domenico an, ihre Augen waren so voll Hass und Anklage wie die eines jeden Kriegers, dem er im Kampf begegnet war. „Mein Sohn ist verletzt und doch tut Ihr nichts? Wie könnt Ihr es wagen, dieses Schwert zu tragen und Euch einen Ritter von San Rimini zu nennen!"

Sie hob ihre Hand, um ihn zu schlagen, aber Domenico war schneller und hielt ihr dürres Handgelenk mitten in der Bewegung fest. „Ich konnte ihm nicht helfen. Ich bin im Auftrag des Königs unterwegs und Eurem Sohn beizustehen, hätte meine Mission gefährdet." Er fluchte leise und ließ ihr Handgelenk los. Er hätte nicht so viel preisgeben dürfen. „Bitte versteht, Signora. Geht jetzt und tut, was ihm am meisten hilft –"

„Im Auftrag des Königs", fauchte sie, ohne Furcht zu zeigen. „Ihr besitzt das Schwert eines Ritters, tragt aber kein Adelswappen. Ist der Auftrag des Königs so dringlich, dass Ihr nicht innehalten könnt, um jemandem in Not zu helfen? Einem Jüngling, der in bescheidenen Verhältnissen aufwuchs, so wie Ihr? Oder ist es Euer Ehrgeiz – der Ehrgeiz, durch das Buhlen um die Gunst des Königs eigene Ländereien und Titel zu erlangen –, der Euch daran hindert, auch nur das geringste Risiko einzugehen, um einem anderen zu helfen?"

Domenico zuckte überrascht zusammen. In diesen wenigen Sätzen hatte diese Frau, die Hexe, sein Leben besser zusammengefasst, als er es selbst könnte. Ihre Schlussfolgerungen gefielen ihm nicht.

Sein Pferd tänzelte neben ihm und erinnerte ihn an seine Absicht. „Ich muss aufbrechen. Ihr wärt gut beraten, wenn Ihr –"

„Oh, ich werde ihn retten, habt keine Bange. Und Euch bewahre ich Euer schlechtes Gewissen. Aber wisset", sie schob ihre Hand tief in die Falten ihrer schmutzigen Wolltunika, „bis Ihr Euren Ehrgeiz aufgeben und Eure eigenen Wünsche zum Wohle eines anderen opfern könnt, werdet Ihr weder das wahre Glück dieser Welt noch den Frieden des Todes erfahren. Euer Leben ist Euch so viel wert, dass Ihr Euch weigert, es aufs Spiel zu setzen? Dann sollt Ihr leben!"

Mit einer blitzschnellen Bewegung zog sie ihre Hand aus der Tunika. Domenico wich aus in der Erwartung, sie würde einen Dolch schwingen, wie ihn anrüchige Frauen oft zu ihrem Schutz trugen, aber stattdessen hatte sie nur ein grünes Pulver in der Hand, das sie ihm ins Gesicht schleuderte. Wie Feuer brannten seine Wangen, als er es wegwischte. Wahrscheinlich war es aus Giftefeu oder einer ähnlichen Pflanze hergestellt.

In der Ferne erhoben sich zornige Stimmen, die ihn ablenkten von den Bemühungen der Hexe, ihn einzuschüchtern. Wegen dieser törichten Frau würde er noch getötet werden!

„Schweigt, Signora!", zischte er, dann schwang er sein Bein hoch und über sein Pferd. Domenico wandte sich in die Richtung von Venedig und der langen Straße nach Sizilien und hoffte inständig, Rufina nie wieder zu begegnen.

———

Kapitel 1

BOSTON, GEGENWART

Mit etwas Glück könnte ihn die Schönheit, die auf dem Stuhl aus Messing und Leder in seinem Vorraum hockte, geradewegs zu Rufina führen.

Nick Black betrachtete das Bild auf dem Fernsehgerät der Videoüberwachungsanlage hinter seinem Schreibtisch und beobachtete, wie die Prinzessin von San Rimini, Isabella diTalora, unauffällig auf ihre Rolex schaute. Sie hielt den Rücken gerade und das Lächeln blieb auf ihrem Gesicht, aber er vermutete, dass auch die Mitglieder eines modernen Königshauses es nicht schätzten, wenn man sie warten ließ.

Nick grinste innerlich. Ihr Vorfahre, König Bernardo, hätte nicht so viel Geduld gezeigt. Das Jaulen der Sirene eines Krankenwagens schallte bis zu ihm herauf, fünfunddreißig Stockwerke über dem Bostoner Finanzviertel, und verklang.

Er warf zwei Aspirin in den Mund und spülte sie mit einem Glas kühlem Wasser hinunter, dann wandte er sich Anne Jones zu, seiner Assistentin seit fast acht Jahren. „Ich würde es vorziehen, ihr nicht persönlich zu begegnen."

„Sie ist eine Prinzessin, nicht irgendeine Kunstsammlerin. Sie wird eine Erklärung erwarten."

Anne kannte ihn gut genug, um nicht hinzuzufügen: *Außerdem haben Sie dem Termin zugestimmt.*

Es stimmte, das hatte er in einem törichten Moment getan. Aber wenn sein Sammlungsverwalter Roger Farris herausfinden könnte, worauf die Prinzessin aus war, umso besser. Mit je weniger Leuten Nick in seinem Leben zu tun hatte – vor allem mit so prominenten wie der verwöhnten Prinzessin Isabella –, desto weniger würde sein Name genannt oder ein Foto von ihm gemacht werden. Das verlängerte die Zeit, die er sich an einem Ort aufhalten oder ein und dasselbe Pseudonym verwenden konnte, bevor die Leute Verdacht schöpften, weil er nie zu altern schien.

Die moderne Technik würde ihn überführen, wenn er nicht

aufpasste, und dies würde eine ganz andere Art von Hexenjagd auslösen als die, der er gerade nachging.

Er zuckte mit den Schultern. „Roger kann das regeln. Ich vermute, Ihre Hoheit möchte einige meiner Gemälde oder Artefakte für das Nationalmuseum von San Rimini erwerben. Ich habe gehört, dass sie zu seinen größten Unterstützern gehört. Wenn dem so ist, das weiß Roger, erwarte ich eine Gegenleistung. Vorzugsweise einen Austausch von Artefakten. Oder Manuskripten." Von Manuskripten, die ihm Hinweise darauf geben könnten, was mit Rufina geschehen war, und ihm helfen könnten, den Fluch zu brechen.

„Natürlich. Ich werde dafür sorgen, dass Roger ihr besondere Aufmerksamkeit zukommen lässt." Anne strich ihr rotes Haar, das von grauen Strähnen durchzogen war, glatt und fuhr sich mit der Zunge über die Zähne, bevor sie zu einer weiteren Begegnung mit der berühmten Prinzessin im Korridor verschwand.

Er dankte seinen Glückssternen – den wenigen, die er hatte –, dass Anne so tüchtig war und nicht viele Fragen stellte. Es würde ihm äußerst leidtun, sie zu verlieren, wenn es wieder an der Zeit war, seine Identität zu wechseln.

Nick drehte seinen schwarzen Bürostuhl aus Leder so, dass er wieder auf den kleinen Bildschirm blicken konnte. Einen Moment später sah er, wie die Prinzessin aufstand und sich dem Aufzug zuwandte. Roger kam ins Blickfeld, sein Haar ordentlich gekämmt, seine Haltung elegant, und wie immer trug er einen gut geschnittenen marineblauen Anzug und auf Hochglanz polierte Schuhe.

Roger verbeugte sich leicht und streckte ihr die Hand entgegen. „Prinzessin Isabella. Es ist mir eine Ehre."

Die schlanke Brünette erwiderte seinen Händedruck und schenkte ihm dann das Lächeln, das die Paparazzi so gerne auf Fotos festhielten. „Ich freue mich, Sie kennenzulernen, Mr.

Black. Wie Sie wissen, habe ich schon seit einiger Zeit versucht, ein persönliches Treffen zu arrangieren."

Ihre Stimme tat Nick wohl wie eine warme Dusche an einem eisigen Wintertag. Er hatte zwar schon Bilder von der Prinzessin und Fernsehberichte über sie gesehen, aber er hatte sie noch nie sprechen hören. Sie hatte keine Spur des Akzents von San Rimini, den er erwartet hatte. Ihre Jahre in Harvard hatten ihr offensichtlich geholfen, amerikanisches Englisch zu meistern. Dennoch hatte ihr Tonfall etwas Königliches und machte deutlich, dass sie alles andere als eine durchschnittliche Frau war.

Sie war die Art Frau, für die er Männer hatte sterben sehen.

Ihre Stimme hatte offensichtlich die gleiche Wirkung auf Roger. Sogar auf dem Bildschirm der Videoüberwachung konnte Nick sehen, wie sich Rogers Kiefermuskeln anspannten, und dessen Nervosität bei der Begegnung mit der beliebten Prinzessin spüren.

„Ich entschuldige mich für die Verwechslung, Hoheit", brachte Roger schließlich heraus. „Ich bin Roger Farris. Ich kümmere mich um Mr. Blacks Kunstsammlung, insbesondere um die Stücke aus San Rimini."

Sie hob eine perfekt geschwungene Augenbraue, als Nick mit der Kamera heranzoomte. „Bitte verzeihen Sie meinen Irrtum. Ich nahm an, dass Mr. Black in den Vorraum kommen würde, um mich persönlich zu begrüßen."

Roger versuchte mit einem schwachen Lächeln, seine Unsicherheit zu verbergen, sagte jedoch nichts, sondern bedeutete ihr mit einer Geste in Richtung des Konferenzraums direkt nebenan, dass sie vorangehen sollte.

Sobald sie durch die Glastür getreten waren, brauchte Nick nur einen Knopf auf seiner Konsole zu drücken, um Bild und Ton auf den Konferenzraum umzuschalten.

Die Prinzessin drehte sich zu Roger um, als sie bemerkte, dass sich nur zwei Wasserflaschen und Notizblöcke auf dem

Granit-Konferenztisch befanden. „Er hat nicht vor, sich uns anzuschließen, oder?"

Nick konnte sich ein lautes Lachen nicht verkneifen. *Schnell begriffen, Prinzessin.*

„Ich fürchte nicht. Ich entschuldige mich, wenn seine Assistentin Ihnen diesen Eindruck vermittelt hat. Mr. Black lebt äußerst zurückgezogen und trifft nur selten jemanden persönlich. Er benutzt diesen Raum hauptsächlich, um seine Forschungsunterlagen auszubreiten." Roger rückte ihr einen der Stühle zurecht. „Warum nehmen Sie nicht Platz? Wenn Sie lieber einen Kaffee möchten –"

„Nein, danke." Sie beachtete den Stuhl nicht und schritt zum Fenster. Nick konnte sich vorstellen, was sie sah: ihre gemietete Mercedes-Limousine, die unten an der Federal Street am Bordstein wartete, den VIP-Parkausweis im Fenster, mit ihrem Wachmann, der neben der Beifahrertür bereitstand.

„Wie ich schon sagte ..." Ihre volle Stimme zusammen mit ihrer beeindruckenden Erscheinung ließ plötzlich eine Welle des Verlangens in Nick aufsteigen. „Ich habe erhebliche Mühen unternommen, um ein Treffen mit Mr. Black zu ermöglichen. Ein privates Treffen. Ich bin den weiten Weg von San Rimini hierhergeflogen, habe meine Familie in einer Zeit großer Turbulenzen zurückgelassen und ich habe sogar mein Sicherheitspersonal angewiesen, unten zu bleiben, wie Mr. Black es gewünscht hat, aus Respekt vor seinem Bestreben, die *Privatsphäre seines Büros* zu wahren."

Sie wiederholte den Satz, den Anne täglich benutzte, um diejenigen abzuwehren, die versuchten, Nicks Büro zu betreten – vom UPS-Mann bis hin zu Innenarchitekten vom Schlag des Architectural Digest, die den zurückgezogen lebenden Sammler überreden wollten, sich von einigen seiner Stücke für ihre Musterhäuser zu trennen.

Die Prinzessin verschränkte die Arme und wirbelte zu Roger herum. „Ich weiß, dass Sie seine Sammlung betreuen, und ich danke Ihnen, dass Sie sich Zeit genommen haben, aber Mr. Black ist der Experte für die Kunstgeschichte von San Rimini. Ihn möchte ich sprechen. Das ist sehr wichtig für mich.“

„Ich verstehe, Hoheit, aber ich kann Ihnen versichern, dass ich umfassende Kenntnisse besitze über –“

„Ich bin im Copley Plaza abgestiegen. Sie können mich dort erreichen, falls Mr. Black mich heute zu sehen wünscht.“ Sie zog eine elfenbeinfarbene Visitenkarte aus ihrer Handtasche, kritzelte eine Nummer auf die Rückseite und legte sie auf den Tisch. Dabei klopfte sie zum Nachdruck mit dem Fingernagel auf die Granitoberfläche. „Ich beabsichtige, morgen nach Hause zu fliegen.“

Sie sicherte ihre elegante Handtasche, die über ihrer Schulter hing, nickte Roger zu und ging zur Tür.

„Bitte, Hoheit, es ist Mr. Black wichtig, dass –“ Roger verstummte, als offensichtlich wurde, dass Prinzessin Isabella ihre Meinung nicht ändern würde. Sein Blick wanderte zu der Kamera, die diskret in einer Ecke des Konferenzraums angebracht war. Er warf Nick einen Blick zu, der bedeutete: *Helfen Sie mir aus dieser Situation heraus.*

Verdammt.

Bevor die Prinzessin den Konferenztisch umrunden konnte, tippte Nick eine Reihe von Zahlen in sein Telefon. Er verfolgte auf dem Bildschirm, wie der Apparat im Konferenzraum klingelte. Die Prinzessin verharrte, während Roger den Hörer abnahm und seinen knappen Anweisungen lauschte.

Nachdem Nick den kleinen Fernseher ausgeschaltet hatte, riss er seine Bürotür auf und schritt den kurzen Flur entlang, vorbei an der Toilette und Annes Schreibtisch zum Konferenzraum. Als Nick sich der Glastür näherte, drang Rogers Stimme in den Flur: „Hoheit, Mr. Black ist auf dem Weg. Er möchte sich mit Ihnen treffen.“

„Danke“, erklang ihre seidenweiche Stimme direkt hinter der

Tür. Dann stockte sie. „Aber Sie haben am Telefon kein Wort gesagt. Wie konnte er wissen –"

„Mr. Black wird es Ihnen gerne erklären."

Roger eilte zur Tür hinaus, lief im Flur an Nick vorbei. Seine Mundwinkel zuckten, was so viel bedeutete wie: *Ich habe es versucht.*

Nick zwang sich, nicht allzu verstimmt zu sein. Roger bezog ein stattliches Gehalt, um Nick von der Außenwelt abzuschirmen. Der ältere Herr erledigte seine Aufgabe hervorragend und hatte sogar seinen eigenen Namen auf den Mietvertrag und die Steuerformulare der Firma gesetzt. Dank Roger wussten nur die ganz Hartnäckigen von Nicks Existenz.

Entschlossene Persönlichkeiten wie Prinzessin Isabella.

Nachdem Nick tief durchgeatmet hatte, betrat er mit einem breiten Lächeln den Konferenzraum. „Guten Tag, Hoheit. Ich bin Nick Black. Es ist mir ein Vergnügen, Sie kennenzulernen." Er streckte seine Hand aus und als die Prinzessin sie schüttelte, fand er ihre Haut ebenso weich wie ihre betörende Stimme.

„Ich entschuldige mich für das Missverständnis", fuhr er fort, „aber da Mr. Farris für den An- und Verkauf von Stücken aus meiner Sammlung zuständig ist, nahm ich an, dass Sie es vorziehen würden, mit ihm zu sprechen."

„Freut mich, endlich Ihre Bekanntschaft zu machen, Mr. Black. Entschuldigung angenommen." Sie neigte ihren Kopf in Richtung der kleinen Kamera, die in der Ecke des Konferenzraumes installiert war. „Aber ich mag es nicht, wenn man mich ausspioniert."

Die Prinzessin hatte also einen Verstand, der ihrer Schönheit entsprach. Er warf ihr einen beschwichtigenden Blick zu. „Ich gebe zu, dass ich das auch nicht mag. Es verursacht mir eine Gänsehaut."

Gänsehaut war die Untertreibung des Jahrtausends. Jahrhunderte zuvor, als er in einem ruhigen Dorf außerhalb Londons gelebt hatte, hörte Englands Königin Bloody Mary

Gerüchte über einen Mann, der nie alterte, und sandte ihre Spione aus, um dem nachzugehen. Als diese zurückmeldeten, dass niemand im Dorf irgendetwas über Nicks Geburt, seine Familie oder seinen Hintergrund wusste, befahl sie, ihn so lange in den Tower von London zu werfen, bis sich herausgestellt hatte, ob die Gerüchte zutrafen. Zweimal musste er lange Verhöre über sich ergehen lassen und als er nicht die gewünschten Antworten lieferte, deuteten seine Häscher an, dass ein drittes Verhör auch Folter mit einschließen würde. Nur ein halsbrecherischer Sprung in die Themse, gefolgt von der Flucht auf einem Schiff, das nach Frankreich fuhr, bewahrte ihn vor einem Schicksal, das ihn immer noch erschaudern ließ.

Obwohl er schon öfter nur knapp einer Gefahr entronnen war, brachte ihm die Erfahrung mit der Königin zwei wertvolle Erkenntnisse: erstens, dass diejenigen, die seinen Fluch entdeckten, ihn wie einen Dämon oder einen Kriminellen behandeln würden, und zweitens, dass er nie zu lange an einem Ort verweilen durfte. Die Leute merkten etwas. Die Leute redeten. Und er wollte den Rest seines langen, langen Lebens ganz sicher nicht als Laboraffe verbringen.

Er stützte seine Hände auf die Lehne des Stuhls, den Roger für die Prinzessin zurechtgerückt hatte. „Wie Mr. Farris schon sagte, Hoheit, bin ich ein sehr zurückgezogen lebender Mensch. Daher auch die Kameras. Als Mitglied einer der am meisten beobachteten Familien in Europa können Sie das doch sicher verstehen? Ich vermute, dass jeder, der Ihren Palast betritt oder verlässt, ständig überwacht wird, und zwar mit ausgefeilterem Equipment, als ich es besitze. Ich hoffe, Sie betrachten meine Methoden nicht als *Spionieren*."

„Touché, Mr. Black." Sie schenkte ihm ein kurzes Lächeln, um ihm zu zeigen, dass er das Eis gebrochen hatte, und nahm auf dem Stuhl Platz, den er ihr angeboten hatte. „Warum kommen wir nicht gleich zur Sache?"

Er setzte sich auf den anderen Stuhl. „Bitte, nennen Sie mich Nick."

Sie strich ihr Kleid glatt, ein allem Anschein nach schlichtes beigefarbenes Etuikleid aus Seide, von dem er vermutete, dass es noch mehr gekostet hatte als die Perlenkette, die sie um den Hals trug. „Natürlich ... Nick. Ich will ganz offen sein. Ich bin hier, um Sie nach San Rimini einzuladen."

Er bemühte sich, seine Überraschung nicht zu zeigen. Die Besucher des Büros interessierten sich immer für seine Sammlung, nicht für ihn persönlich, und er wollte es gerne dabei belassen. Außerdem war San Rimini der letzte Ort auf der Welt, den er besuchen wollte. Er hatte auf diesem Boden zu viele persönliche Verluste erlitten, um jemals dorthin zurückzukehren, es sei denn, etwas oder jemand dort könnte seinen Fluch brechen. Die tadellos zurechtgemachte Prinzessin vor ihm schien nicht zur Zunft der Fluchbrecher und - brecherinnen zu gehören.

Er faltete die Hände auf dem Tisch. „Ich fürchte, ich halte keine Vorträge, falls Sie das im Sinn haben sollten."

„Nichts dergleichen. Wegen einer solchen Bitte hätte ich auch anrufen können. Was ich vorschlage, dürfte sehr viel interessanter für Sie sein."

Die Prinzessin wusste, wie man einen Köder auslegte. „Und das wäre?"

Sie lehnte sich auf ihrem Stuhl zurück, hielt sich jedoch weiterhin vorbildlich gerade. Er fragte sich, ob sie ihre ganze Kindheit damit verbracht hatte, die richtige Körperhaltung einzustudieren, oder ob es ihr angeboren war.

„Wie Sie wissen, hat die Familie diTalora den Thron von San Rimini seit fast eintausend Jahren inne, seit das Land seine Unabhängigkeit erlangte. In dieser Zeit haben wir eine umfangreiche Privatsammlung von Kunstwerken, Artefakten und historischen Dokumenten zusammengetragen. Während einige Bestände der Familie an Museen ausgeliehen sind, wird der größte Teil unter dem königlichen Palast gelagert. Seit Jahren wurde nichts davon angerührt. Vielleicht seit Jahrhunderten."

Ein Schauer lief ihm über den Rücken. „Hoffen Sie, einige Stücke zu verkaufen?"

„Nein. Ich möchte sie katalogisieren lassen. Feststellen, was bedeutsam ist und was nicht. In einigen Fällen muss ich erst noch herausfinden, worum es sich überhaupt handelt. Dann will ich, dass alles, was bemerkenswert ist, im Rahmen der Erweiterung des Königlichen Museums von San Rimini präsentiert wird. Dieses Projekt wurde von meiner Mutter ins Leben gerufen und nun, da sie nicht mehr lebt, ist es meiner Familie wichtiger denn je, es zu Ende zu führen. Ich glaube, Sie sind der richtige Mann für diese Aufgabe."

Zugang zur königlichen Sammlung? Nicht einmal in seinen kühnsten Träumen hätte Nick gedacht, dass sich ihm je eine solche Gelegenheit bieten würde. Er zwang sich, ruhig zu bleiben und seine Hände still auf der Tischplatte liegen zu lassen, obwohl sich sein Magen vor Nervosität zusammenzog.

Prinzessin Isabella schien seine Aufregung nicht zu bemerken, denn sie fuhr mit einer Handbewegung fort: „Ich gebe zu, dass es schwierig war, an Ihre Referenzen zu kommen, abgesehen von dem, was einige Historiker unserer Universität gesagt haben, aber diese haben mir versichert, dass Sie über ein umfassendes Wissen verfügen. In einigen Fällen sogar über ein weit umfangreicheres als sie selbst."

So war sie also an seinen Namen gekommen. Im Laufe der Jahre hatte Roger diskrete Nachforschungen angestellt, um die Echtheit einiger von Nicks Erwerbungen zu überprüfen. Gelegentlich, wenn Roger Einzelheiten bei seinen Recherchen nicht verstand, ging Nick der Sache selbst nach. Offenbar verfügten die Professoren der Universität von San Rimini über detaillierte Aufzeichnungen über das Niveau seiner Fragen und den Umfang seiner privaten Sammlung.

„Was meinen Sie?", fragte sie. „Möchten Sie diese Aufgabe

übernehmen? Ich würde Sie natürlich für Ihren Zeitaufwand großzügig entlohnen."

„Ich bin sicher, das würden Sie tun." Er erhob sich und sein Verstand arbeitete auf Hochtouren, während er langsam durch den Konferenzraum schritt. Es musste einen Haken geben. Eine derart günstige Gelegenheit konnte ihm nicht einfach in den Schoß fallen, nicht nach so vielen Jahren.

„Warum ich?", fragte er schließlich. Am anderen Ende des Raumes drehte er sich zu ihr um und fügte hinzu: „Wie Sie schon sagten, gibt es eine ganze Reihe von Experten in San Rimini."

„Für dieses Projekt möchte ich jemanden engagieren, der einen ungetrübten Blick mitbringt. Jemanden, der nicht darauf aus ist, einen Artikel zu veröffentlichen oder eine unbefristete Stelle zu ergattern, indem er für mich arbeitet. Das könnte die Erkenntnisse verfälschen."

„Vielleicht wären meine Erkenntnisse aus anderen Gründen verfälscht."

Sie begegnete seinem Blick und ihre bernsteinfarbenen Augen waren von dem ruhigen Selbstbewusstsein erfüllt, das Mitglieder eines Königshauses im Überfluss besaßen. „Als privater Sammler könnten Sie am besten profitieren, wenn Sie bestimmte Objekte unterbewerten würden, vielleicht in der Hoffnung, sie von mir für weniger als den Marktwert zu erwerben. Aber da ich nicht vorhabe, irgendeins dieser Stücke zu verkaufen, ist dieser Punkt belanglos." Sie lehnte sich auf ihrem Stuhl nach vorn, um deutlich zu machen, dass sie in dieser Angelegenheit nicht nachgeben würde. „Außerdem sind Sie ein sehr zurückgezogener Mensch. Ich kann mir nicht vorstellen, dass Sie die Position nutzen würden, um sich in den Medien wichtigzutun oder um Ihr Ansehen in der Kunstwelt zu erhöhen. Wenn Sie neben der Vergütung oder der intellektuellen Anregung, die diese Stelle Ihnen bieten würde, einen weiteren

Anreiz haben, das Angebot anzunehmen, wüsste ich nicht, was das sein könnte."

In ihrem Blick lag eine Herausforderung. Er würde nicht darauf reagieren.

Er konnte ihr ganz sicher nicht sagen, dass ihm die Artefakte an sich gleichgültig waren, dass er sie nur auf gut Glück sammelte, um Wissen zu erlangen, das ihn zu Rufina führen könnte. Falls die Hexe überhaupt noch lebte.

Er kehrte an das Tischende zurück, wo Prinzessin Isabella saß, lehnte sich mit der Hüfte gegen die hohe Fensterbank und wechselte das Thema: „Erzählen Sie mir mehr. Was genau wäre meine Aufgabe? Und wie viel Zeit würde sie in Anspruch nehmen?"

Mit anderen Worten, das Wesentliche. Wie viele Leute würden ihn sehen? Fragen stellen?

Angesichts seines Interesses zuckten ihre Mundwinkel. „Ihre Aufgabe würde darin bestehen, die Stücke der Sammlung systematisch zu analysieren und dann einen Bericht über jedes einzelne zu schreiben. Ich möchte wissen, worum es sich jeweils handelt, welchen historischen Wert es hat – alles, was Ihnen wichtig genug erscheint, um es zu erwähnen. Sie werden dem Ausschuss des Museums, das für die Sammlungen zuständig ist, einmal in der Woche über Ihre Ergebnisse berichten. Die Mitglieder werden dann gemeinsam mit mir entscheiden, wie die Stücke am besten im Erweiterungsbau unseres Museums ausgestellt werden können."

„Wie viele Personen gehören dem Ausschuss an?"

„Acht. Hauptsächlich Professoren, Historiker. Und natürlich der Kurator des Museums."

Leute, die sich eingehend mit seinen Qualifikationen befassen würden. Er konnte ihre Fragen nicht einfach beantworten mit einem lässigen: „Oh, ich habe es erlebt. Dafür brauche ich keinen Universitätsabschluss."

„Wie viel Zeit die Aufgabe in Anspruch nehmen wird", sie

faltete die Hände auf dem Tisch und legte die Zeigefinger gegeneinander, „das hängt von Ihnen ab. Ich kann nicht absehen, auf welche Schwierigkeiten Sie stoßen könnten. Es möge genügen, zu sagen, dass es ein größeres Unterfangen sein wird. Aber Ihnen werden alle Mittel zur Verfügung stehen, die Sie brauchen: Zugang zu den Universitätsbibliotheken, Unterstützung von anderen Experten – alles, was Ihnen nötig erscheint. Lassen Sie es mich wissen und ich werde dafür sorgen.“

Nick blickte einen Moment lang zur Decke und sammelte seine Gedanken. Die Prinzessin machte ihm ein verlockendes Angebot. Aber konnte er das Risiko eingehen? Es würde nicht lange dauern, bis der Ausschuss anfing, Fragen zu stellen. Und er hatte so eine Ahnung, dass die Prinzessin bald ihre eigenen Fragen haben würde.

Fragen, die er unmöglich beantworten konnte.

DIE ROYALS VON SAN RIMINI

ÜBER DEN AUTOR

Nicole Burnham ist die preisgekrönte Autorin von über zwanzig Romanen.

Wenn Sie mehr über ihre Bücher erfahren oder ihren deutschsprachigen Newsletter mit Bonusmaterial und Informationen zu kommenden Veröffentlichungen erhalten möchten, besuchen Sie bitte nicoleburnham.com.

9 781941 828786